GOLDMANN

BRAM STOKER'S Dracula

Der Roman zum Film von Francis Ford Coppola
Verfaßt von Fred Saberhagen und James V. Hart
Nach dem Drehbuch von James V. Hart
in Anlehnung an Bram Stokers Roman

Aus dem Amerikanischen
von Edda Petri

GOLDMANN VERLAG

Die Originalausgabe erschien 1992 unter dem Titel
»Bram Stoker's Dracula. A Francis Ford Coppola Film«
bei Signet Books, New York.
Der Roman basiert auf dem Drehbuch
von James V. Hart nach dem Roman von Bram Stoker.

Umwelthinweis:
Alle bedruckten Materialien
dieses Taschenbuches sind umweltfreundlich.
Sie sind chlorfrei und enthalten
Anteile von Recycling-Papier.

Der Goldmann Verlag
ist ein Unternehmen der Verlagsgruppe Bertelsmann

Made in Germany · 1. Auflage · 2/93

Umschlaggestaltung: Design Team München
Umschlagfoto: Columbia Pictures
Fotos im Innenteil: Ralph Nelson
Satz: IBV Satz- und Datentechnik GmbH, Berlin
Druck: Elsnerdruck, Berlin
Verlagsnummer: 42217
Lektorat: SN
Redaktion: Antje Hohenstein
Herstellung: Peter Papenbrok
ISBN 3-442-42217-5

Prolog

Osteuropa 1462

Seit ihr junger Prinz in den Krieg geritten war, peinigten schreckliche Träume voll Blut und Grauen den Schlaf der Prinzessin Elisabeth. Jeden Abend kämpfte sie darum, so lang wie möglich wach zu bleiben. Doch wenn die Natur früher oder später ihr Recht forderte und sie die Augen schloß, war sie sogleich wieder in einem Alptraum und wanderte auf einem Schlachtfeld zwischen bleichen Leichen und abgeschlagenen Gliedmaßen umher. Wieder wehrte sie sich so lange wie möglich, den verstümmelten Soldaten ins Gesicht zu schauen, doch wieder war sie – früher oder später – gezwungen, einem der Unglücklichen von Angesicht zu Angesicht gegenüberzustehen.

Das Gesicht des zerstückelten Gefangenen war immer *seins* – und immer wachte Elisabeth laut schreiend auf.

Es war immer die Stunde vor der Morgendämmerung, in der ihre Verzweiflung am stärksten war. Ruhelos lief sie in ihren Räumen umher, die sich hoch oben auf der sichersten Seite des Schlosses befanden. Ihre Dienerinnen schliefen. Sie waren erschöpft von der Sorge um ihre Herrin, die dem Wahnsinn nahe schien. Jetzt sah diese sogar schon, wenn sie wach war, wie in den Träumen das rote, dicke Blut aus den Adern ihres jungen Gatten und Geliebten hervorquellen. Tropfen um Tropfen preßten es gesichtslose türkische Folterknechte, die ihn gefangen hielten, mit ihren grausamen Instrumenten aus ihm heraus.

Ohne Unterlaß heulte der Wind heute um die Schloßmauern, drang durch ihr offenes Fenster, das der Nacht Einlaß gewährte, und klang wie das Stöhnen Sterbender und die Klagerufe entfliehender Seelen. Das Bild des leidenden und sterbenden Prinzen konnte sie nicht länger ertragen, es war aber auch nicht zu vertreiben. Es war sinnlos, daß sie sich ständig sagte, daß all ihre Angst und Befürchtungen sicher unbegründet waren und daß sie nicht sicher wußte, ob ihr Gemahl ein Gefangener der Türken war. Sie hatte keinerlei stichhaltige Beweise, daß er gefangen, tot oder nur verwundet war.

Die hohe Dame hatte nur die eine Gewißheit, daß die Welt voll Tod und Grauen war und daß es das Schicksal einer Soldatenfrau war zu trauern.

Die Prinzessin war so erschöpft und angsterfüllt, daß sie ihre Umgebung nur halb wahrnahm. Sie hatte ihre ruhelose Wanderung in dem einen Raum unterbrochen, in dem Licht war, da das Feuer in dem kleinen Kamin noch glühte und eine Kerze auf dem Tisch in der Mitte der Kemenate brannte. Die Flammen verdrängten die Dunkelheit, die kurz vor dem Morgengrauen hinter dem offenen Fenster herrschte. Der Feuerschein vom Kamin und die Kerze gaben gemeinsam ein düsteres Licht, in dem man die Farben der Gobelins und Tapeten an den Wänden und die seidenen Vorhänge am Bett, wo *er* sie als seine Braut in die Arme geschlossen hatte, nur erahnen konnte.

In diesem Bett hatte er sie an sein Herz gepreßt und ihr versprochen, daß er zurückkehren würde. Hier hatte ihr edler Prinzgemahl sie mit solcher Liebe an sich gebunden, daß das Licht ihres Lebens wie eine kleine Kerze verlöschen würde, falls er tot wäre. Da war sie sich ganz sicher.

Während die Prinzessin noch gedankenverloren zitternd dastand, flog ein Pfeil durch das hohe Fenster, müde wie ein Vogel nach langer Wanderschaft. Er flog in hohem Bogen, und auf diese Flugroute konnten ihn nur starke Arme und ein guter Bogen geschickt haben. Ehe die Prinzessin richtig erkannt hatte, was für ein gefiederter Bote da hereingekommen war, zuckte sie vor ihm zurück, als handele es sich um einen fliegenden Dämon. Sie warf ihr rabenschwarzes Haar zurück. Dann stieß sie den verzweifelten Schrei eines Menschen aus, der weiß, daß seine Seele verloren ist.

Die Eisenspitze des Kriegspfeils biß sich mit seinen Widerhaken in das weiche Wachs der Kerze und stieß sie samt dem goldenen Halter auf die Holzplatte des Tisches. Die Flamme ging aus.

Prinzessin Elisabeth verharrte so, wie sie sich erschreckt zusammengekrümmt hatte. Ihr klassisch schönes Gesicht war starr wie das einer Statue. Ihre dunklen Augen starrten angstvoll ihrem Geschick entgegen. Der schwache Feuerschein und das Licht des Vollmondes vor dem Fenster nach Westen gaben genug Licht, um ihr zu zeigen, daß der Schicksalsbote in Form eines Pfeiles gekommen war. Um seinen Schaft war eng ein weißes Papier gewickelt.

Im nächsten Augenblick schon schloß Elisabeth den dämonischen Besucher in die Arme und nahm das feine Papier ab. Dann las sie die Botschaft. Das Latein, das sie als Kind gelernt hatte, kam wieder – doch bereits, bevor sie die grausamen Worte gelesen hatte, wußte sie, daß sie Tod verkündeten. *Seinen* Tod – und daher auch ihren.

Sie brauchte nur eine Minute, um die Kerze wieder anzuzünden. Dann nahm sie Papier und schrieb die Botschaft, die sie schreiben mußte. Sie bewegte sich mit der Ruhe völligen Wahnsinns und absoluter Verzweiflung.

Gleich darauf stürmte sie wie von Furien gehetzt hinaus auf die höchsten Zinnen. Sie war schneller als die ersten Sonnenstrahlen. Dort oben unter der großen Himmelskuppel, die die Morgenröte leicht färbte, fing sich der Morgenwind in ihrem rabenschwarzen Haar. Weit, weit unten, noch von der Nacht umfangen, schlugen die Wellen des Flusses gegen die hohen Schloßmauern auf dem Felsen.

Prinzessin Elisabeth rief den Namen des Geliebten und lief schnell weiter, um ihn bald in der Dunkelheit dort unten zu treffen. Sie berührte kaum die Steine der Zinnen, und dann war unter ihren Füßen nur noch Luft.

Am selben Tag noch, doch viele Stunden später, kehrte der Prinz mit einem Teil seiner Armee zum Schloß zurück, nachdem er sein Heimatland erfolgreich gegen die Türken verteidigt hatte.

Der junge Kriegsherr ritt in der Mitte einer Kolonne müder, abgekämpfter Fußsoldaten. Trotz der vielen Meilen und der erbitterten Kämpfe der letzten Monate marschierten die Männer wacker dahin. Nachdem sie so viel Blut und Grauen ertragen und viele Kameraden verloren hatten, beschleunigte die Gewißheit, daß sie heimkehrten, ihren Gleichschritt. Sie ließen hinter sich das entsetzliche Gemetzel und die Verwundeten auf beiden Seiten, die Schlachtfelder voll bleicher Leichen der Gefangenen.

Der Weg war hier – weit entfernt von jeder größeren Stadt – kaum mehr als ein Saumpfad, der nach oben führte. Er wand sich von Osten her hoch in die Karpaten hinauf. Die Männer blinzelten in die tief stehende Nachmittagssonne. Wie in jedem Frühling blühte in ihrem Heimatland alles ringsum. Zu beiden Seiten sahen die marschierenden Männer das Blütenmeer der Apfel-, Pflaumen-, Birnen- und Kirschbäume. Dahinter lag die grüne Weite des hügeligen Landes mit Wäldern und Hainen. Einige steile Erhebungen waren von einer Baumgruppe oder einem Bauernhaus gekrönt.

Die meisten der Veteranen trugen Speere über der Schulter, nur manche hatten Schwerter oder andere Waffen. Wenige waren beritten. Am auffallendsten war ihr Feldherr. Der Prinz war ebenso kriegsmüde wie seine Männer. Seine einst glänzende rote Rüstung und sein Gewand waren jetzt vom Krieg zerbeult und beschmutzt. Den Helm hatte er neben den Speer hinten auf den Sattel geschnallt, und an seinem Gürtel trug er ein Schwert. Auf einer Seite des Sattels hing der Schild mit dem Wappen des Drachenordens.

An diesem Nachmittag waren endlich die Monate der Sehnsucht, des Zweifels und der Gefahr vorüber. Sein Heim hatte er fast erreicht. Auf dem engen Pfad, der hinauf zum Schloß führte, dessen graue Mauern sich nach der letzten Biegung jetzt vor dem Himmel auftürmten, trieb er sein prächtiges schwarzes Kriegsroß an.

Eine Viertelmeile unterhalb des Schlosses hielt der Kriegsherr an. Sein Gesicht wurde weicher. Ihm war, als würden zum ersten Mal seit Monaten wieder Leben und Hoffnung in ihm aufsteigen.

»Elisabeth«, murmelte er, wie ein Verdurstender das Wort *Wasser* ausstoßen mochte. Der Prinz gab seinem müden Hengst die Sporen und trabte an seinen erschöpften Männern vorbei. Alle belebte jetzt in den letzten Sonnenstrahlen des Nachmittags der Gedanke an Ruhe und Frieden.

Doch ehe der Feldherr noch die Hälfte des Weges zum Schloß zurückgelegt hatte, zügelte er den Hengst bereits wieder. Schwarze Banner hingen über den Schloßmauern. Der Abendwind trug den feierlichen Trauergesang der Mönche zu ihm herab. Wie zuweilen in der Schlacht hatte der heimkehrende Krieger das Gefühl, sein Herz bleibe stehen.

Wieder gab er dem prächtigen Streitroß die Sporen, diesmal voll wilder Hast. Dann preschte er über die Zugbrücke und durch einen düsteren Tunnel aus bemoostem Gestein direkt in den Innenhof. Mit bleichem Gesicht schwang er sich aus dem Sattel.

In dem großen Innenhof waren viele Menschen versammelt, als er einritt: Diener, Verwandte, Nachbarn, einige alte Freunde und Waffenbrüder. Doch für sie alle hatte der Schloßherr jetzt keine Zeit.

Bevor der Prinz hereingesprengt war, hatte sich die Aufmerksamkeit aller auf den dunklen Eingang zur Schloßkapelle und die Zeremonie dort drinnen konzentriert.

Aus dem dunklen Eingang ertönte auch der Klagegesang der Mönche.

Der große, schlanke Schloßherr schritt durch den Eingang. In der Kapelle brannten über hundert Kerzen, aber alle waren um den Hochaltar am Ende der großen Kapelle aufgestellt, so daß ihre Flammen die Dunkelheit der Gewölbe zu vertiefen schienen. Es drängten sich hier fast so viele Menschen wie auf dem Hof. Doch der Mann, der gerade eingetreten war, hatte nur Augen für ein Gesicht, für eine Gestalt. Sein ganzes Trachten war auf die zarte, blasse, leblose junge Frau gerichtet.

Das schöne Antlitz in dem Kranz schwarzer Haare hatte der Tod nicht entstellt. Sie lag auf den Treppenstufen direkt vor dem Hochaltar mit den vielen Kerzen und dem großen Holzkreuz unter einem mächtigen steinernen Drachen.

Der Prinz taumelte und stieß einen Laut voll Angst und Pein wie den Aufschrei eines Tieres aus, ehe er zu ihr stürzte. Mit hilflos ausgebreiteten Armen blieb er vor dem Leichnam stehen.

»Elisabeth!« Es war, als presse eine fremde Macht, die ebensogut seine Seele hätte herausreißen können, ihren Namen aus ihm heraus.

Die Tote vor ihm trug noch die kostbaren Gewänder, die sie zu Lebzeiten immer angelegt hatte. Aber seltsamerweise war alles tropfnaß, so daß die Falten sich eng an den leblosen Körper schmiegten. Doch nicht nur Wasser hatte die Gewänder durchdrungen und verunreinigte die Steinstufen, auf der ihr Leichnam lag. Die Kleider verhüllten gnädig einen Körper, der grauenvoll zerschlagen war und immer noch blutete.

In der schrecklichen Stille, die dem Schrei gefolgt war, trat der Vorsteher, der Priester, von den anderen durch die Farbe seines Habits unterschieden, einen Schritt vor.

Er räusperte sich und begann ehrerbietig, aber fest: »Prinz Dracula –«

Doch der Ritter schenkte ihm keinerlei Beachtung. Er kniete nieder und warf sich über den Leichnam seiner Gemahlin. Stöhnend küßte er den toten Körper und versuchte vergeblich, ihn wieder zum Leben zu erwecken.

Bange Momente vergingen, in denen die Schultern des Prinzen unter unaufhörlichem Schluchzen zuckten. Doch dann wurde er so still wie die Tote, die er betrauerte. Langsam und mühsam stand der Prinz schließlich auf. Seine durchdringenden blauen Augen schweiften über den Halbkreis der Menschen, die unterhalb der Stufen versammelt waren.

»Wie starb sie?« Seine Stimme klang tief und hohl. Das Schweigen hielt an. Niemand wollte ihm diese Frage beantworten. Vielleicht wagte es niemand.

Das Gesicht des Prinzen veränderte sich. Seine tiefe Trauer wich einem zunächst noch vagen Verdacht. Die ersten Anzeichen eines fürchterlichen Wutausbruchs folgten. Schließlich wandte er sich an den Mönch, der ihn angesprochen hatte.

»Wie starb sie, Chesare?«

Der Mönch im Ornat einer bedeutenden Zeremonie räusperte sich wieder. »Sie... fiel, Sire. Von den Zinnen auf die Felsen... in den Fluß.«

»Fiel? Sie fiel? Wie ist das möglich? Wie konnte meine Gemahlin fallen?«

Wieder war Schweigen die Antwort. Niemand hatte eine Erklärung bereit – oder wagte, sein Wissen in Worte zu fassen.

Schließlich war es wieder der Priester, der ihm die grausame Wahrheit beibringen mußte. »Mein Sohn – die Prinzessin Elisabeth fürchtete um dein Leben die lange Zeit über, da du im Krieg warst. Sie wußte, daß die Türken einen hohen Preis auf deinen Kopf ausgesetzt hatten.

Heute morgen – es ist nur wenige Stunden her – flog ein Pfeil durch ihr Fenster. Eine Botschaft war daran befestigt. Wir wissen jetzt, daß es wohl eine Liste der Türken war. Diese Botschaft verkündete ihr deinen Tod. Wir konnten sie nicht aufhalten... ihre letzten Worte...« Pater Chesare konnte nicht weitersprechen.

»Ihre letzten Worte?« Wie versteinert stand Dracula da. Er vermochte nur noch zu flüstern: »Sag sie mir!«

»Sie hinterließ einen Abschiedsbrief. Darin stand: ›Mein Prinz ist tot. Ohne ihn ist alles verloren. Möge Gott uns im Himmel wieder vereinigen.‹«

»Gott? Gott!« Der herausfordernde Schrei brach sich an der hohen Decke der Kapelle. Die Menschen rundum, die sich langsam dem Prinzen genähert hatten, schraken entsetzt zurück, als befürchteten sie, ein Blitzschlag werde den Ritter fällen.

Doch dann schien Dracula einen Augenblick lang Gott vergessen zu haben. Mit dem Ausdruck tiefsten Schmerzes betrachtete er wieder die tote Elisabeth. Langsam kam ihm dann jedoch auch ihr seltsames Aussehen zu Bewußtsein.

»Warum ist sie – so? Ganz naß und blutig ... warum haben ihre Dienerinnen nicht dafür gesorgt, daß sie ordentlich hergerichtet wird?«

Wieder herrschte beklemmendes Schweigen in der Kapelle. Es schien gleichsam elektrisch aufgeladen zu sein.

Wieder war es Chesare, dem die schwere Last des Erklärens zufiel.

»Mein Sohn, ihre Dienerinnen haben sie aus falscher Loyalität sofort hierher gebracht, weil sie hofften, sie hier in der Kapelle bestatten zu können, ehe –« Er brach ab, als habe er Angst weiterzusprechen und müsse erst die richtigen Worte finden.

»Ja? Ja? Ehe was?«

Keine Antwort. Chesares Gesicht war bleich.

»Verdammt, Priester! Sag's mir!«

Mit großem Widerstreben fuhr Pater Chesare fort: »Sie hat sich das Leben genommen, mein Sohn. Und eine Selbstmörderin darf natürlich nicht in geweihtem Boden bestattet werden. Die Dienerinnen hatten gehofft, die Bestattung hier in aller Heimlichkeit durchführen zu können, ehe ich – oder ein anderer Vertreter der Kirche –«

»Die Kirche würde ihr ein Grab in geweihtem Boden versagen?«

»Prinz, das ist nicht meine Entscheidung!« Der Priester konnte vor Furcht nicht mehr zusammenhängend sprechen. »Ihre Seele kann nicht gerettet werden. Sie ist verdammt. Es ist Gottes Gesetz ...«

Wieder stieß Prinz Dracula einen wortlosen Schrei voll

schrecklichem Zorn aus, der an den Todesschrei eines Tieres erinnerte. Er beugte sich nieder und packte das schwere steinerne Weihwasserbecken, das vor den Stufen zum Altar stand. Mit der Kraft unsäglicher Wut stürzte er es um. Ein Schwall klaren Wassers floß über die Pfützen und Spuren von Elisabeths frischem Blut hinweg und schwemmte es bis zu den Sandalen der Mönche, die schnell zurückwichen.

Aber sie durften den Ort nicht in Frieden verlassen. Der Schloßherr schäumte vor Wut, als er jetzt auf sie zutrat.

»Gottes Gesetz, sagst du? Ist das die Belohnung dafür, daß ich die heilige Kirche verteidigt habe? Daß ich Zehntausende ihrer Feinde getötet habe? Dann zur Hölle mit Gottes Gesetz!«

Angstvolles Stöhnen wurde unter den Anwesenden laut. Pater Chesare verfing sich in seinem langen Gewand, als er zurückwich. Die Gotteslästerung hatte ihm mehr Furcht eingejagt als der Prinz. Mit zitternder Hand hielt er ein kleines Holzkreuz hoch, als müsse er sich gegen Satan persönlich verteidigen.

Der Prinz packte mit eisernem Griff das Handgelenk, das ihn mit dem Kreuz einschüchtern wollte.

»Sakrileg!« schrie der Mönch. »Wende dich nicht von Christus ab! Nein –« Ein Schmerzensschrei erstickte seine weiteren Worte. Der Arm des Mönchs war so weit zurückgebogen, daß er jeden Augenblick brechen mußte.

Die Stimme Draculas war laut und klar. »Hiermit sage ich mich von Gott los – und von euch Heuchlern, die ihr von ihm schmarotzt. Wenn meine geliebte Gemahlin in der Hölle brennen muß – dann auch ich!«

Im selben Augenblick brach der Knochen in Pater Chesares Arm unter dem entsetzlichen Druck der Hand des Prinzen. Er fiel auf die Knie und stieß einen Angstschrei aus, als das kleine Kreuz aus seiner Hand in die Pfützen aus Wasser und Blut fiel.

Es schien, als habe Dracula ihn bereits vergessen. Der Ritter schrie: »Wenn Gott sie nicht retten wollte, dann verschreibe ich mich den Mächten der Finsternis, um sie zu rächen!« Er breitete die Arme aus. *»Möge der Tod von nun an mein Leben sein!«*

Vor Entsetzen schrien die Menschen in der Kapelle auf. Ein Tumult brach aus, als alle zum Eingang drängten, um sich in Sicherheit zu bringen.

Dracula zückte sein Schwert und stürmte auf das große Holzkreuz auf dem Hochalter zu. Voller Wut stieß er seine Klinge in dessen Mitte. Das Holz des Heilssymbols splitterte.

Hätte eine Figur des Gekreuzigten dort gehangen, wäre sie von der Schwertspitze Draculas mitten ins Herz getroffen worden.

Erst schrie nur eine Stimme auf, dann noch eine und noch eine, als das Kreuz aus der Wunde zu bluten begann.

Das Chaos in der Kapelle war jetzt vollkommen. Auf der Flucht stießen die Menschen Kerzen und Statuen um. Jemand stolperte sogar über den Leichnam der toten Elisabeth. Viele berichteten später, daß sie mit eigenen Augen gesehen hätten, daß sich das Blut Christi auf den Stufen mit dem der Prinzessin vermengte.

Der Prinz war immer noch außer sich vor Schmerz und Wut. Er lief über den Hochaltar zum Tabernakel, der das Allerheiligste Sakrament barg. Wütend riß er die Türen des goldenen Schreins auf und griff hinein. Er holte den goldenen Kommunionskelch heraus und schleuderte die geweihten Hostien brutal von sich.

Dann stürzte er wieder an Elisabeths Seite, beugte sich hinab und schöpfte mit dem Goldkelch einen Mundvoll des mit Blut vermischten Weihwassers vom Boden. Dann hob er den Kelch hoch empor.

»Das ist das Blut des Lebens«, zitierte er aus der Heiligen Schrift. »Und es soll meins sein!«

Prinz Dracula trank.

Bei diesem Schluck war ihm, als sterbe er.

Es war ein grauenvolles Sterben, das nicht enden wollte.

1

Vierhundert Jahre später und tausend Meilen von Schloß Dracula entfernt war es wieder ein sonniger Frühlingstag, als sich Mina Murray, gerade zwanzig Jahre alt, für einen längeren Aufenthalt in Hillingham House einrichtete. Es war ein imponierender Besitz im Außenbezirk Londons. Nur wenige Stunden waren vergangen, seit sich die Tür zum Gästezimmer hinter der Zofe geschlossen hatte, die dem jungen Gast nach seiner Ankunft behilflich gewesen war.

Die von Blütenduft schwere Mailuft wehte durch die offenen Fenster und verfing sich in Minas rabenschwarzem Haar. Nachdenklich saß sie am Tisch. Ihr Zimmer war recht geräumig, wie es dem Stil des Hauses entsprach, und hell und freundlich eingerichtet.

Bis vor kurzem war alles still gewesen, doch jetzt wurde die nachmittägliche Ruhe von dem Staccato einer einfachen Schreibmaschine unterbrochen, auf die die Finger der Schreiberin energisch, aber keineswegs geübt einhämmerten:

9. Mai 1897. Ich bin heute hier angekommen und werde ein paar Wochen bei Lucy bleiben. Das Leben als Hilfslehrerin ist recht anstrengend. Ich habe mich danach gesehnt, mit meiner Freundin zusammen zu sein, um nach Herzenslust zu plaudern und Luftschlösser zu bauen.

Mina machte eine Pause und dachte nach. Dann tippte sie weiter.

Wir beide haben uns immer alle unsere Geheimnisse anvertrauen können. Schon damals, als ich sie zum ersten Mal in Mrs. Whitehills Schule unterrichtete. Und jetzt träumen wir beide davon, verheiratet zu sein. Wenn Jonathan und ich erst verheiratet sind, werde ich ihm natürlich zur Seite stehen. Besonders nützlich wird es sein, wenn ich so gut stenographieren kann, daß ich alles mitschreiben kann, was er sagen will, um es hinterher auf der Maschine abzutippen, auf der ich gerade furchtbar übe.

Soweit war Mina ohne Schwierigkeiten gekommen. Doch jetzt gerieten ihre Finger ins Stocken. Ihre glatte Stirn kräuselte sich leicht, und das störte die klassische Schönheit ihres Gesichtes.

»Aber«, murmelte sie vor sich hin, »ich sollte irgendwie nüchterner schreiben. Geschäftsmäßiger. Ja, wenn ich als Frau eines Anwalts wirklich eine Hilfe sein will, muß ich mich bemühen, geschäftsmäßiger zu schreiben! So als würde ich die Worte eines anderen statt meiner eigenen tippen.«

Mina dachte kurz nach und sah sich nach geeignetem geschriebenem oder gedrucktem Material um. Sie kaute auf ihrer vollen Unterlippe und runzelte die Stirn. Nach einem schnellen und fast verstohlenen Blick durchs Zimmer, ob sie auch wirklich ganz allein war, öffnete sie eine Schublade des Schreibtisches und nahm ein Buch heraus. Es war eine in Leder gebundene Liebhaberausgabe von Sir Richard Burtons *Tausendundeine Nacht*.

Das Besondere an dieser Ausgabe waren die Illustrationen, die sonst nicht veröffentlicht waren. Ein zufällig aufgeschlagenes Bild fesselte Minas Aufmerksamkeit, so daß sie ihre Schreibmaschinenübungen erst einmal vergaß.

Ihre dunklen Augen wurden groß und verengten sich dann wieder. Sie hielt das Buch immer noch auf dem Schoß und starrte wie gebannt diese Abbildung an, als eine vertraute Stimme hinter ihr sie ansprach.

Erschreckt verbarg Mina das Buch instinktiv in einer Rockfalte. Doch dann entspannte sie sich. »Lucy, hast du mich aber erschreckt!«

Lucy Westenra, rothaarig, attraktiv und munter, war nur wenige Monate jünger als ihre Freundin. Mit gespieltem Entsetzen hob sie die Hände, als sie die Schreibmaschine entdeckte.

»Mina, nein wirklich! Zwingt dein ehrgeiziger Jon Harker dich, einen herrlichen Frühlingstag mit Übungen zu verschwenden, wie man auf dieser albernen Maschine herumzuhacken hat, statt...«

Einen Augenblick lang versagte die Vorstellungskraft des Mädchens, doch dann fuhr Lucy schelmisch fort: »...wenn er dich doch – hm – zwingen könnte, unaussprechliche Akte verzweifelter Leidenschaft auf dem Boden des Wohnzimmers zu begehen.«

»Lucy!« Mina war ernstlich beleidigt. Doch nicht lange.

»Also, du solltest wirklich nicht so über meinen Verlobten sprechen!«

»Ach, neiiin?«

»Nein! Zu einer Ehe gehört mehr als – fleischliches Vergnügen.« Mina drehte sich mit ihrem Stuhl um. Dabei glitt das Buch von ihrem Schoß auf den Boden.

Überrascht stürzte sich Lucy darauf. »Ich sehe! Geistige Werte!«

Beide Mädchen brachen in Gelächter aus. Im nächsten Augenblick saßen sie nebeneinander mit ausgebreiteten Röcken auf dem Boden und blätterten in dem seltsamen Buch.

»Wo um alles auf der Welt hast du das aufgetrieben, Liebste?« fragte Lucy.

»In eurer Bibliothek. Du hast mir doch selbst vorgeschlagen, mich dort eine Stunde umzusehen – es war im Regal hinter anderen Büchern versteckt. Das hat mein Interesse geweckt.«

»Zweifellos stammt es von meinem verstorbenen Vater – oder von meinem Onkel. Nein, was waren das doch für Schurken! Ich verstehe, daß es dein Interesse geweckt hat! Sieh doch nur!«

Lucy zeigte auf eine Illustration. Mina hatte das Bild noch nicht gesehen und war schockiert.

»Lucy, glaubst du wirklich, daß Männer und Frauen so etwas wirklich... tun?« Minas Frage war ernst gemeint, wenn sie sich auch bemühte, locker zu klingen.

Lucy schüttelte energisch ihre roten Locken. »Ich hab's getan – erst gestern nacht.«

»Unsinn! Das hast du nicht!«

»Doch – im Traum.«

Die Mädchen lachten, doch Mina wurde gleich wieder nachdenklich.

Ihre Freundin ergriff ihre Hand und fragte sie halb ernst, halb spielerisch: »Jonathan ist doch ein richtiger Mann, oder? Los, mir kannst du's doch erzählen.«

Minas Augen wurden träumerisch. »Wir haben uns geküßt. Das ist alles. Manchmal... presse ich mich dicht an ihn; dann zieht er sich plötzlich zurück und sagt schnell gute Nacht.«

Sie lächelte in das mitfühlende Gesicht ihrer Freundin. »Er glaubt, er sei zu arm, um mich zu heiraten. Er möchte mir einen teuren Ring kaufen. Ich versuche immer wieder, ihm klarzumachen, daß mir das nicht wichtig ist.«

Lucy neckte sie jetzt nicht mehr. Sie bewunderte Mina aufrichtig. »Mina, du bist das herrlichste Mädchen auf der ganzen Welt... jeder muß dich lieben.«

Mina drückte die Hand ihrer Freundin. »Und du? Dir liegen doch ganze Regimenter von Männern zu Füßen?«

»Aber nicht *ein* Heiratsantrag! Dabei bin in schon fast zwanzig – praktisch eine alte Jungfer.«

Ein vornehm zurückhaltendes Räuspern wurde hinter ihnen laut. Die Mädchen schauten sich um. Mina klappte schnell das Buch zu, und Lucy sprang auf. »Was ist, Hobbs?«

Das Gesicht des Butlers war undurchdringlich. Ein Mann wie er hatte sich nicht dafür zu interessieren, welch verbotene Bilder die jungen Damen möglicherweise betrachteten oder worüber sie sich unterhielten. Auf den Fingern einer Hand balancierte er ein Silbertablett mit einer Visitenkarte.

Hobbs verkündete: »Ein junger Gentleman, Miss. Ein Mr. Harker. Er möchte Miss Murray sprechen. Er wartet im Garten.«

Mina war erstaunt, erfreut und besorgt – alles gleichzeitig.

»Jonathan hier?« Dann eilte sie aus dem Zimmer, wobei sie etwas Unzusammenhängendes murmelte, das wie eine Entschuldigung klang.

Von der Seitenterrasse führte eine große, sanft geschwungene Rasenfläche von Hillingham House zur Themse hinab. Auf dem heute so ruhigen Band des Flusses waren nur die Segel einiger kleiner Ausflugsboote zu sehen. In der Nähe des Hauses stolzierten zwei Pfauen majestätisch über den gepflegten Rasen. Ein über hundert Jahre alter Irrgarten aus gestutzten Eibenhecken bedeckte unterhalb der Terrasse fast einen halben Morgen Grund. Neben dem Labyrinth lag auch der Familienfriedhof, ein schöner, unaufdringlicher Beitrag zur Anmut des Parks.

Ein nervöser junger Mann, der nur ein paar Jahre älter als Mina und modisch gekleidet wie ein Geschäftsmann aus der Stadt war, stand im Garten und versuchte mit Eifer, aber ohne großen Erfolg, mit seinem Zylinder einen Schmetterling zu fangen. Erwartungsvoll drehte er sich um, als er Minas schnelle Schritte kommen hörte. Sein hübsches Gesicht strahlte, als er sie erblickte.

»Jonathan, was machst du denn hier?« rief sie überrascht und lief in seine ausgebreiteten Arme.

Nachdem er sie mit einem Kuß begrüßt hatte, zog sie sich scheu zurück, aber nur ein wenig.

»Du hast getrunken! Und das mitten am Tag!« Mina wußte, daß das keineswegs zu den Gewohnheiten ihres Verlobten gehörte.

Jonathan Harker breitete wieder die Arme weit aus. Beinahe hätte er dabei seinen Hut verloren.

»Ja, mein Liebes, betrunken! Aber nur vom Erfolg! Wie spricht denn davon meine zukünftige Frau? Du befindest dich in der Gesellschaft des neuen Partners der Firma Hawkins und Thompkins.« Er malte gestenreich ein Geschäftsschild in die Luft. »Hawkins, Thompkins und Harker – das klingt doch hervorragend. Findest du nicht auch?«

»Jonathan? Eine Partnerschaft?« Minas rote Lippen wurden rund und weit. »Einfach phantastisch!«

Harker wurde etwas nüchterner. »Die Wahrheit ist, daß mein bisheriger Vorgesetzter und Rivale bei der Beförderung, Mr. Renfield, endlich seinen gierigen Verstand verloren hat und ich an seiner Stelle befördert wurde.«

Die junge Frau reagierte jedoch nur auf die Beförderung und ging nicht weiter auf die unglücklichen Umstände ein, die sie ermöglicht hatten. Wieder warf sie sich in die Arme ihres Verlobten.

»O Jonathan, wie freue ich mich für dich! Aber das heißt doch, daß wir nicht mehr warten müssen. So ist es doch, oder? Wir können auf der Stelle heiraten. Das muß ich sofort Lucy erzählen! Wann heiraten wir? Wann?«

Harker setzte seinen Hut auf, damit er beide Hände frei hatte, um sie liebevoll auf ihre Schultern zu legen. »Sobald ich zurückkehre.«

»Sobald du zurückkehrst?« fragte Mina überrascht. »Von wo?«

»Ich muß noch heute ins exotische Osteuropa. Irgendeine geschäftliche Angelegenheit, die Mr. Renfield wegen seiner Krankheit nicht mehr abschließen konnte.«

»Erzähle mir alles darüber.«

Harker nahm Minas Arm und schlenderte mit ihr durch den Park. Ihre Füße blieben beinahe automatisch auf den abgezirkelten Wegen. Ab und zu streichelte er ihre kleine Hand, die auf seinem Unterarm lag. Die Pfauen stießen unheimliche Schreie aus, als sie näher kamen.

Harker sagte: »Irgendein Adliger in der exotischen Wildnis Transsylvaniens hat um London herum Grund gekauft – gleich mehrere Grundstücke. Man schickt mich nun hin, um die Transaktionen abzuschließen. Geld spielt keine Rolle. Unsere Anwaltsgebühren sind dabei – gelinde gesagt – astronomisch. Kannst du dir vorstellen, welche Macht ein solcher Reichtum ausübt? Das mußt du dir mal überlegen, Mina!«

»Ich stelle mir unsere Hochzeit vor, Jon.«

»Wie ich gesagt habe – wir können heiraten, sobald ich zurück bin. Und wir können jetzt eine großartige, teure Feier machen, über die Lucy und ihre aristokratischen Freunde noch lange sprechen werden.«

Sie waren bei ihrem Spaziergang in die Nähe des Eingangs zu dem Irrgarten mit seinen hohen Eibenbüschen gekommen. Mina blieb stehen und starrte auf den schattigen Pfad. Dann sagte sie: »Mir ist es im Grunde ganz gleich, was sie sagen. Ich möchte nur, daß wir glücklich werden – verstehst du das?«

Ihr Begleiter blickte sie liebevoll an. »Wir *werden* glücklich sein, meine kleine Nachtigall. Ich weiß, was am besten ist – für uns beide.«

»Selbstverständlich.« Eine kleine Wolke schien die Sonne zu verdecken. »Wir warten schon sehr lange, stimmt's?«

Die Erinnerung an den Ablauf der Zeit brachte Harker dazu, Minas Arm loszulassen und seine Uhr aus seiner Westentasche zu ziehen. Er hob die Augenbrauen.

»Ich habe gar nicht gemerkt... Liebling, ich *muß* mich beeilen. Mach dir keine Gedanken, hörst du. Ich werde dir schreiben –«

»Jonathan, ich liebe dich!« Mina überraschte beide durch die Wildheit ihres Kusses.

2

Es war ein Kuß, an den Harker noch eine Woche später voller Sehnsucht dachte. Seit der junge Anwalt London sieben Tage zuvor verlassen hatte, saß er fast ständig in irgendeinem Zug. Er hatte inzwischen viele ermüdende Eisenbahnmeilen hinter sich gebracht und dabei auch viel Kohlenstaub eingeatmet.

Sein augenblickliches Beförderungsmittel war der berühmte Orient-Expreß, mit dem er von Paris nach Osten durch Budapest gefahren war und der ihn jetzt weiter der aufgehenden Sonne entgegentrug. Endstation dieses Zuges war die bulgarische Hafenstadt Varna am Schwarzen Meer. Doch bis dorthin wollte Harker nicht mit ihm fahren.

Bis jetzt fand Harker die Reise zwar ermüdend, aber keineswegs langweilig. Der Wechsel von Sitten, Sprachen und Landschaften, den er bisher erlebt hatte, war sehr beeindruckend gewesen. Ganz offenbar hatte er die mehr oder weniger vertrauten Menschen und Orte des westlichen Europas weit hinter sich gelassen.

Harker hatte sich in weiser Voraussicht für diese Reise mit mehreren Landkarten, Eisenbahnfahrplänen und Führern ausgestattet, die ihm recht nützlich wurden. Allerdings steckten die Karten jetzt schon tagelang zusammengefaltet in seinen Taschen, da er sie so ausgiebig studiert hatte, daß er jede Einzelheit so vor Augen hatte, daß er immer wußte, in welche Gegend er gerade fuhr.

Der Landstrich, in dem sein mysteriöser Klient wohnte, lag im äußersten Osten von Transsylvanien, das ja bereits »das Land jenseits des Waldes« hieß. Ein Führer, den der junge Anwalt zu Rate gezogen hatte, erklärte, daß jeder in der Welt bekannte Aberglaube in dem Hufeisen der Karpaten versammelt sei, als wäre es das Zentrum eines Strudels von Trugbildern. Harker fand, daß das seinen Aufenthalt interessant machen würde, und plante, Graf Dracula über die ausgefallensten Beispiele des Aberglaubens in der Region zu befragen.

Am siebten Tag der Reise schien der Zug besonders langsam durch ein Land zu fahren, das ihn durch besondere Schönheit beeindruckte. Kleine Städte und Burgen krönten die steilen Berge. Manchmal folgten die Gleise Flüssen und Strömen, deren steinerne Uferdämme darauf schließen ließen, daß sie häufig überflutet wurden. Auf allen Stationen – ob klein, ob groß – sah er immer zahlreicher Menschen in einheimischen Trachten. Einige erinnerten Harker an Bauern aus Frankreich oder Deutschland. Sie trugen kurze Jacken, runde Hüte und handgearbeitete Hosen. Andere kamen ihm noch malerischer vor. Am seltsamsten fand er die Slowaken. Für einen englischen Reisenden sahen sie mit ihren großen Hirtenhüten, weiten, schmutzigweißen Pluderhosen, weißen Leinenhemden und gewaltigen, schweren, fast einen Fuß breiten Ledergürteln voller Messingnägel wirklich wie Barbaren aus.

Einen Gegenstand aus seinem Reisegepäck hatte der junge Mann jetzt oft in der Hand. Es war ein hübsches Notizbuch, in das Harker jeden Tag, manchmal stündlich, die Ereignisse dieser interessanten Reise eintrug, wie er sich es vorgenommen hatte. Er freut sich schon sehr darauf, das alles später mit Mina zu teilen.

Seine letzte Eintragung lautete:

Die Region, in der sich mein Ziel befindet, liegt an den Grenzen von drei Staaten – von Transsylvanien, Moldavien und der Bukowina – mitten in den Karpaten. Für einen Durchschnittsengländer wie mich ist es einer der wildesten und am wenigsten bekannten Teile Europas.

Die Eisenbahn konnte Harker nur bis nach Bistritz bringen, eine Stadt mit etwa zwölftausend Einwohnern. Danach mußte er sehen, wie er ans Ziel kam. Spätnachmittags traf Harker in Bistritz ein und verließ den Zug. Der Ort war zu seiner freudigen Überraschung ungemein malerisch. Die Ruinen der alten Befestigungsanlagen waren noch überall zu sehen. Harker war auch erfreut, daß gemäß Graf Draculas peinlich genauen Anweisungen für ihn im Hotel »Goldene Krone« ein Zimmer reserviert war.

Als er sich in der »Goldenen Krone« eingetragen hatte, gab man ihm sofort einen Brief seines Klienten, fein säuberlich auf englisch geschrieben:

MEIN FREUND,
Willkommen in den Karpaten. Ich warte ungeduldig auf Sie. Schlafen Sie heute nacht gut. Morgen um drei Uhr geht die Postkutsche in die Bukowina, in der für Sie ein Platz reserviert ist. Am Borgo-Paß wird meine Kutsche Sie erwarten und zu mir bringen. Ich hoffe, daß Ihre Reise von London bis jetzt ange-

nehm verlief und daß Sie den Aufenthalt in meinem schönen Land genießen werden.

Ihr Freund
Dracula

Harker lag in seinem Bett in der »Goldenen Krone« und wälzte sich unruhig herum. Er hatte gut gegessen, obwohl die Speisen schärfer gewürzt waren, als er es gewohnt war. Voller Begeisterung für dieses Abenteuer war er bereit, dies wie auch andere örtliche Besonderheiten hinzunehmen.

Zum Frühstück gab es am nächsten Morgen wieder Paprika, diesmal als Würze für eine Art Maisbrei mit Auberginen. Nach dem Frühstück vertrieb er sich die Zeit mit der Besichtigung der Umgebung, die er sorgfältig in seinem Notizbuch festhielt.

Als am Nachmittag die Zeit gekommen war, um die Postkutsche zu besteigen, traf er dort drei weitere Fahrgäste: einen schweigsamen Kaufmann aus der Gegend und zwei Zigeunerinnen, offenbar Mutter und Tochter. Soweit Harker feststellen konnte, sprach keiner der drei Englisch oder eine andere Sprache, von der er zumindest eine Ahnung gehabt hätte.

Als sie hörten, daß der junge Ausländer den Borgo-Paß als Fahrtziel nannte, betrachteten die Einheimischen ihn mit einer seltsamen Mischung aus Mitleid und Angst. Harker stellte fest, daß ihn diese Reaktion störte – ebenso wie der Körperumfang der jungen Zigeunerin, die ihm gegenüber saß und deren Knie in der engen Kutsche öfters gegen seine stießen.

Die Fahrt verlief ohne besondere Aufregungen, obwohl der Kutscher die Pferde schneller laufen ließ, als Harker erwartet hatte. Ab und zu unterhielten sich seine Reisegenossen in einer Sprache, von der er kein Wort verstand. Trotzdem war er davon überzeugt, daß sie über ihn sprachen.

Die vier hatten schon mehrere Stunden in der engen Kutsche verbracht, die jetzt über immer schlechter werdende Straßen dahinschaukelte. Harker nutzte das letzte Tageslicht aus, um eine kleine Photographie von Mina zu betrachten, als sich plötzlich die junge Zigeunerin, die den Fremden schon einige Zeit intensiv gemustert hatte, zu einem Entschluß durchrang.

Sie beugte sich vor, lächelte dabei, als wolle sie ihn beruhigen, und packte seine rechte Hand. Harker steckte Minas Bild mit der anderen schnell zurück in die Tasche und wollte gerade der Zigeunerin klarmachen, daß er keineswegs den Wunsch hege, sein Schicksal von ihr zu erfahren, als er spürte, daß die junge Frau ihm nur etwas geben wollte.

Völlig verblüfft schaute er in seine Hand. Die Zigeunerin hatte ihm ein kleines Kreuz in die Hand gedrückt, das an einer dünnen Kette hing. Offenbar war beides aus Silber gearbeitet.

Die Frauen machten Harker gestenreich nachdrücklich klar, daß er die Kette um den Hals legen sollte. Harker blickte hilfesuchend den Kaufmann an. Doch dieser kaute nur auf seinem buschigen Schnurrbart herum und machte ein düsteres Gesicht. Doch schließlich nickte er, als wolle er bekräftigen, daß der Vorschlag der Frauen eine gute Idee sei.

Da Harker seine Reisegefährten nicht verärgern wollte, nahm er den Hut ab und streifte die Kette über den Kopf. Sofort lächelten ihm die Zigeunerinnen befriedigt zu. Ja, es bestand kein Zweifel, daß sie das im Sinn gehabt hatten. Harker setzte den Hut wieder auf und lehnte sich zurück.

Normalerweise hätte er erwartet, daß sich in seinem Innern alles sträube, wenn er sich einer solch papistischen Sitte der Verehrung eines Bildes unterwerfe. Doch das war keineswegs so. Statt dessen empfand er die Berührung des Silberkreuzes irgendwie beruhigend.

Er beschloß, den Vorfall mit genau diesen Worten festzuhalten, wenn er wieder eine Gelegenheit fände, Tagebuch zu schreiben.

»Danke«, sagte er und neigte vor beiden Frauen den Kopf. »Danke.«

Wie er gehofft hatte, schienen sein Lächeln und die Kopfbewegung den Zigeunerinnen die Bedeutung der unverständlichen englischen Worte zu übermitteln. Er hatte den Eindruck, daß sie jetzt völlig zufrieden mit ihm waren, wie sie so dasaßen. Seltsam war nur, daß sie durch keine Geste eine Bezahlung von ihm verlangten, wie er es eigentlich erwartet hätte.

Die Sonne war inzwischen untergegangen. Ihre letzten Strahlen färbten die schneebedeckten Gipfel im Osten rosig. Gleich darauf hielt der Kutscher an, um die Laternen für die Fahrt durch die Dunkelheit zu entzünden. Danach stieg er wieder auf den Bock und trieb mit heftigem Peitschenknallen die Pferde an, trotz der kalten Nachtluft und des immer schlechter und steiler werdenden Weges das Tempo beizubehalten.

Nach den Informationen, die Harker von seinem Klienten erhalten hatte, würde der Borgo-Paß der nächste Halt sein.

In der Dunkelheit konnten die Passagiere den Weg nicht mehr sehen; aber das Rütteln der Kutsche verriet, daß sich sein Zustand weiter verschlechtert hatte. Dem Engländer schienen die Nachtstunden kein Ende nehmen zu wollen. Die Laternen außen an der Kutsche gaben nur ein schwaches Licht. Der Mond blieb oft minutenlang hinter den dahinjagenden Wolkenfetzen verborgen. Trat er hervor, sah man eine teilweise bewaldete, teilweise kahle Gebirgslandschaft. So weit Harker sehen konnte, leuchtete nirgends das Licht eines Bauernhauses oder eines Dorfes.

Auf einmal zog der Kutscher völlig unerwartet an den Zügeln der schnaubenden Pferde und hielt. Durch das Kutschenfenster konnte Harker mühsam eine Lichtung erkennen, wo sich der Weg zu einem Rastplatz erweiterte oder sich gabelte. Aber er konnte keine Abzweigung sehen. In der Stille der Nacht kam es ihm vor, als stünde dort ein riesiges Kruzifix da.

Harker war ziemlich sicher, daß der Kutscher zumindest einige Brocken Englisch sprach. Er räusperte sich und rief aus dem Fenster: »Ist hier – ich will sagen, ist dies der Ort, wo ich...?«

Harker erhielt keine Antwort; aber offenbar war dies der Ort, wo er abgeholt werden sollte. Der Kutscher schien jedenfalls dieser Meinung zu sein, denn er kletterte vom Kutschbock nach hinten und band Harkers Reisekorb los. Im nächsten Augenblick hatte er das Gepäck des jungen Anwalts rücksichtslos auf den Boden geworfen.

Der Besitzer stieß einen Protestschrei aus und rief: »He, du da! Geh gefälligst etwas vorsichtiger mit meinen Sachen um!«

Doch seine Beschwerde war offenbar völlig sinnlos. Der Kutscher sprang eilig herbei, als zähle jede Sekunde für ihn, und riß die Tür auf. Mit finsterem Gesicht bedeutete er ihm, er solle aussteigen.

Im Schein der Kutschenlaternen spähte Harker umher. Er hoffte, irgendwo das Gefährt zu sehen, das ihn zum Grafen bringen sollte. Er erwartete jeden Moment, schwankende Laternen in der Finsternis auftauchen zu sehen; aber nichts kam. Die einzigen Lichter waren die Lampen der Postkutsche, mit der er dort angelangt war. In ihrem flackernden Schein stiegen weiße Dampfwolken von den schweißbedeckten Pferden in den Nachthimmel. Harker konnte jetzt das helle Band der Straße erkennen, das vor ihnen lag; aber keinen Hinweis auf ein Gefährt.

Wenn er ausstieg, konnte er wenigstens seine Beine ausstrekken und auf die Uhr sehen, wenn er sie nahe an eine Laterne hielt.

»Wir sind zu früh dran!« protestierte Harker, nachdem er einen Blick auf das Ziffernblatt geworfen hatte. Dann hielt er die Uhr ans Ohr. Wenn seine Uhr richtig ging – und sie tickte regelmäßig wie immer –, hatten die dampfenden Pferde ihn eine Stunde zu früh zum Borgo-Paß gebracht.

Erneut beschwerte er sich beim Kutscher: »Selbst wenn dies der richtige Ort ist, sind wir eine volle Stunde zu früh hier, und daher ist die Kutsche, die mich abholen soll, natürlich noch nicht da. Ich bestehe...«

Es half nichts. Der Kaufmann und die Zigeunerinnen betrachteten ihren Reisegefährten voller Mitleid – aber auch voller Erleichterung, als seien sie von Herzen froh, ihn los zu sein. Dann fiel die Tür der Postkutsche ins Schloß. Als Harker sich nach dem Kutscher umschaute, saß dieser schon wieder auf dem Bock und griff nach der Peitsche.

Gleich darauf schien der junge Reisende aus England die Nacht ganz für sich allein zu haben. Er hörte in der Ferne noch das leiser werdende Geräusch der Räder, den Hufschlag und das Knallen der Peitsche. Obgleich sie dem Fahrplan eine Stunde voraus waren, wollten weder Kutscher noch Fahrgäste eine Minute länger an diesem Ort verweilen als unbedingt nötig –

Und was war *das*? Harker wandte sich um und lauschte.

Hatte da tatsächlich ein Wolf geheult? In einem so wilden Land – Welten von London entfernt – hielt er das durchaus für möglich.

Da war es wieder, dies leise, klagende Heulen! Die Antwort kam aus bedrohlicher Nähe. Unbewußt wich der junge Anwalt von seinem lieblos hingeworfenen Gepäck zurück und bewegte sich auf das nur undeutlich erkennbare Wahrzeichen, das Kreuz oder den Wegweiser, zu, als könne er so bei diesem Zeichen der Zivilisation Schutz finden, da es ein Beweis war, daß die Menschheit in dieser Welt doch Fuß gefaßt hatte.

Und dann fiel Harker ein, daß es, falls es ein Wegweiser war, ihm vielleicht nützen könnte. Falls man ihn doch an der falschen Stelle abgesetzt hatte, würde er bei Tageslicht den Weg zurück in die Zivilisation suchen müssen. Jetzt in der Dunkelheit war es allerdings sicher schwierig, Buchstaben oder Zahlen zu lesen, selbst wenn sie in einer ihm bekannten Sprache geschrieben waren, was er stark bezweifelte.

Trotzdem ging Harker auf das Wahrzeichen zu. In der Tat war dies Ding äußerst seltsam und auf keinen Fall ein Wegweiser.

Sein erster Eindruck war richtig gewesen. Es war ein großes Kreuz; allerdings war die mannshohe, geschnitzte Figur des Gekreuzigten daran nicht menschlich – jedenfalls nicht ganz.

Vorsichtig streckte er die Hand aus und berührte die Füße. Der hölzerne Körper war der eines Mannes; aber der Kopf glich dem eines Wolfes.

Besonders seltsam kam Harker vor, daß ihm die Figur in dieser Umgebung durchaus passend erschien.

Harker wandte sich von dem Kruzifix – falls es eins war – ab und schlenderte ein kurzes Stück auf dem Weg auf und ab. Ihm war sehr ungemütlich. Die Minuten zogen sich endlos in die Länge. Abwechselnd summte und pfiff er vor sich hin. Um die Gedanken an Gefahren und Schwierigkeiten zu vertreiben, versuchte er sich abzulenken, indem er den Grundstücksverkauf noch mal im Geiste durchging, den er hier abschließen wollte. Es war ein ziemlich kompliziertes Geschäft, da es um mehrere Grundstücke ging.

Voller Erleichterung hörte er endlich Hufschlag und das Geräusch von Rädern, die sich näherten. Sie kamen aus der Richtung, die rechtwinklig zu dem Weg lag, auf dem er bisher gereist war. Inzwischen hatten sich seine Augen gut an die Dunkelheit angepaßt, so daß er dort schwache Wagenspuren ausmachen konnte. Mit ziemlichem Tempo tanzten die Lampen des Gefährts auf und nieder.

Bald war es nah genug heran, daß Harker mehr erkennen konnte. Prächtige Rappen zogen eine offene Kalesche mit einem hohen Bock für den Kutscher.

Der Fahrer auf diesem Bock trug eine seltsame Livree. Ein schwarzer Hut oder Helm verlieh ihm über einem kurzen, schwarzen Cape mit hohem Kragen das Aussehen eines Raubvogels. Nur ein Teil seines bleichen Gesichtes war zu sehen.

Die Kalesche blieb so stehen, daß der Kutschbock sich direkt neben dem wartenden Fahrgast befand. Mit kehligem Deutsch rief der Kutscher herab: »Der Herr Graf hat mir befohlen, gut auf Euch aufzupassen, mein Herr!«

Im nächsten Augenblick fühlte Harker sich zu seiner Verblüffung an Hand und Schulter gepackt und buchstäblich in die offene Kalesche gehoben. Verwirrt saß er still da, während der flinke Kutscher weitere Beweise seiner Körperkraft lieferte und den schweren Reisekorb und das andere Gepäck mühelos an Bord hob.

Der junge Anwalt fühlte wohlige Wärme, als er in der Kalesche saß und der Kutscher ihn in eine dicke Pelzdecke einhüllte. Dann drückte er ihm noch eine Flasche in die Hand. Dem Geruch nach *Sliwowitz*, der Pflaumenschnaps dieser Gegend. Ein lauter, weithin hallender Peitschenknall, dann begann das letzte Stück von Harkers Reise.

Doch immer noch drang aus der Dunkelheit, die die Kalesche

umgab, das hungrige Klagegeheul der Wölfe, als würde das Rudel ihnen trotz ihrer Schnelligkeit folgen... Harker spürte den Geschmack des *Sliwowitz* kaum.

Die nächsten beiden Stunden vergingen wie im Flug, obwohl die Peitsche des Kutschers nur selten knallte. Schließlich hatte Harker den Eindruck, daß die Wölfe nun doch zurückgeblieben waren. Der Weg war jetzt noch enger und schlechter als der, auf dem er aus Bistritz gekommen war. In halsbrecherischen Serpentinen schlängelte er sich die Berge empor. Manchmal ging es am Rand eines Abgrunds vorbei, dann minutenlang durch Tunnel dunkler Tannen. Immer noch herrschte auf beiden Seiten Dunkelheit. Nirgends funkelte das Licht eines Bauernhofes oder eines Zigeunerlagers.

Und dann kam ohne jeden vorherigen Hinweis das Gebäude in Sicht, das Harkers Ziel sein mußte. Überraschend nah erhob es sich vor ihnen auf einem hohen Felsen. Es war ein riesiges, verfallenes Schloß, aus dessen hohen, schwarzen Fenstern kein Lichtstrahl drang. Seine Zinnen bildeten eine gezackte Linie am mondbeschienenen Himmel.

Nicht einmal eine Minute später rumpelte die Kalesche unter einem langen, niedrigen Gewölbe hindurch in einen großen offenen Innenhof des uralten Bauwerks, das halb Trutzburg war und halb Schloß.

Nach einem abrupten Halt wurde Harker samt Gepäck am Fuß einer brüchigen Steintreppe ausgeladen, die zu einer schweren Tür führte. Der bogenförmige Türsturz war mit einem aus Stein gemeißelten Drachen geschmückt.

Sobald der geheimnisvolle Kutscher in seiner dunklen Livree Harkers Korbkoffer auf das mondbeschienene Kopfsteinpflaster gestellt hatte, schwang er sich wieder auf den Bock und fuhr an.

Seine Peitsche knallte über den Rücken der immer noch kraftstrotzenden Pferde. Der Besucher aus England stand plötzlich mutterseelenallein und so verwirrt da, wie er es seit seiner Abreise aus Paris eigentlich ständig gewesen war.

Es herrschte tiefes Schweigen. Im silbrigen Licht des Mondes sah er sich in dem großen Hof um. Mehrere Gänge verschwanden unter großen Rundbogen im Dunkeln. An der Tür sah er weder einen Türklopfer noch eine Glocke. Harker hielt es für unwahrscheinlich, daß seine Stimme durch dies finstere Gemäuer oder die dunklen Fensteröffnungen dringen könnte.

Es kam dem Besucher vor, als müsse er endlos warten. Zweifel und Angst stiegen in ihm auf. Auf welch schreckliches Abenteuer hatte er sich nur eingelassen, fragte er sich bang. War dies der Normalfall im Leben eines Kanzleiangestellten, daß man ihn zu einem Fremden ins Ausland schickte, um diesem einen Grundstückskauf in London zu erklären?

Kanzleiangestellten – nein, wirklich! Harker mußte seine Gedanken zur Ordnung rufen. Mina wäre über das unbewußte Zurückgleiten in seine frühere Stellung sicher sehr unglücklich. Er war schließlich ein richtiger Rechtsanwalt und bald Partner, wenn alles gutging und er das Geschäft erfolgreich abschloß...

Harker zuckte zusammen. In dem verfallenen Teil des großen Schlosses hatte sich irgendwo etwas bewegt! Es klang, als sei ein Stein herabgefallen. Es klapperte noch mehrmals. Wahrscheinlich hatte eine Ratte einige Steine losgetreten.

Der Besucher hatte schließlich genug von der untätigen Warterei.

Mit einiger Mühe hatte der junge Anwalt gerade seine Gepäckstücke aufgenommen und entschlossen den Fuß auf die unterste Steinstufe gesetzt, als oben schwere Ketten rasselten und mehrere Riegel zurückgeschoben wurden. Plötzlich öffnete sich die Tür, zu der die Treppe hinaufführte. Eine Gestalt, der Silhouette nach ein Mann, zeichnete sich vor dem schwach beleuchteten Innenraum ab.

Im nächsten Augenblick hob der Mann mit der rechten Hand eine antike Silberlampe, deren Flamme ohne Zylinder oder Windschutz brannte. Ein Windstoß durch die offene Tür brachte sie jetzt zum Flackern, so daß sie lange, zitternde Schatten warf.

Endlich sah Harker die Gestalt deutlich. Sie war vom Hals bis zu den Füßen in ein langes, scharlachrotes Gewand gehüllt. Das dichte, weiße Haar war über die hohe Stirn zurückgekämmt. Das alte Gesicht war glatt rasiert und totenbleich. Nicht ein Hauch von Farbe war auf dem Kopf oder Gesicht zu sehen – bis auf die Augen des Mannes. Sie waren strahlend blau und eiskalt.

»Willkommen in meinem Haus!« begrüßte ihn der alte Mann. Sein Englisch war ausgezeichnet, nur der Tonfall klang etwas merkwürdig. »Nur frei herein, sicher hinaus, und laßt etwas von dem Glück zurück, das Ihr bringt!«

Mit einem Seufzer der Erleichterung setzte Harker das schwere Gepäck auf den Stufen ab. »Graf... Dracula?«

Mit einer Geschwindigkeit, die die Runzeln seines bleichen Gesichts Lügen strafte, eilte der Mann in der roten Robe die Stufen herab, um seinen Gast zu begrüßen. Er machte eine höfliche Verneigung und griff gleichzeitig nach dem schweren Reisekorb. Mit unglaublicher Leichtigkeit hob er ihn auf.

»Ich bin Dracula und heiße Sie in meinem Haus willkommen, Mister Harker. Kommen Sie herein, die Nachtluft ist kühl, und Sie müssen essen und sich ausruhen.«

Harker stieg die Stufen empor. Dann holte er tief Luft und trat über die Schwelle.

3

Als er das Schloß betreten hatte, wollte Harker sein Gepäck wieder selbst übernehmen.

Doch sein kräftiger Gastgeber ließ das nicht zu. »Nein, Sir! Sie sind mein Gast! Es ist spät, meine Diener stehen nicht zur Verfügung. Gestatten Sie mir, daß ich selbst für Ihre Bequemlichkeit sorge.«

Nachdem der weißhaarige Graf die schwere Eingangstür verschlossen und verriegelt hatte, trug er Harkers schweren Reisekoffer locker in einer Hand, in der anderen hielt er die antike Lampe. Leichtfüßig ging er die steinerne Treppe hinauf.

Während der junge Mann ihm folgte, sah er sich voller Staunen um. Das Innere des Schlosses – zumindest dieser Teil – schien viel besser erhalten zu sein, als das verfallene Äußere vermuten ließ. Das flackernde Licht der Lampe in Graf Draculas Hand fiel auf seltsame Statuen und warf noch seltsamere Schattengebilde an die Decke und die Wände, an denen verblichene Gobelins und alte Gemälde hingen. Mittelalterliche Waffen und Rüstungen schimmerten, als er vorüberging.

Wieder beschloß Harker, daß er sein schweres Gepäck lieber selbst tragen wollte, da offenbar keine Diener vorhanden waren; aber sein Gastgeber vereitelte diesen Versuch, ohne etwas zu sagen. Graf Dracula schritt schwer beladen eine Treppe nach der anderen leichtfüßig hinauf, während der junge Harker keuchen mußte, als er ihm folgte.

Ohne das Tempo zu verlangsamen, wandte der weißhaarige Mann den Kopf: »Los, erzählen Sie mir etwas über die Grundstücke in London, die Sie für mich erworben haben!«

Harker war froh, daß er sich zuvor noch die Mühe gemacht hatte, alles noch einmal in Gedanken durchzugehen. Schwer atmend bemühte er sich, den Grafen zufriedenzustellen.

»Nun, Sir, am bemerkenswertesten ist meiner Meinung nach jener Besitz, der Carfax heißt. Zweifellos ist der Name eine Verballhornung des französischen *Quatre Face*, da das Haus quadratisch ist und die Ecken wie mit dem Kompaß genau nach den vier Himmelsrichtungen ausgerichtet sind.«

Der Graf blickte zu ihm zurück, während Harker stehenblieb, um Luft zu holen. Dann fuhr der junge Mann fort: »Es sind etwa zwanzig Morgen Land, alles von einer soliden Mauer eingegrenzt. Die vielen Bäume lassen manche Stellen düster erscheinen. Außerdem gibt es noch einen tiefen, dunklen Teich.

Das Herrenhaus selbst ist groß und vereinigt viele Baustile in sich. Der älteste Teil stammt sicher noch aus dem Mittelalter. Dort sind die Mauern unvorstellbar dick. Das Haus ist übrigens seit vielen Jahren nicht mehr repariert worden.«

Graf Dracula, der geduldig auf seinen jungen Gast gewartet hatte, nickte nachdenklich. Dann stiegen sie weiter hinauf, vorbei an antiken griechischen und römischen Statuen, die alle in bewundernswertem Zustand zu sein schienen.

»Ich bin froh, daß das Haus alt ist«, meinte der Graf. »Ich stamme aus einer sehr alten Familie. Wenn ich in einem neuen Haus leben müßte, würde mich das töten.«

Der junge Anwalt war erleichtert, als sie endlich in ein hell erleuchtetes Zimmer kamen, wo auf dem Tisch ein Abendessen bereitstand – allerdings nur ein einziges Gedeck. Die goldenen Platten und Terrinen und das kostbare Kristall waren sehr alt und nach Harkers schneller Schätzung ein Vermögen wert. In einem gewaltigen offenen Kamin brannte ein Feuer. Die dicken Holzscheite waren erst vor kurzem nachgelegt worden. Die Flammen vertrieben schnell die kalte Luft der Karpatennacht. Wie an vielen anderen Wänden des Schlosses bildeten auch hier Waffen einen Großteil des Wandschmucks.

Der Graf schloß die Tür, durch die sie vom Korridor aus hereingekommen waren. Dann schritt er durch das Zimmer zu der gegenüberliegenden Tür. Sie führte in ein gemütliches Schlafzimmer, das einladend beleuchtet war und in dem ebenfalls Feuer im Kamin brannte. Das Krachen der Holzscheite hallte hohl im Schornstein nach.

Der Graf stellte Harkers Gepäck ab und sagte beim Hinausgehen: »Sie wollen sich nach der Reise sicher frisch machen. Wenn Sie fertig sind, kommen Sie doch bitte ins Nebenzimmer, wo Ihr Abendessen bereitsteht.«

Das Licht und die wohlige Wärme dieser Räume hatten wie die höfliche Begrüßung durch den Hausherrn Harkers Ängste beinahe verdrängt. Der junge Mann merkte erst jetzt, daß er halb verhungert war. Schnell machte er sich frisch.

Als er wieder ins Wohnzimmer kam, lehnte Graf Dracula an der steinernen Umwandung des großen Kamins. Freundlich forderte er seinen Gast auf, am Tisch Platz zu nehmen.

»Aber bitte, setzen Sie sich doch«, drängte er den jungen Anwalt. »Nehmen Sie Ihr Abendessen ein. Mich entschuldigen Sie bitte, wenn ich Ihnen keine Gesellschaft leiste; aber ich habe zu Mittag gegessen und nehme abends nie etwas zu mir.«

Der Graf kam bei diesen Worten näher und nahm eigenhändig den Deckel von einer Schüssel. Ein leckeres Brathühnchen kam zum Vorschein. Außerdem sah Harker noch Käse, Salat und eine verstaubte Flasche köstlichen alten Tokajers.

Der junge Mann machte sich sofort über alles her. Während er aß und trank – er beschränkte sich auf zwei Gläser des köstlichen Weins –, drehte sich die Unterhaltung um die ungewöhnlichen Dinge, die er auf seiner Reise beobachtet hatte. Dracula blieb am Kamin stehen. Offenbar behagte ihm diese Haltung. Interessiert hörte er Harker zu und konnte auch gleich einige der Ereignisse und Gebräuche erklären, die dem jungen Engländer rätselhaft waren.

Sobald Harker die Mahlzeit beendet hatte, stand er auf und nahm dankend die Zigarre an, die ihm sein Gastgeber reichte. Er zündete sie mit einem Holzspan aus dem Kaminfeuer an.

Vor dem Fenster wurde ein Geräusch laut. Der Besucher wandte den Kopf in diese Richtung. Deutlich erkannte er die Vorboten der nahen Morgendämmerung. In diesem Augenblick kam es Harker vor, als ob eine sonderbare, frische Stille über allem lag. Doch als er genau hinhörte, vernahm er wieder das Heulen vieler Wölfe. Ihm war, als käme es aus dem Tal unterhalb des Schlosses.

Bei diesen Lauten leuchteten die Augen seines Gastgebers auf. Voller Ruhe lächelte der alte Mann: »Hören Sie nur! Die Kinder der Nacht! Welche Musik sie machen!«

Harker gab sich alle Mühe, höflich zu bleiben; aber er war sehr müde und murmelte nur etwas Unverständliches.

Der Graf lächelte wissend, weil der junge Fremde ihn nicht verstand. »Wir sind in Transsylvanien. Und Transsylvanien ist nicht England. Unsere Lebensart unterscheidet sich von der Ihren. Sie werden hier auf viele seltsame Dinge stoßen. Jahrhundertelang kämpften meine Vorfahren auf diesem Boden gegen die Sachsen und die Türken. Es gibt kaum einen Fußbreit Land in der ganzen Gegend, der nicht vom Blut der Patrioten und der Eindringlinge getränkt ist!«

Er machte eine Pause. Dann fuhr er mit ruhiger Stimme fort: »Sie können im Schloß überall hingehen, nur nicht dorthin, wo die Türen verschlossen sind; aber dorthin würden Sie ohnehin nicht gehen wollen.«

»Bestimmt nicht, Sir, ich...« Harker stockte. Seine Neugier war auf einmal erwacht und hatte die Müdigkeit verdrängt. »Graf Dracula, das Gesicht auf dem Gobelin hinter Ihnen... ist das ein Vorfahre? Ich sehe eine gewisse Ähnlichkeit...«

»O ja, allerdings.« Der alte Mann drehte sich um und betrachtete die Gestalten auf dem Wandteppich mit offenkundigem Wohlgefallen. »Der Orden des Drachen. Eine uralte Gemeinschaft. Meine Ahnen gelobten, die Kirche gegen alle Feinde zu verteidigen.«

Dann wandte er sich wieder Harker zu und lächelte. Dabei entblößte er weiße, spitze Zähne. »Leider war die Beziehung nicht ganz... erfolgreich... oder – besser gesagt – harmonisch.«

Harker blickte ihn verwirrt an. Er war nicht sicher, was die Worte und das bösartige Lächeln andeuten sollten. »Gewiß waren Ihre Ahnen gute Christen, wie Sie und...«

»Wir sind Draculas!« schrie der Graf. Seine Augen schienen auf einmal rot zu glühen. Im nächsten Augenblick hatte er eine der Waffen von der Wand gerissen. Es war ein türkisches Krummschwert.

Er schwang die Klinge mit der rechten Hand. »Und wir Draculas haben das Recht, stolz zu sein! Ist es ein Wunder, daß wir eine Sippe von Eroberern sind? Welcher Teufel oder welche Hexe war je so groß und mächtig wie Attila, dessen Blut in unseren Adern fließt?«

Blitzschnell schlug er nach rechts und links in die Luft. Harker vergaß seine Zigarre und wich ängstlich zurück. Schließlich benutzte Dracula das Krummschwert als Zeigestab und richtete es auf das stolze Gesicht des Kriegsherrn auf dem Gobelin. »Sein Ruhm ist mein Ruhm!«

So abrupt dieser Ausbruch dämonischer Energie gekommen war, so schnell legte er sich wieder. Die Schultern des alten Mannes senkten sich. Müde reckte er sich, um die Waffe wieder in die Scheide an der Wand zu stecken.

Dann blickte er in die Ferne und murmelte mit sanfter Stimme: »Blut ist heutzutage sehr kostbar. Und die Ruhmestaten meiner großen Sippe sind wie eine alte Sage.«

Langsam, erschöpft und traurig drehte er sich um. Als er auf Harker zutrat, flößte er diesem keine Angst ein. »Ich bin der letzte Sproß meines Geschlechts.«

Harker verneigte sich. Er war noch etwas steif von dem plötzlichen Schock. Der hatte zumindest seinen Kampf gegen die Müdigkeit erst einmal überflüssig gemacht. »Ich habe Sie mit meiner Unwissenheit verletzt, Graf. Verzeiht mir.«

Dracula verneigte sich ebenfalls und nahm die Entschuldigung an. »*Ich* muß Sie um Verzeihung bitten, mein junger Freund. Es ist schon lange her, seit ich hier... Gäste hatte. Und ich bin müde von den vielen Jahren der Trauer um die Toten.«

Doch schon verdrängte die unerbittliche Energie wieder die Spuren des Alters und der Müdigkeit. Ein schwaches Lächeln kehrte in das Gesicht des Grafen zurück.

»Ihr Prinzipal, Mr. Hawkins, hat sich in seinen Briefen sehr lobend über Ihre Talente geäußert. Kommen Sie, erzählen Sie mir mehr über die Häuser, die Sie für mich erworben haben.«

Es war eine halbe Stunde später. Zur Besprechung zwischen Käufer und Makler waren sie in einen anderen Raum gegangen, der ebenfalls hell erleuchtet war. Dort lagen verschiedene Dokumente, darunter die Kaufverträge, auf einem Tisch ausgebreitet.

Über dem Tisch hing eine riesige Wandkarte von London und Umgebung. Harker hatte gerade mehrere Photographien an die Karte geheftet, auf denen die verschiedenen Grundstücke abgebildet waren, die Graf Dracula durch die Anwaltskanzlei hatte kaufen lassen. Die zehn Adressen waren mit roten Kreisen gekennzeichnet.

Dracula unterzeichnete soeben mit einer altmodischen Feder, die er immer wieder in ein Tintenfaß tauchte, das letzte Dokument, das noch erforderlich war.

Dabei sagte er: »Ich sehne mich so danach, durch die belebten Straßen Ihres großen London zu gehen, mitten im Strudel, mitten im geschäftigen Treiben der Menschheit zu sein, an ihrem Leben teilzuhaben, an ihrer Veränderung – an ihrem Tod –«

Mit diesem letzten Wort schob er schließlich den fertigen Vertrag zu Harker hinüber, der ihn zusammenfaltete und mit heißem Wachs versiegelte.

»So! Graf, nun sind Sie der Besitzer von Carfax in der Purfleet.«

Der junge Anwalt eilte zur Wandkarte und zeigte auf eine der Photographien, man sah ein uraltes steinernes Gebäude.

Dracula nickte. Harker ging zum Tisch zurück, auf dem zwischen allen möglichen Papieren noch weitere Photos lagen.

»Ich habe auch noch Bilder von den anderen Häusern mitgebracht. Verzeiht mir meine Neugier, Graf; aber als Ihr Anwalt in London würde es vielleicht hilfreich sein, wenn ich Bescheid wüßte. Warum kaufen Sie zehn Häuser, alle in der Stadt verstreut? Ist dies eine seltsame Investitionsstrategie, um den Marktwert aller Grundstücke hinaufzutreiben? Oder –?«

Dracula war nahe an den Tisch herangetreten. Als sein Blick sich von der Landkarte abwandte und auf den Tisch richtete, sah er dort etwas, das ihn erstarren ließ.

Seine Hand zuckte krampfhaft – wie eine unwillkürliche Reaktion auf einen ungeheuren Schock – und stieß dabei das Tintenfaß um. Eine große, rötlichbraune Lache wie geronnenes Blut breitete sich auf der Tischplatte aus.

Der Graf war schneller als die rötliche Flüssigkeit. Seine Hand mit den spitzen Nägeln, die auf der Innenfläche unnatürlich behaart war, rettete irgend etwas vor der Tintenflut.

Harker sah ihn an und war wieder verblüfft: Er hatte einen Augenblick lang den Eindruck, als blicke er einem Leichnam ins Antlitz. So stark war Draculas Konzentration auf die Photographie, die er jetzt in der Hand hielt.

Die Lippen des Grafen bewegten sich. Eine ganz fremde Stimme drang flüsternd aus seinem Mund.

»Der glücklichste Mensch, der auf dieser Erde wandelt, ist der, welcher – wahre Liebe findet.« Jetzt erst hob er seine durchdringenden blauen Augen von dem Bild hoch und schaute Harker an.

Der junge Mann war durch diesen plötzlichen Zwischenfall noch immer verwirrt. Ungläubig blickte er auf das Bild und fing an, in seinen Innentaschen herumzusuchen.

»Ach, wie ich sehe, haben Sie – Mina gefunden. Ich dachte, ich hätte das Bild verloren; aber es muß zwischen die anderen Photographien geraten sein. – Wir werden heiraten, sobald ich nach England zurückgekehrt bin.«

Bei seinen letzten Worten drehte Harker plötzlich den Kopf und blickte zur offenen Tür hinüber, die auf den dunklen Korridor führte. Einen Augenblick lang hatte der junge Mann geglaubt, ein leises Rascheln von Frauenkleidern und unterdrücktes Lachen zu hören.

Vielleicht war das aber nur eine Illusion gewesen, hervorgerufen durch den Wind oder durch Mäuse, die in dem alten Gemäuer herumhuschten und fiepten. Das Verhalten des Grafen verriet jedenfalls nicht, daß noch jemand in der Nähe gewesen war. Behutsam legte er Minas Bild auf eine trockene Stelle der Tischplatte.

Da Harker das Gefühl hatte, ein Gespräch in Gang bringen zu müssen, fragte er: »Sind Sie verheiratet, Graf?«

Dracula starrte noch immer auf Minas Bild. Seine Antwort kam langsam und stockend.

»Ich war es... früher... mir kommt es wie eine Ewigkeit vor. Unglücklicherweise starb sie.«

»Oh, das tut mir leid.«

»Aber vielleicht war es ein Glück für sie. Mein Leben ist günstigenfalls... Jammer und Leid.« Er nahm Minas Bild wieder in die Hand und gab es Harker. »Sie wird zweifellos eine hingebungsvolle Gattin sein.«

Harker murmelte verlegen etwas, das eine Zustimmung sein sollte, und steckte dann das Bild tief in die Innentasche seines Rockes, wo es hingehörte.

Dracula rieb sich die Hände und war plötzlich wieder ganz auf das Geschäftliche bedacht. »Und nun, mein lieber, junger Freund, wäre es gut, wenn Sie ein paar Briefe schreiben würden. Zweifellos werden Ihre Freunde froh sein zu hören, daß es Ihnen gutgeht und daß Sie sich auf das Wiedersehen nach Ihrer Rückkehr freuen.«

»Wie bitte?«

»Schreiben Sie doch sogleich. Zumindest zwei Briefe, meine ich. Einen an Ihren zukünftigen Partner, Mr. Hawkins, und einen an... die Menschen, die Sie lieben. Teilen Sie ihnen mit, daß Sie noch einen Monat bei mir bleiben werden.«

Der junge Anwalt war völlig überrumpelt. Nur mit Mühe konnte er seine Enttäuschung verbergen. Schüchtern fragte er: »Sie möchten also, daß ich so lange bleibe?«

»Das ist mein größter Wunsch.« Die seltsamen blauen Augen wurden hart. »Nein, eine Ablehnung kann ich nicht akzeptieren! Es gibt so viel, das ich gern von Ihnen erfahren möchte – über London, England und die Menschen dort.«

Als der Graf das widerstrebende Zögern seines Besuchers bemerkte, wurde er deutlicher. »Als Ihr Chef oder Prinzipal – oder wie auch immer Sie Mr. Hawkins nennen – sich einverstanden erklärte, jemanden hierher zu schicken, war abgemacht worden, daß in erster Linie meine Belange zu befriedigen wären. Ich habe schließlich nicht geknausert, nicht wahr?«

Die Hand mit den spitzen, langen Nägeln schob Harker Briefbögen und Umschläge hinüber. Sie waren von feinstem ausländischen Papier. Harker war klar, daß man alles, was er schreiben würde, sicher mühelos lesen könnte, selbst wenn die Umschläge versiegelt waren.

Aber unter den gegebenen Umständen konnte er nur zustimmend mit dem Kopf nicken.

Dracula lächelte. Jetzt war er wieder ganz der charmante Gastgeber. »Aber Sie werden sicher müde sein! Ich bin wirklich ein schlechter Gastgeber. Ihr Schlafzimmer ist hergerichtet. Schlafen Sie morgen, so lange Sie möchten. Ich bin bis zum Nachmittag leider außer Haus. Also, schlafen Sie gut, und träumen Sie schön!«

Harker zog sich zurück und schrieb in sein Tagebuch, daß er sich »wie in einem Meer voll Fragen« vorkäme. »Ich zweifle, ich habe Angst, ich denke seltsame Dinge, die ich meiner eigenen Seele nicht eingestehen darf. Gott schütze mich, wenn auch nur um derer willen, die mir teuer sind!«

Nachdem er ein paar Stunden unruhig geschlafen hatte, obwohl ihn eigentlich nichts gestört hatte, wachte er auf. Durch das Fenster fiel Sonnenlicht. Er stand auf und blickte eine Zeitlang auf den leeren, völlig verlassenen Hof unterhalb seiner Fenster hinunter. Unkraut wucherte zwischen den Steinen. Der Wind hatte den Staub in die Ecken getrieben. Der steinerne Bogen mit dem Drachen darüber kam ihm ebenso rätselhaft vor wie eine Sphinx.

Auf dem Korridor von Harkers Zimmer war alles still – wie überall im Schloß. Bis jetzt hatte er noch keinen Bediensteten gesehen oder gehört.

Er wusch sich und kleidete sich an. Dann ging er wieder in das Zimmer hinüber, in dem er am Vorabend gespeist hatte. Ein kaltes Frühstück war aufgetragen, der Kaffee wurde in einer Kanne auf dem Kamin warm gehalten.

Auf dem Tisch lag eine Karte mit folgender Mitteilung von Dracula:

»Ich werde eine Zeitlang abwesend sein.
Warten Sie nicht auf mich! – D.«

Harker fand, daß er sich an die Eigenheiten des Schloßherrn schon gewöhnt hatte; denn er ließ sich das Frühstück munden. Als er fertig war, suchte er nach einer Glocke, um die Dienerschaft wissen zu lassen, daß abgeräumt werden könnte. Aber er konnte keine finden.

Daraufhin schenkte er sich noch eine Tasse Kaffee ein und dachte über die sonderbaren Unzulänglichkeiten in diesem Haus nach, die in völligem Gegensatz zu dem offenkundigen Reichtum standen. Auch jetzt war das Geschirr aus Gold und so wunderschön gearbeitet, daß es einen geradezu unermeßlichen Wert besitzen mußte. Die Vorhänge und Bezüge der Stühle und Sofas waren selbst in seinen beiden Zimmern aus kostbarsten und schönsten Materialien. Sie waren Jahrhunderte alt. Harker hatte Ähnliches im alten Schloß in Hampton Court gesehen.

Aber in keinem der Zimmer hatte er bisher einen Spiegel entdecken können. Er mußte den kleinen Rasierspiegel aus seiner Tasche benutzen, um sich zu rasieren oder sein Haar zu bürsten.

Doch noch befremdlicher war, daß er noch keinen Diener gesehen hatte. Außer seiner eigenen und der des Grafen hatte er bisher keine menschliche Stimme vernommen. Selbst in der Nähe des Schlosses waren die einzigen Laute Vogelstimmen und das Heulen der Wölfe, das sich in das Stöhnen und Heulen des Windes mischte, der um das alte Gemäuer strich.

Als Harker den Kaffee ausgetrunken hatte, schrieb er die Briefe, wie es der Graf von ihm erwartete, und versiegelte die Umschläge. Wie erwartet, schien durch das dünne Papier die Schrift hindurch.

Nachdem diese Arbeit erledigt war, sah er sich nach Lesestoff um. Er wollte aber nicht im Schloß umhergehen, ehe er nicht die ausdrückliche Erlaubnis des Grafen hatte.

In seinen Zimmern gab es weder Bücher noch Zeitschriften. Vorsichtig ging er auf den Korridor und probierte zaghaft eine Tür. Zu seiner Freude war sie nicht verschlossen und führte ihn in eine stattliche Bibliothek.

Hier standen Regale voll von englischen Büchern sowie gebundene Jahrgänge von Zeitschriften und Zeitungen. Auf dem Tisch in der Mitte lagen zusätzlich einige lose Exemplare; aber keines war neueren Datums. Die Atmosphäre hier war angenehm, als würde der Raum viel benutzt.

Die Bücher umfaßten alle möglichen Gebiete: Geschichte, Geographie, Politik, Botanik, Geologie, Jurisprudenz. Alle bezogen sich auf England und englisches Leben, englische Sitten und Gebräuche.

Der junge Anwalt verbrachte eine vergnügliche Stunde mit Lesen und ging dann zurück in seine Zimmer, um die jüngsten Erlebnisse und Eindrücke in seinem Tagebuch festzuhalten, das er so genau wie möglich führen wollte.

> *11. Mai. Als ich anfing, in dies Buch zu schreiben, befürchtete ich, zu weitschweifig zu werden; aber jetzt bin ich froh, daß ich von Anfang an alle Einzelheiten festgehalten habe, denn an diesem Schloß und überhaupt an allem hier ist vieles so seltsam, daß ich mich unbehaglich fühle. Ich wünschte, ich wäre wieder fort und in Sicherheit oder wäre nie hierhergekommen. Vielleicht nimmt mich dies seltsame Nachtleben so mit. Ach, wenn das nur alles wäre! Wenn ich hier mit jemand anders sprechen könnte, wäre es zu ertragen! Aber es ist niemand hier. Ich kann nur mit dem Grafen sprechen, und der…!*

An diesem Punkt brach Harker ab, weil er seine noch unklaren Ängste nicht in Worte fassen wollte oder konnte.

Nachdem er noch einmal in seinen Räumen nach einem Spiegel gesucht hatte – doch ohne Erfolg, holte er seinen kleinen Rasierspiegel aus dem Reisekoffer und hängte ihn neben das Fenster, wo das Licht am besten war. Da er inzwischen eingesehen hatte, daß es sinnlos war, einen Diener zu rufen, legte er selbst einige weitere Scheite in den Kamin und wärmte darauf eine Schüssel mit Wasser.

Dann holte er sein Rasiermesser heraus und schärfte an dem Lederriemen die Klinge. Leise summte er eine Melodie von Gilbert und Sullivan vor sich hin und begann mit der Rasur. Die Sonne schien hell. Sperlinge tschilpten in der Nähe seiner Fenster. Das Gefühl, erfolgreich eine ungewöhnliche geschäftliche Transaktion abgeschlossen zu haben, vertrieb die vagen Ängste und Befürchtungen, die ihn gequält hatten.

Er redete sich ein, daß die Ereignisse des gestrigen Abends und der Nacht – die seltsame Fahrt, die Wölfe und die Absonderlichkeiten seines exzentrischen Klienten – alle zusammen bewirkt hätten, daß seine Nerven überreizt waren. Heute morgen hatte er das Gefühl, daß all diese Träume und Wahnvorstellungen weit hinter ihm lagen.

Kein Wunder, dachte Harker, daß sein Vorgänger, der arme Renfield, ernstlich unter seiner Reise in diese Gegend gelitten hatte. Harker war nicht sicher, ob Renfield auf Schloß Dracula gewohnt hatte oder überhaupt so weit vorgedrungen war. Er mußte seinen Gastgeber unbedingt danach fragen. Aber jeder Mensch, der auch nur die geringste Veranlagung zu – na ja, zu Labilität hatte oder einem derartigen Nervenkitzel ausgesetzt war –

»Guten Morgen.«

Die Stimme ertönte direkt hinter ihm, obwohl der Spiegel keinen Menschen außer ihm selbst zeigte. Erschreckt fuhr der junge Mann herum und schnitt sich dabei mit dem Rasiermesser leicht ins Kinn.

Graf Dracula trug dieselbe Kleidung wie in der vorigen Nacht. Er stand mit leichtem Lächeln keine Armeslänge hinter ihm.

Harker erwiderte stammelnd seinen Gruß und blickte nochmals in den Spiegel. Augen und Verstand bestätigten die unglaubliche Entdeckung, daß der Graf im Spiegel nicht zu sehen war, obwohl alle anderen Gegenstände im Raum deutlich zu erkennen waren.

Graf Dracula bemerkte natürlich Harkers Verwirrung; aber er machte deutlich, daß er nicht gewillt war, eine Erklärung abzugeben.

Statt dessen blickte er auf das Blut, das aus der kleinen Wunde quoll.

»Seien Sie vorsichtig«, warnte Dracula. Dann geriet er plötzlich in Wut. »Nehmen Sie sich in acht, daß Sie sich nicht schneiden! In diesem Land ist es gefährlicher, als Sie glauben!«

Er machte einen Schritt auf den jungen Mann zu. Unwillkürlich wich Harker erschreckt zurück.

»Und dieses elende Ding ist schuld an allem! Dieses Spielzeug menschlicher Eitelkeit! Fort damit!« Harker versuchte sich später zu erinnern, was wirklich geschehen war. Er war sich nicht sicher, ob Dracula den Spiegel wirklich berührt hatte. Jedenfalls wölbte sich das Glas und zersprang. Unzählige blitzende Splitter fielen auf den Teppich.

Während Harker wie erstarrt dastand, nahm der Graf langsam und bedächtig das Rasiermesser aus der zitternden Hand des jungen Mannes. Dann drehte er sich um. Harker sah, wie er die Hände an sein eigenes Gesicht hob. Die Arme und Schultern des Grafen zuckten krampfhaft unter seinem roten Gewand.

Als Dracula sich wieder Harker zuwandte, war er völlig ruhig. Mit der Haltung eines Barbiers – oder Meuchelmörders – kam er näher, das Rasiermesser in der rechten Hand. Harker stockte der Atem. Nur undeutlich fiel ihm auf, daß die Klinge irgendwie gereinigt war. Keine Spur mehr von Seifenschaum – oder Blut.

Dracula leckte seine Lippen. Auf einmal schien ihm etwas einzufallen. »Die Briefe, um die ich Sie bat – haben Sie sie geschrieben?«

»Ja, Graf! Sie – sie liegen auf dem Tisch.«

»Gut.«

Mit einer Bewegung des Kinns und der Hand gebot Dracula Harker, er solle stillhalten. Dann packte er ihn behutsam am Hals und hob das Kinn, so daß Harkers erst halb rasiertes Gesicht dem Licht zugedreht war, das durch das Fenster fiel.

Die scharfe Klinge näherte sich der Wange, die noch eingeseift war. Fast liebevoll glitt die stählerne Schneide über die Haut – jede Bewegung wurde mit äußerster Kontrolle ausgeführt.

Harker blieb in der Position, in die der Graf ihn gedreht hatte. Er war sich bewußt, daß sein Körper auch nicht den Bruchteil eines Zolles schwanken durfte, nicht einmal zittern, obwohl ihm vor Angst das Herz in der Brust hämmerte.

Ein Rasiermesser in der Hand eines Wahnsinnigen, eines Monsters...

Ein weiteres zartes Streicheln des Stahls entfernte die Bartstoppeln und den Schaum. Und noch einmal. Der Graf schien seine ganze Konzentration auf die Rasur zu verwenden. Dabei sprach er mit leiser, monotoner Stimme – wie zu sich selbst:

»Lassen Sie sich raten, mein lieber junger Freund – nein, ich möchte Sie allen Ernstes warnen, falls Sie diese Räume einmal verlassen, unter keinen Umständen in einem anderen Teil des Schlosses zu schlafen! Es ist sehr alt und birgt viele Erinnerungen... und hält schlimme Träume für diejenigen bereit, die sich unvorsichtig dem Schlaf überlassen...«

Die Stimme des alten Mannes verstummte. Harker konnte sehen, daß Draculas glühende Augen an seiner Kehle hingen – eigentlich an einer Stelle etwas tiefer, wo das Kreuz der Zigeunerin sichtbar war, da er das Hemd zum Rasieren aufgeknöpft hatte.

»Ja, ich verstehe«, flüsterte Harker. »Ich habe ja schon – seltsame Dinge hier gesehen.«

Vielleicht hatte der Graf seine Bemerkung nicht gehört.

Abrupt hatte er mit dem Rasieren aufgehört. Das Rasiermesser lag – diesmal nicht gesäubert – auf dem Tisch. Dafür waren die Briefe verschwunden. Die Tür fiel dröhnend ins Schloß, als würde sie für ewig verschlossen bleiben.

4

An diesem Abend erwachte die große Halle in Hillingham zum Leben. Plaudern, leises Lachen – eine Harfenistin hatte ihr Instrument gestimmt und spielte jetzt Melodien aus der neuesten Operette von Gilbert und Sullivan. Eine Kutsche nach der anderen kam die weite, geschwungene Auffahrt herauf und entließ vor dem Portal elegant gekleidete Gäste.

Ungefähr in der Mitte der Halle stand eine zerbrechliche grauhaarige Dame in eleganter Robe und begrüßte die eintreffenden Besucher. Es war Mrs. Westenra, Lucys verwitwete Mutter, die Besitzerin von Hillingham. Mrs. Westenras Gesundheit ließ schon lange zu wünschen übrig, daher ruhte sie sich zwischendurch auf einem Diwan aus und fächelte sich Kühlung zu, bis die nächsten Gäste kamen.

Mina war für das Fest fertig gekleidet und hatte ihr Zimmer verlassen, sich aber noch nicht zu der Gruppe unten in der Halle gesellt. Sie stand auf dem Absatz der Haupttreppe und betrachtete die Fröhlichkeit, die so sehr im Gegensatz zu ihren innersten Gefühlen stand.

Seit Jonathans Abreise hatte Mina die Tage größtenteils damit verbracht, sich um ihren Verlobten im fernen Osteuropa zu sorgen, obwohl sie sich immer wieder vorhielt, daß ihre Ängste unbegründet seien. Die Tatsache, daß schon über eine Woche verstrichen war und sie von Jonathan keine Nachricht bekommen hatte – mit Ausnahme eines kurzen Briefes aus Paris, der keine wirklichen Neuigkeiten enthielt –, trug wenig zu ihrer Beruhigung bei.

Auf einmal kam Lucy in ihrem neuen Kleid über den oberen Korridor. »Da bist du ja! Mina, komm mit nach unten! Irgend jemand muß mir doch helfen, die Gäste zu unterhalten. Mutter genießt für gewöhnlich solche Feste; aber sie gehen inzwischen über ihre Kräfte.«

Mina antwortete nur: »Ich komme gleich...«

»Ach, mach schon! Es wird dir guttun und dich von deinen Sorgen um Jonathan ablenken.«

Lucy blieb vor einem Wandspiegel stehen. »Ich bin so glücklich, daß ich nicht weiß, was ich anfangen soll! Ich glaube, daß ich heute abend drei Heiratsanträge bekomme. O Mina, ich hoffe, ich kann mich gerecht aufteilen.«

Damit hatte sie Mina aus ihren schwermütigen Gedanken gerissen. »Du kannst doch unmöglich alle drei heiraten!«

»Warum nicht?« Lucy schaute ihre Freundin an. Sie schien die Frage beinahe ernst zu meinen. Es klang wie ein Hilferuf. »Mina, erkläre mir, *warum* kann ein Mädchen nicht drei Männer heiraten oder so viele, wie sie nun mal begehren?«

Mina wurde von dem Versuch, darauf eine Antwort zu finden, durch das Eintreffen eines weiteren Gastes erlöst. Aufgeregt flüsterte Lucy: »Da kommt schon einer meiner drei Kandidaten!«

Der Neuankömmling war wirklich eine eindrucksvolle Gestalt. Der große junge Mann mit einem dunklen Schnurrbart trug einen Hut mit breiter Krempe und Stiefel, wie sie im Westen Amerikas üblich waren. Seine ganze Kleidung wirkte teuer, war aber nach Londoner Maßstäben eindeutig unkonventionell. Auf seiner linken Seite sah man unter dem Rockschoß eine lange Lederscheide von seinem Gürtel hängen.

Mina war unwillkürlich fasziniert. »Was ist denn das?«

Voll Stolz erklärte Lucy: »*Das* ist ein Texaner! Quincy P. Morris. Ein Freund von Arthur und auch von Dr. Seward. Die drei sind durch die ganze Welt auf Abenteuer gezogen.«

»Und Mr. Morris hat dir einen Heiratsantrag gemacht?«

»Naja – ich erwarte jeden Augenblick, daß er es tut. Ist er nicht wunderbar, Mina? Er ist so jung und so lebendig. Ich kann ihn mir als – als wilden Hengst zwischen meinen Beinen vorstellen.«

Mina errötete und mußte ein unpassendes Lachen unterdrükken. »Du bist einfach schamlos!«

»Ich weiß. Aber keine Sorge, Liebste. Ich sage solche Dinge nur, damit du rot wirst. Das sieht bei dir so hinreißend aus.«

»Ich hoffe, daß das wirklich der einzige Grund ist, warum du so etwas sagst. Und was steckte in diesem Lederetui, das Mr. Morris unter seiner Jacke trägt?«

Lucy kämpfte jetzt gegen den Drang an, einfach loszuprusten. »Der liebe Quincy trägt das immer bei sich – ein wirklich beeindruckendes – Werkzeug!«

»Lucy!«

»Aber so ist es! Wirklich! Ich zeig's dir!« Und schon lief Lucy die Treppe hinab. Erst in der Halle hielt sie inne und ging mit langsameren Schritten auf Quincy zu, um ihn zu begrüßen.

Mina beobachtete von oben, wie Lucy seinen Arm nahm und sich an die Seite des großen Mannes schmiegte, was ihr von ihrer

Mutter, die sich auf der anderen Seite der Halle aufhielt, frostige Blicke eintrug.

Gleich darauf faßte Lucy dem Texaner tatsächlich unter die Jacke und zog ein riesiges Messer aus der Lederhülle. Triumphierend schwenkte sie die einen Fuß lange blitzende Klinge zu Mina hinüber, die gerade die Treppe herabkam.

Eine halbe Stunde mischte Mina sich pflichtbewußt unter die Gäste. Dann zog sie sich etwas zurück, um allein zu sein mit ihren Ängsten und Gedanken an Jonathan. Doch Lucy fand die Freundin schnell wieder.

Diesmal war der Rotschopf offensichtlich fast außer sich vor Freude.

»Sie sind *alle* da! Ich bin *sicher*, daß ich heute an *einem* Tag *drei* Heiratsanträge bekomme! Was soll ich tun?«

Mina wußte nicht, ob sie lachen oder sich wegen der romantischen Verstrickungen ihrer Freundin ernstlich Sorgen machen sollte. »Dann hat der Texaner dir einen Antrag gemacht?«

»Ja!«

Mina blickte sich suchend nach Mr. Quincy Morris um. Er stand auf der anderen Seite des Raumes und schaute seelenvoll in Lucys Richtung. »Ich habe fast Angst, dich zu fragen, was für einen Antrag?«

»Na, einen Heiratsantrag!« Lucy war so mit ihren Gefühlen beschäftigt, daß sie den trockenen Humor in Minas Frage gar nicht bemerkte.

Sie wirkte wie jemand, der zwischen überschäumender Freude und Panik hin- und hergerissen ist. »Ich habe ihm gesagt, daß es noch einen anderen gäbe... ich habe allerdings nicht gesagt, daß es zwei sind; aber sie werden alle herkommen! Schau! Da kommt gerade Dr. Jack Seward!«

Am anderen Ende der Halle übergab ein ernster Mann Anfang Dreißig dem Diener gerade Hut und Handschuhe.

»Er ist brillant«, fuhr Lucy fort. »Und immer noch jung genug, um interessant zu sein. Dabei hat er die Leitung eines riesigen Irrenhauses. Er würde ja so gut zu dir passen, wenn du nicht schon verlobt wärst.«

»Irrenhaus! Ich verstehe! Da hast du natürlich sofort an mich gedacht!«

Ein Hauch von Grausamkeit schwang in Lucys Lachen mit. Doch dann nahm ihr Gesicht einen Ausdruck an, den Mina noch nie zuvor bei ihr gesehen hatte. Lucy blickte über Minas Schulter zu einem Mann hinüber.

Mina drehte sich um. Sie hatte von diesem Mann schon viel gehört, aber ihn noch nie gesehen. Der neue Gast konnte nur der Honorable Arthur Holmwood sein, der zukünftige Lord Godalming. Er war gleich nach Dr. Seward eingetroffen. Holmwood – reich, gut aussehend und sehr selbstbewußt – wechselte mit dem Doktor unsichere Blicke.

»Nummer drei?« fragte Mina leise.

Lucy brauchte die Antwort nicht auszusprechen. Sie stand ihr klar im Gesicht geschrieben und zeigte sich auch in der Freude, mit welcher der Neuankömmling ihr entgegenblickte, als sie durch die Menge zu ihm hinüberging.

5

Am selben Abend betrat der junge Anwalt Jonathan Harker die Bibliothek des Schlosses Dracula in den fernen Karpaten. Der Graf lag auf dem Sofa und las (»ausgerechnet« bemerkte Harker später in seinem Tagebuch) Bradshaw's Kursbuch aller englischen Eisenbahnen und anderer Transportmittel.

Harker blieb wie angewurzelt stehen. Der Graf begrüßte ihn herzlich und war so freundlich, als hätte es die leidige Angelegenheit mit dem Spiegel und dem Rasiermesser nie gegeben.

»Ich freue mich, daß Sie hierher in die Bibliothek gefunden haben; denn ich bin sicher, daß es hier viele Bücher gibt, die Sie interessieren werden. Mir sind diese Bände wirklich gute Freunde geworden.« Dracula legte die Hand mit den langen Nägeln auf einige der Bücher. »Sie haben mir schon seit Jahren viele schöne Stunden geschenkt. Durch sie habe ich Ihr großartiges England kennengelernt. Und es zu kennen bedeutet, es zu lieben! Leider kenne ich Ihre Sprache nur aus Büchern. Von Ihnen, mein Freund, erwarte ich, daß ich sie sprechen lerne.«

»Aber Graf«, widersprach Harker. »Sie sprechen ausgezeichnet Englisch!«

Dracula nickte. »Ich danke Ihnen, mein Freund; aber ich fürchte, daß ich erst ein kleines Stück auf dem Weg hinter mich gebracht habe, den ich zurückzulegen gedenke. Gewiß, ich kenne die Grammatik und die Wörter; aber damit kann ich doch noch nicht die Sprache sprechen.«

»Nein, glauben Sie mir«, versicherte der junge Engländer. »Sie sprechen wirklich ausgezeichnet Englisch.«

»Nein, nein«, widersprach Dracula. »Ich weiß genau, würde ich mich in Ihrem London bewegen und sprechen, so gäbe es keinen, der mich nicht sofort als Fremden erkennen würde. Das ist mir nicht genug! Hier bin ich ein Edelmann, ein *Bojar*. Das einfache Volk kennt mich. Ich bin ein Herr! Aber als Fremder in einem fremden Land ist man ein Niemand. Die Menschen kennen einen nicht – und wenn sie einen nicht kennen, kümmern sie sich auch nicht um einen.

Ich bin so lange ein Herr gewesen, daß ich auch weiterhin ein Herr bleiben möchte – oder zumindest nicht dulden werde, daß ein anderer mein Herr wird.«

Harker konnte dem Grafen nur zustimmen. Dies Argument klang vernünftig. Danach unterhielten sie sich noch lange wie zwei vernünftige, intelligente Männer über alle möglichen Themen.

Als der junge Anwalt jedoch auf seine Abreise zu sprechen kam, wurde er brüsk hinausgewiesen.

Harker verbrachte die Tage meist schlafend und die Nächte mit Lesen oder langen Unterhaltungen mit dem Grafen. Die Zeit schien angesichts dieser unheimlichen Monotonie stillzustehen. Schließlich war Harker nicht einmal mehr sicher, ob er das richtige Datum in sein Tagebuch schrieb.

Am schlimmsten litt er unter der Sorge um Mina: Der Stolz über seinen Erfolg, den sie damals gefühlt hatte, mußte sich längst in Sorge und Angst verwandelt haben – nicht allein um seine Sicherheit, sondern auch darum, daß sein Schweigen bedeuten könnte, daß seine Liebe abgekühlt oder sogar, daß er ihr untreu geworden war.

Schließlich kam eine Nacht, in der sich der junge Mann weit entschlossener zu einer Erforschung des Schlosses aufmachte, als er es bisher gewagt hatte.

Allmählich war er überzeugt, daß sein Aufenthalt im Schloß nur eine Gefangenschaft genannt werden konnte. Als sich sein Leben als Gast wider Willen wochenlang hinzog, hatten ihm seine methodischen Ausflüge – erst zaghaft, dann immer zielstrebiger – die schreckliche Erkenntnis beschert, daß überall Türen waren. Türen, Türen und abermals Türen! Und die meisten waren wie in einer Festung verschlossen und verriegelt! Außer durch die hohen Fenster gab es keinen Ausgang.

Das Schloß war ein richtiges Gefängnis, und er war ein Gefangener!

Als Harker dies erkannte, überfiel ihn eine Art wilder Raserei. Er stürzte die Treppen hinauf und hinab, rüttelte an jeder Tür und starrte aus jedem Fenster, das er fand. Doch nach einer Weile überwog das Bewußtsein der Hilflosigkeit alle anderen Gefühle.

Daraufhin setzte er sich ruhig hin – so ruhig, wie er bisher alles in seinem Leben getan hatte – und begann zu überlegen.

Eines wußte er gewiß: daß es keinen Sinn hatte, seine Grübeleien dem Grafen vorzutragen. Wenn er, Harker, in der Tat ein Gefangener war, wußte der Graf das genau, da er ja selbst dafür verantwortlich war.

In dieser Nacht probierte Harker eine neue Taktik aus. Bis jetzt hatte er alle Gänge erforscht, die nach unten führten, da sie ihm mit größerer Wahrscheinlichkeit eine Möglichkeit zur Flucht zeigen konnten. Jetzt aber stieg er eine Steintreppe nach oben. Hier war er noch nie gewesen. Er gelangte an einen Aussichtspunkt, von dem aus er meilenweit nach Süden blicken konnte. Direkt unter ihm fielen die Schloßmauern über eine Felsenklippe direkt in einen grauenvollen Abgrund, auf dessen Boden sich ungefähr tausend Fuß tiefer ein Fluß dahinschlängelte. Im Vergleich zu dem Blick auf den düsteren Innenhof, wie er ihn von seinen Fenstern aus hatte, verlieh diese Weite ein Gefühl der Freiheit, wenn sie auch unerreichbar war.

Trotzdem genoß er dies Gefühl und betrachtete die wunderschöne Landschaft, die im sanften Schein des Mondes fast so deutlich wie bei Tageslicht vor ihm lag. Die Konturen der fernen Berge waren weich, und die Schatten der Täler und Schluchten wurden zu schwarzem Samt.

Trotz der schmerzlichen Gewißheit, ein Gefangener zu sein, sog er mit jedem Atemzug Trost und Frieden. Harker beugte sich weit aus dem Fenster. Auf einmal wurde sein Blick von einer Bewegung ein Stockwerk tiefer, links von ihm, gefangen. Nach seiner Kenntnis der Räumlichkeiten befand sich dort das Schlafzimmer des Grafen.

Das Fenster, an dem er stand, war hoch. Hastig zog er sich hinter den Pfeiler zurück und spähte vorsichtig hinunter.

Da tauchte auch schon der Kopf des Grafen aus dem unteren Fenster auf. Das Gesicht konnte Harker zwar nicht sehen, aber auf die kurze Entfernung und beim hellen Mondlicht waren der Nacken und die Bewegungen der Arme und des Rückens unverkennbar. Und diese Hände würde er immer und überall wiedererkennen, dachte Harker.

Seine Neugier wandelte sich in Abscheu und Entsetzen, als er sah, wie sich der Mann der Länge nach aus dem Fenster zwängte und an der Schloßmauer über dem schrecklichen Abgrund hinabkletterte – und zwar *mit dem Gesicht nach unten*, wobei sich sein Mantel wie ein großes Flügelpaar um ihn bauschte.

Was für ein Mensch war das, oder besser, was für eine Kreatur in Menschengestalt?

Harker zog sich zurück. Die Schrecken des gräßlichen Ortes schienen ihn zu überwältigen. Er hatte Angst – grauenvolle Angst – und es gab keinen Ausweg...!

Allmählich flaute sein Entsetzen ab. Harker wußte nun, daß der Graf das Schloß verlassen hatte. Er nahm all seinen Mut zusammen, um die Gelegenheit zu nutzen, mehr zu erforschen, als er bisher gewagt hatte.

Er kehrte in sein Zimmer zurück, holte eine Lampe und stieg die Steintreppe hinunter bis zu der Halle, wo er vor Wochen das Schloß betreten hatte. Er stellte fest, daß sich die Riegel der Eingangstür leicht zurückschieben ließen und daß er auch die schwere Kette aufhaken konnte; doch die Tür war verschlossen, und der Schlüssel fehlte!

Es gab auch keinerlei Werkzeug, mit dem er dies Hindernis beseitigen konnte. Außerdem hörte er die Wölfe draußen heulen. Sie waren offensichtlich ganz nah. Selbst wenn es ihm gelingen würde, die schwere Tür zu öffnen, würde er nicht lange überleben.

Aber er gab nicht auf! Er untersuchte alle Treppen und Gänge gründlich ein weiteres Mal und probierte, welche der Türen sich vielleicht öffnen ließ. Schließlich kam er an eine, die anfangs verschlossen schien, dann aber auf seinen Druck etwas nachgab.

Der junge Mann drückte mit aller Kraft dagegen. Die schwere Tür gab so plötzlich nach – sie war nicht verschlossen gewesen, sondern hatte nur geklemmt –, daß er in den dahinterliegenden Raum stürzte.

Er wischte sich den Staub ab und stand langsam auf. Er kam sich vor, als habe er eine ganz neue Welt betreten. Mit der Lampe in der Hand ging er langsam durch die Räume.

Da dieser Flügel des Schlosses hoch über dem Abgrund lag, war er nicht gegen einen feindlichen Angriff gesichert worden.

Daher waren die Fenster hoch und breit und ließen das Mondlicht ungehindert hereinfluten. Dieser Teil des Schlosses wurde in früheren Zeiten offenbar von den Damen bewohnt, denn das Mobiliar – und davon gab es reichlich – wirkte besonders bequem. Harker spürte eindeutig eine weibliche Hand bei der Ausstattung und Anordnung der Dinge.

Vor den großen Fenstern waren keine Vorhänge. Ungehindert fiel der gelbliche Mondschein durch die rautenförmig gegliederten Scheiben herein und machte sogar Farben sichtbar... Die Lampe des Eindringlings schien gegen den strahlenden Mondschein nur wenig ausrichten zu können.

Harker zuckte zusammen. Aus dem Augenwinkel hatte er eine Bewegung wahrgenommen: Es war eine langbeinige Spinne, die über eine wunderschöne, alte Frisierkommode kroch, deren Spiegelaufsatz mit einem seidenen Tuch verhängt war.

Die Kommode war fast überladen von einer Unzahl von Flakons, Kämmen, Bürsten und Puderdosen. Harker trat näher und nahm einen Gegenstand nach dem anderen in die Hand. Seine Finger zitterten. Ja, hier hatten Frauen gewohnt... er hatte fast das Gefühl, als wären sie noch da.

Ein Parfümflakon erschien ihm im Zauber des Mondlichts besonders zerbrechlich und schön. Er mußte ihn in die Hand nehmen, um sich zu vergewissern, daß dies Fläschchen wirklich echt war. Behutsam hob er es hoch und zog, ohne sich darüber Gedanken zu machen, den Stöpsel heraus. Ein winziger Tropfen hing daran und verströmte einen köstlichen Duft. Harker konnte den Wohlgeruch nicht genau bestimmen, der seine Sinne prikkeln ließ. Im nächsten Augenblick schon war der Tropfen verschwunden, als habe er sich in Luft aufgelöst.

Und Harker hatte auf einmal das Gefühl, als pulsiere die Luft um ihn herum. Er stellte das Parfüm wieder auf die staubige Kommode.

Wie im Traum bewegte er sich durch den Raum. Schwere Seidenvorhänge umgaben einen Berg aus Kissen. Auf den ersten Blick hielt Harker ihn für einen Diwan, doch dann sah er, daß dort ein großes Bett stand, das sich einladend vor ihm ausbreitete.

Seine Lampe war ausgegangen. Doch das nahm er nur undeutlich wahr. Er stellte sie auf den Boden. Seine Beine waren plötzlich bleischwer. Er setzte sich auf den Rand des Bettes, um etwas auszuruhen. Wieder hüllte ihn eine Wolke ein – diesmal nicht aus Staub, sondern aus Parfüm. Der köstliche Duft war leicht und benebelte dennoch die Sinne.

Eigentlich war es kein Wunder, daß ihm die Arme und Beine vor Erschöpfung und all der Angst schwach wurden. Hier in diesem Gemach, auf diesem Bett schien es ihm möglich, die Angst zu vergessen. Wenn er sich nur ausruhte... die Seide des weichen Bettes lud ihn ein, sich zurückzulehnen. Die Kissen schienen zu wogen und sich um seinen Körper zu schmiegen.

In diesem traumähnlichen Zustand war Harker keineswegs erschrocken, als er feststellte, daß er nicht mehr allein war. Die schönen Bewohnerinnen dieser Räume waren bei ihm – ihm war, als hätte er schon lange gewußt, daß sie hier lebten.

Es waren drei junge Frauen, nach Kleidung und Benehmen edle Damen, obwohl zwei so dunkel waren wie Zigeunerinnen. Ihre großen dunklen, durchdringenden Augen sahen fast rot aus verglichen mit dem bleichen gelben Mond. Und wie er interessiert, aber ohne Entsetzen bemerkte, ringelten sich Schlangen im Haar der einen Frau. Alle drei Damen hatten strahlendweiße Zähne, die wie Perlen aus dem Rubinrot ihrer sinnlichen Lippen schimmerten.

Die dritte – wohl die Jüngste – war blond, so blond, wie es nur möglich ist, mit einer wogenden Flut goldenen Haars und Augen wie blasse Saphire.

Während Harker jetzt auf ihrem Bett lag, war er fast sicher, daß er dies blonde Geschöpf schon einmal gesehen hatte. Dabei regte sich in ihm das Gefühl einer undeutlichen Angst. Aber im Augenblick konnte er sich nicht erinnern, wo oder wann dies Treffen stattgefunden hatte.

Obwohl das Mondlicht von hinten auf die Frauen fiel, warfen ihre Körper keine Schatten auf den Boden. Außerdem konnte Harker sehen, daß sie kaum mehr als das Mondlicht am Leibe hatten, nur hauchzarte Schleier... Die drei flüsterten und lachten. Es war ein silbernes, musikalisches Lachen; aber so hart wie Metall, als sei der Klang nie von menschlichen Lippen gekommen. Es traf Harkers Ohren wie das unerträgliche, zitternde Singen von Weingläsern, die von geübter Hand gerieben werden.

Das blonde Mädchen blickte Harker direkt in die Augen. Dann schüttelte es kokett den Kopf, doch die anderen beiden Frauen drängten die Blonde.

Eine der dunkelhaarigen Frauen – sie schien ihm älter zu sein als die beiden anderen – sagte zur Jüngsten:

»Nur zu!« Ihre Stimme glich einem Lachen. »Fang an! Du bist die erste, wir kommen nach dir an die Reihe.«

Die andere Brünette fügte hinzu: »Er ist jung und stark; da bleiben für uns alle Küsse.«

Harker konnte sich nicht bewegen – jeder Versuch war hoffnungslos, wie er zu seiner Befriedigung feststellte, als die blonde Schöne unnatürlich geräuschlos zu ihm trat und sich dann neben das Bett kniete. Sie beugte sich über ihn, so daß er ihren unsäglich süßen Atem spüren konnte. Er roch nach Honig, aber auch bitter – wie Blut.

Plötzlich gruben sich spitze, scharfe Fingernägel in seine Brust, seine Arme, seine Beine. Sie stachen wie Insekten, schlitzten seine Kleidung auf wie stählerne Messer, krallten sich im Stoff fest und rissen ihm die Kleidung vom Leib. Harker konnte nichts dagegen tun, er wollte sich aber auch gar nicht wehren.

Das blonde Mädchen neigte den Nacken und leckte sich die roten Lippen. Im Mondlicht konnte er ihren Körper sehen, der jetzt nicht einmal mehr von einem Schleier verhüllt wurde. Er sah die Feuchtigkeit auf ihren scharlachroten Lippen und ihrer Zunge, als diese über die spitzen, weißen Zähne fuhr.

Die goldene Haarflut hüllte Harkers Gesicht ein, wie vorher die Parfümwolke. Er spürte, wie die scharfen Zähne auf die Silberkette des Kreuzes bissen. Soll doch das Kreuz abfallen, dachte er, und schon war es geschehen. Jetzt wollten die anderen Frauen nicht mehr warten, bis sie an der Reihe waren, sich mit ihm auf dem Bett zu vergnügen. Sie preßten ihre Leiber an ihn. Ihre dunklen Haare mit den Schlangen strichen über seinen nackten Körper. Und er konnte sich immer noch nicht rühren – es gelang ihm nicht! Er wagte kaum, zu atmen oder einen Finger zu bewegen, aus Angst, sie könnten ihre Bemühungen einstellen. Jetzt spürte er ihre Lippen – drei Lippenpaare – drei Zungen.

Und jetzt die Zähne, so prickelnd scharf.

So süß...

Wie aus dem Nichts kam die Störung.

Ganz nahe schon tobte der Sturm unsäglicher Wut...

Harker stöhnte. Welche Qual, dieser Lust so plötzlich beraubt zu werden! Er machte die Augen auf und sah, wie eine starke Hand mit unnatürlicher Behaarung auf der Handfläche sich mit eisernem Griff um den schlanken Hals der blonden Frau legte.

Ihre blauen Augen waren jetzt vor Wut entstellt. Doch dann

schleuderte Dracula sie durchs Zimmer, als sei sie ein Kind oder eine Puppe.

»Wie könnt ihr es wagen, ihn anzurühren?« Draculas Stimme war leise, aber so zornig und gefährlich, daß sie Steine aufsprengen konnte. »Wie könnt ihr eure Augen auf ihn werfen, wenn ich es verboten habe? Dieser Mann gehört mir!«

Das blonde Mädchen lag fast wie ein Insekt zusammengekrümmt am Boden. Jetzt hob sie das vor Wut verzerrte Gesicht. »Dir? Ha! Du hast nie geliebt, und *du wirst nie lieben*!«

Die anderen beiden Frauen waren vom Bett zurückgewichen. Harker kam es vor, als seien sie wieder bekleidet. Er aber lag noch immer genauso da, wie sie ihn verlassen hatten. Eine unnatürliche Lethargie überkam ihn. Er war nicht sicher, ob er träumte. Unwillkürlich schlossen sich seine Augen.

Als der junge Mann sie wieder öffnete, saßen die drei Frauen gehorsam zu Draculas Füßen.

Mit veränderter, jetzt beherrschter Stimme sprach der Graf mit ihnen. »Doch, auch ich kann lieben. Das wißt ihr doch alle – schließlich wart ihr alle meine Bräute. Und ich werde wieder lieben!«

Verächtlich deutete er auf Harker. »Ich verspreche euch, wenn ich mit dem da fertig bin – und es ist wirklich eine rein geschäftliche Angelegenheit –, dürft ihr ihn soviel küssen, wie ihr wollt.«

Die Jüngste verzog schmollend die Lippen. »Und heute abend bekommen wir gar nichts?«

Schweigend holte der Schloßherr einen Sack unter dem Umhang hervor und warf ihn auf den Boden. Darin bewegte sich irgend etwas. Entsetzt hörte Harker ein kleines Kind weinen und nach Luft ringen. Bei diesen Lauten überfiel ihn ein so starkes Grauen, daß er die Besinnung verlor.

6

Auch jetzt noch, Wochen später, kreisten Dr. Jack Sewards Gedanken immer noch häufig um die bittere Tatsache, daß Lucy Westenra abgelehnt hatte, ihn zu heiraten.

Es half ihm auch nichts, daß sie dem reichen Texaner Quincy Morris, Sewards Freund auf Großwildjagden, ebenfalls einen Korb gegeben hatte und dieser ebenfalls darunter litt. Dr. Sewards Halt war seine Arbeit, die eine große, intellektuelle Herausforderung war und die einzige wirksame und ehrenvolle Medizin für seinen verletzten Stolz. In seiner Irrenanstalt gab es jede Menge Arbeit für einen Arzt.

Die Anstalt, die der noch recht junge Dr. Seward leitete, war ein altes Gebäude in einem Außenbezirk von London. Das Grundstück war zwar von einer Mauer umschlossen, aber der weitläufige Park war der geeignete Rahmen für die zumeist recht wohlhabenden Patienten. Früher war die Klinik ein Herrensitz gewesen, wie das schon lange verlassene Carfax in der Nachbarschaft. Die Anstalt war alt, aber keineswegs so alt wie Carfax. Sie war erst kürzlich renoviert und umgebaut worden, um baulich den Erfordernissen eines Krankenhauses zu entsprechen, in dem nach dem neuesten medizinischen Stand des ausgehenden neunzehnten Jahrhunderts gearbeitet wurde.

Dr. Seward hatte gerade erst die Hälfte seiner Abendvisite hinter sich gebracht. Wie üblich kam aus den Zimmern hinter den verschlossenen Türen das wütende oder unzusammenhängende Gebrüll der Geisteskranken. Seward war daran gewöhnt und hörte es nur mit halbem Ohr.

Lucy, Lucy! Das Mädchen war nicht nur bildhübsch und anziehend genug, um jedem Verehrer die Sinne zu rauben, es war als Erbin von Hillingham auch mehr als wohlhabend.

Wenn Lucys Mutter starb – was bei dem schlimmen Zustand ihres Herzens schon bald geschehen konnte –, würde Lucy erben, und zwar...

Genug davon! Es war nun einmal so, daß Lucy Westenra ihn abgewiesen hatte, obwohl er gut aussah, obwohl er wohlhabend war und eine steile Karriere vor sich hatte. Sie hatte ihr Nein zwar schmeichelhaft zögernd geäußert; es war aber dennoch endgültig gewesen.

Und wer konnte ihr einen Vorwurf machen, wo sie die Chance hatte, einen Mann wie Art Holmwood, einen zukünftigen Earl, zu heiraten?

Während der letzten Wochen war Jack Seward klargeworden, daß er Lucy Westenra nicht wegen ihres Geldes, nicht einmal wegen ihres verführerischen Körpers so nachtrauerte, sondern weil er sie wirklich aufrichtig liebte...

Die Pfleger schlossen die nächste Zelle auf und öffneten die schwere Tür. Sewards berufliches Interesse wurde wach und vertrieb sogar die Gedanken an Lucy. Auf die Visite bei diesem Patienten war er immer gespannt. Der Mann war ein absoluter Sonderfall.

Das einzige Fenster der kleinen Zelle war, wie fast alle im Haus, mit Eisenstäben vergittert, damit niemand fliehen oder hineinklettern konnte. Das Fenster stand offen, um Luft hereinzulassen. Selbst Spatzen und andere Vögel konnten ungehindert ein- und ausfliegen. Daß die kleinen gefiederten Burschen davon häufig Gebrauch machten, sah man an den dicken Krusten von Vogelmist auf dem Fußboden. In den Ecken lag ein Großteil der Verpflegung des Patienten absichtlich zerbröckelt und verschmiert, damit alles verrotten und möglichst viele Fliegen anlocken konnte.

Die beiden Pfleger, die Dr. Seward heute bei der Abendvisite begleiteten, blieben außen am Eingang zur Zelle stehen. Es waren kräftige Burschen.

Seward machte einen Schritt über die Schwelle und mußte bei dem Gestank gegen Brechreiz kämpfen. Vielleicht war seine Entscheidung, das Exzentrische eines Patienten möglichst zu tolerieren, doch ein Fehler.

Er sagte: »Guten Abend, Mr. Renfield.«

Der Patient schaute auf. Er war ein kräftiger Mann mittleren Alters mit beginnender Glatze, der die übliche Anstaltskleidung trug. Im Gegensatz zu seiner Zelle waren Hemd und Hose und der Mann selbst sauber und gepflegt. Er trug eine Brille mit sehr dicken Gläsern und blickte den Arzt freundlich an. Er zeigte Dr. Seward einen Teller, den er in der rechten Hand hielt. Darauf lagen Insekten, Würmer und Spinnen. Seward hatte den Eindruck, als ob die Biester alle lebten, sich aber irgendwie nicht bewegen konnten.

»Hors d'œuvres, Dr. Seward? Appetithäppchen?« Die Stimme des Mannes klang kultiviert. Er wirkt ganz ruhig.

»Nein danke, Mr. Renfield. Wie fühlen Sie sich heute abend?«

»Weit besser als Sie, mein liebeskranker Doktor.« Damit drehte der Geisteskranke dem Besucher den Rücken zu.

Vorsichtig stellte er seinen Teller mit dem kostbaren Inhalt auf den Fußboden. Dann hockte Renfield sich in eine Ecke und fing an, geschickt Fliegen zu fangen, die um die faulenden Essensreste schwärmten, die er als Köder ausgelegt hatte. Als besondere Verlockung hatte er noch dick Zucker draufgestreut. Seine starken, dicken Finger waren blitzschnell und erfolgreich. Protestierend summten die Fliegen, die er vorsichtig lebend in einer Faust aufbewahrte.

Liebeskrank! Natürlich klatschte das Pflegepersonal öfters in Anwesenheit von Patienten. Bis jetzt war es Seward jedoch gelungen, seine Reaktionen wissenschaftlich neutral zu halten.

»Interessiert Sie denn mein Privatleben?« fragte er.

»Jedes Leben interessiert mich«, antwortete Renfield und gab sich weiterhin seiner Jagd hin.

Dann hob er die Hand voller Fliegen, als wolle er einen Toast ausbringen, und führte sie an den Mund. Nur zwei oder drei entkamen, als er seine Jagdbeute hineinschob. Mit offensichtlichem Genuß kaute und schluckte er.

Heute fand Seward es besonders schwierig, seine streng wissenschaftliche Haltung aufrechtzuerhalten. »Ihre Kost, Mr. Renfield, ist ekelhaft.«

Die Augen des ehemaligen Rechtsanwalts strahlten hinter den dicken Brillengläsern, als würde er die Bemerkung als Kompliment auffassen. »Besonders nahrhaft! Jedes Leben, das ich verspeise, gibt mir Leben zurück und vermehrt meine eigene Vitalität.«

Er hielt eine große, saftige, blauschwarze Schmeißfliege einen Moment zwischen Daumen und Zeigefinger. Dann kam sie zu den anderen.

Seward bemühte sich krampfhaft, objektiv zu bleiben. »Eine Fliege gibt Ihnen Leben?«

Wie Seward gehofft hatte, war der Patient heute abend willig, ja sogar erpicht darauf, seine Theorie zu diskutieren. »Die Saphirflügel der Fliege sind typisch für die Luftkräfte der psychischen Fähigkeiten. Die Alten hatten daher ganz recht, wenn sie die Seele des Menschen als Schmetterling darstellten!«

»Ist dies eine philosophische Erkenntnis, die Sie auf Ihrer letzten Reise durch Osteuropa gewonnen haben?«

Keine Antwort.

»Ich glaube, ich muß für Sie eine neue Klassifizierung von Geisteskrankheit erfinden«, sagte Dr. Seward und seufzte.

»Wirklich? Vielleicht können Sie die alte Klassifizierung Ihres Mentors, Professor van Helsing, verbessern: *zoophagus arachnophile* – ein fleischfressender Liebhaber von Spinnen. Natürlich beschreibt diese Definition meinen Fall nicht vollständig.«

Hastig beugte sich Renfield über den Teller, packte eine Spinne, hielt sie fast andächtig in die Höhe und verspeiste sie.

»Ja, was ist eigentlich mit den Spinnen?« sagte Seward mehr zu sich selbst als zu Renfield oder den bulligen Pflegern, die noch immer am Zelleneingang standen. »Wie passen Spinnen in Ihre Theorie? Ich nehme an, sie fressen die Fliegen...«

»O ja, Spinnen fressen die Fliegen.« Renfield benahm sich jetzt wie ein Lehrer, der einen hellen Schüler geduldig auf die richtige Antwort bringen will. Er nickte Seward aufmunternd zu.

Der Arzt glaubte, auf der richtigen Spur zu sein – jedenfalls dachte er, er wäre es. »Und die Spatzen?«

»Ja, die Spatzen –!« Die Aufregung des Patienten stieg schlagartig.

»Die fressen die Spinnen, nehme ich an.«

»Ja, ja!«

Seward nickte. »Damit kommen wir mittels logischer Progression zu... etwas Größerem vielleicht? Zu einem Geschöpf, das Spatzen fressen kann?«

Renfields Aufregung steigerte sich plötzlich zu Raserei. Er warf sich auf die Knie.

In offensichtlicher Verzweiflung flehte er Seward an: »Ein Kätzchen! Ein niedliches, weiches, verspieltes Kätzchen, dem ich etwas beibringen kann. Ich werde es gut füttern! Niemand könnte so grausam sein, mir ein Kätzchen zu verwehren! Ich flehe Sie an!«

Der Arzt trat einen Schritt zurück, um sich aus der Reichweite der Hände des Patienten zu bringen. Dann musterte er ihn scharf. Er hörte, wie die Pfleger hinter ihm ihre Stellung wechselten, um im Notfall sofort eingreifen zu können.

Dann beugte er sich zu Renfield und sagte berechnend: »Möchten Sie nicht lieber eine richtige Katze!«

Ekstase! »Ja, ja, eine Katze!« Ein Schrei. »Eine große Katze! *Mein Seelenheil hängt davon ab!*«

»Ihr Seelenheil?«

Renfields Gesichtsausdruck und seine Haltung veränderten sich abrupt. Er schien wieder ganz ruhig zu sein.

Der Patient stand auf und blickte Seward direkt in die Augen. »Leben«, erklärte er. »Alles läuft darauf hinaus. Ich brauche Leben für den Meister.«

Der Arzt runzelte die Stirn. Das war neu. »Welcher ›Meister‹? Meinen Sie Professor van Helsing?«

Die Verachtung und Wut des Geisteskranken waren enorm. »Nein! Der *Meister*! Er wird kommen.«

»Hierher? In die Anstalt?«

»Ja!«

»Hierher in Ihre Zelle?«

»Jawohl!«

»Warum?«

»Er hat versprochen, mich unsterblich zu machen!«

»Wie?«

Irgendwie war diese einfache Frage zuviel für Renfields Nerven. Mit einem Wutschrei stürzte er sich auf Dr. Seward, um ihn mit seinen kräftigen Händen zu erwürgen. Die beiden Pfleger waren auf dem Korridor ständig auf der Hut gewesen. Augenblicklich stürzten sie herein, um sich dazwischenzuwerfen. Doch sie waren eine Spur zu langsam. Die Fäuste des Irren umklammerten Sewards Kragen. Renfields Zähne, die eben noch Fliegen und Spinnen gekaut hatten, sehnten sich nach einem kräftigen Biß in die Kehle des Arztes.

Fluchen und Keuchen. Drei Männer gegen einen Irren. Der Kampf wogte hin und her. Die Geisteskranken in den anderen Zellen hörten den Kampf und veranstalteten einen Höllenlärm.

Seward, der keineswegs ein Schwächling war, umklammerte Renfields Handgelenke mit aller Kraft, damit er von ihnen nicht erwürgt wurde – doch ohne Erfolg. Die Arme des Irren schienen aus Stein zu sein. Sewards Lungen platzten beinahe. Die Welt wurde rot und grau vor seinen Augen.

Renfield kreischte jetzt in völligem Wahnsinn: »Das Blut ist das Leben. *Das Blut ist das Leben!*«

Ein Pfleger hatte Renfield von hinten den Arm um den Hals gelegt, um ihn am Beißen zu hindern. Der andere hielt Schulter und Arm. Doch allein durch einen Ringkampf konnten sie Seward nicht retten. Schließlich kamen auch noch Knüppel zum Einsatz. Trotzdem hatte der eine Pfleger einen gebrochenen Arm, ehe der Irre endlich ruhiggestellt war.

7

Wieder ein Morgen in den Karpaten! Regen klatschte an diesem grauen Frühlingsmorgen gegen die hohen Fenster der Zimmer, die Harkers Zuflucht geworden waren. Von hier aus konnte er in den verlassenen Innenhof des Schlosses Dracula schauen.

Der junge Anwalt war wie gewöhnlich in seinem Schlafzimmer in seinem eigenen Bett erwacht. Einen herrlichen Moment lang redete er sich ein, daß sein Erlebnis mit den drei Frauen nur ein Traum gewesen war. Doch dann öffnete er die Augen.

Es war auch nur einen Moment lang ein Traum gewesen; denn wie unwahrscheinlich die Ereignisse auch gewesen waren, die eher in einen grauenvollen Alptraum gehörten, so war er dennoch überzeugt davon, daß diese Umarmungen und Liebkosungen wirklich stattgefunden hatten.

Seine zerrissene Kleidung bewies die Realität des vermeintlichen Alptraums ebenso wie gewisse schmerzlose, offenbar harmlose, aber beängstigende Beißspuren – offenbar von kleinen, sehr scharfen Zähnen – an wenigstens drei Stellen seines Körpers. Auch seine Geschlechtsteile waren nicht verschont geblieben.

Für einen Mann, der verlobt war, wäre es schon schlimm gewesen, der Versuchung einer Frau – oder mehrerer Frauen – erlegen zu sein. Vor allem, wenn man jemanden wie Mina liebte! Aber *dies*...!

Voll Scham, gepeinigt von dem Bewußtsein übernatürlicher

Schuld, saß Harker auf der Bettkante und barg das Gesicht in den Händen. Er kämpfte nicht nur gegen seine Schuldgefühle an, sondern auch gegen die Erinnerung an sein ungeheures Entzükken.

Schließlich nahm er sich zusammen und beschloß erneut, sich den Schwierigkeiten zu stellen – ganz gleich, wie groß sie auch sein mochten. Von jetzt an wollte er seine Selbstachtung bewahren und ein Leben führen, das der großen Liebe, die Mina in ihrer Unschuld für ihn empfand, würdig war.

Er stellte fest, daß der Graf ihn wohl selber zurück in sein Bett getragen hatte. Außer den zerrissenen Kleidern verrieten mehrere Kleinigkeiten, daß Harker nicht alles so peinlich genau wie gewohnt vor dem Schlafengehen erledigt hatte: Zum Beispiel war seine Taschenuhr nicht aufgezogen. Zu seiner Erleichterung waren seine Taschen jedoch unberührt, vor allem das Tagebuch war noch da. Er schickte ein stummes Dankgebet zum Himmel. Hätte Dracula das Buch gefunden, hätte er es mit Sicherheit gestohlen oder vernichtet. Vielleicht war der Graf aus irgendeinem Grund sehr in Eile gewesen.

Harker wusch sich in aller Ruhe – nach dem Verlust seines Spiegels hatte er aufgegeben, sich zu rasieren – und zog frische Sachen aus seinem Gepäck an. Auch ohne einen Blick ins Speisezimmer zu tun, war er sicher, daß auch heute wieder ein köstliches Frühstück auf goldenem oder silbernem Geschirr auf ihn wartete und daß der Kaffee auf dem Kamin warm gehalten wurde. Seine Zeit als Sprachlehrer und Berater über englische Lebensart war noch nicht vorbei. Der Graf brauchte ihn noch.

An diesem Morgen war er jedoch nicht hungrig.

Er setzte sich an den Schreibtisch in seinem Wohnzimmer und schrieb sein Tagebuch. Harker hielt diese Eintragungen für wichtig, um nicht den Verstand oder seinen Sinn für die Realität zu verlieren. Er schrieb sogar alles auf, was er von dem Abenteuer mit den drei Frauen noch wußte – auch auf die Gefahr hin, daß Mina diese Aufzeichnungen eines Tages lesen würde.

Auf einmal erschreckte ihn ungewohnter Lärm draußen im Innenhof. Menschen brüllten herum, Wagen rumpelten über das Pflaster. Schnell steckte er das Tagebuch in die Innentasche seiner Jacke und ging zum Fenster, um hinauszuschauen.

Der Hof war nicht mehr leer und verlassen. Eine größere Schar Zigeuner – *Szgany* hießen sie in der Landessprache, wie Harker schon gelernt hatte – waren dabei, große, offenbar sehr schwere Kisten auf mehrere Leiterwagen zu laden, die von Vierer- oder Sechsergespannen gezogen wurden. Erst waren es drei Kisten – etwa so groß wie Särge –, dann vier, dann fünf... Aufgrund der Vielzahl der Wagen konnte Harker sich ausrechnen, daß Dutzende dieser Kisten – alle von gleicher Größe und Form und mit Draculas Familienwappen geschmückt – aufgeladen werden würden. Jemand schleppte sie einzeln aus dem Schloß in den Hof. Aus seinen Fenstern konnte Harker jedoch leider nicht erkennen, woher sie kamen oder wer dies tat.

Die Zigeuner arbeiteten fröhlich und laut. Sie verschwendeten an die seltsame Ladung offenbar keine Gedanken. Harker baute sich am Fenster so auf, daß sie ihn sehen konnten, und versuchte, die Aufmerksamkeit der Männer auf sich zu lenken. Er hoffte, einen von ihnen bewegen zu können, daß er für ihn einen Brief nach England beförderte, in dem er seinem Partner die schreckliche Wahrheit mitteilen wollte, daß er von Dracula gefangen gehalten wurde. Aber nur selten schaute einer der Männer zu dem Fenster hinauf und wenn, dann grinste er nur hämisch. Selbst die Münzen, die Harker deutlich zeigte, stießen auf kein Interesse.

Schließlich zog er sich zitternd vor Wut und Angst etwas zurück, um die ungewöhnlichen Aktivitäten im Hof weiter beobachten zu können, ohne gesehen zu werden.

Immer mehr Kisten wurden aus dem Schloß getragen. Sobald ein Wagen voll war, fuhr er fort, und ein leeres Gefährt nahm seinen Platz ein. Eine der Kisten rutschte beim Aufladen ab und zerbrach, als sie auf dem Pflaster aufschlug. Schimmelige, grünliche, ekelhaft aussehende Erde rieselte heraus und verwandelte sich im Nieselregen schnell in Schlamm.

Der Unfall schreckte die Arbeiter auf. Mit einem Schlag verstummten ihre Lieder und das Lachen. Ängstlich schauten sie über die Schulter immer wieder zu den hohen Fenstern des Schlosses hinauf. Ganz offensichtlich fürchteten sie den Zorn des Grafen. Aber nicht nur die Zigeuner, sondern auch die Pferde schienen vor dem Inhalt der Kiste zurückzuweichen. Darüber wunderte sich Harker. Die Männer holten Bretter und schaufelten hastig den Schlamm und die Erde so gut wie möglich zurück. Dann nagelten sie die Kiste zu und luden sie auf. Als sei nichts geschehen, arbeiteten sie anschließend weiter.

Harker zog sich kurz darauf vom Fenster zurück. Diese Ladung des Grafen Dracula, eine Kiste voll verschimmelter Erde, war zwar rätselhaft, aber es gab wichtigere Probleme.

Von den Zigeunern konnte er offensichtlich keine Hilfe erwarten. Sie führten ohne Unterbrechung die geheimnisvollen Transporte für den Schloßherrn fort. Es blieben ihm also zwei Möglichkeiten. Er konnte in seinen Zimmern warten oder sich in der Bibliothek irgendwie beschäftigen, bis der graue Tag in die Nacht übergegangen war.

Harker war ganz sicher – als hätten es ihm die drei Frauen wörtlich versprochen –, daß sie an seine Tür kommen würden. Jetzt, da sie eine Beziehung zu ihm hergestellt hatten, würden sie unweigerlich kommen. Sie würden lachen, flüstern, ihm unvorstellbare sinnliche Freuden versprechen und ihn verlocken, zu ihnen hinauszukommen... und er wußte auch, daß er ihren Verführungskünsten erliegen würde.

Aber gleichzeitig gefror ihm das Blut bei dem Gedanken, daß die Frauen ihm tatsächlich so etwas versprochen hatten, als er letzte Nacht in hilfloser Trance dagelegen hatte.

Harker spürte bei der Erinnerung all das Grauen wieder und auch die Schmerzen und die Lust bis ins Mark. *Nein!* Das waren keine Frauen – Mina war eine Frau. Die drei waren Ausgeburten der Hölle!

Jedesmal, wenn er die Augen schloß, sah er den Sack wieder, den der Graf vor ihnen auf den Boden geworfen hatte, und hörte das menschliche Wimmern. Ob es wirklich Erinnerung oder nur Phantasie war, wußte er nicht, wenn er sah, wie eine weiße Hand mit langen, spitzen Nägeln einen nackten Säugling herauszog...

Aber jetzt, bei Tageslicht, konnte er, obwohl er gefangen war, immer noch eine andere Wahl treffen. Er konnte aus wachsender Verzweiflung heraus seinen ganzen Mut zusammennehmen und versuchen zu fliehen, indem er den einzigen Weg wählte, den auch Dracula benutzt hatte, wie er mit eigenen Augen gesehen hatte.

Harker konnte versuchen zu fliehen, indem er an den Mauern des Schlosses hinunterkletterte.

Der junge Mann erwog alles noch einmal mit kühlem Kopf. Er mußte diese Möglichkeit riskieren, wenn sie auch schrecklich gefährlich, ja fast selbstmörderisch war. Er zog den Tod am Fuß der Felsklippen dem vor, was der Graf und die drei grauenvollen, aber so faszinierenden Frauen mit ihm anstellen wollten.

Wenn er den Versuch machen wollte, die Schloßwand hinabzusteigen, mußte dies zwangsläufig am Tag geschehen. Es war außerdem selbstverständlich, daß er nicht auf der Seite hinabsteigen konnte, wo die treuen Diener des Grafen, die Zigeuner, ihn sehen konnten.

Also mußte er sein Glück auf der anderen Seite versuchen, die in den schrecklichen Abgrund hinabführte. Und er mußte seine Zimmer gleich verlassen – auf der Stelle –, ehe die Angst und die Verführerinnen seinen Entschluß in der Nacht wieder ins Wanken brachten.

Selbstverständlich würde er nichts mitnehmen können als das, was in seine Taschen paßte: das Tagebuch, etwas Geld, viel mehr nicht.

Impulsiv verließ er das Zimmer. Er wollte sich selbst jede Möglichkeit verbauen, seinen Entschluß hinauszuschieben. Er ging die Treppe hinauf, die zur Südseite des Schlosses führte, wo man durch die Fenster den Abgrund und den sich windenden, schäumenden Fluß sah, der so tief unten lag, daß man sein Rauschen nicht hören konnte.

Nieselregen blies Harker ins Gesicht. Er stand an demselben Fenster, bei dem er sich versteckt hatte, als er den Grafen voll Entsetzen an der Mauer herunterklettern sah.

Entschlossen packte der junge Anwalt das nasse Fenstersims so fest, daß die Muskeln in seinen Armen zitterten. Dann beugte er sich vor und wagte einen Blick in die Tiefe.

Der Anblick jagte ihm nicht solchen Schrecken ein, wie er befürchtet hatte.

Die Mauer unter ihm fiel zwar fast senkrecht ab, aber sie war nicht so glatt, daß ein Kletterversuch unbedingt einem Selbstmord gleichkam.

Bei genauerem Hinsehen stellte er fest, daß die Mauer vom Fuß bis nach oben eine Neigung nach innen aufwies. Außerdem gaben zahlreiche Risse und Vorsprünge Anlaß zur Hoffnung, daß die Finger und Zehen eines normalen Menschen dort Halt finden könnten. Am schlimmsten würden die ersten vierzig, fünfzig Fuß sein, überlegte er. Danach wurden die Risse größer und boten echte Hoffnung.

Harker biß die Zähne zusammen und flüsterte: »Wenn ich *ihm* auf dem Weg begegne, muß ich ihn töten. Leb wohl, Mina, wenn ich es nicht schaffe! Leb wohl, Welt!«

Ohne weiter zu zögern, stieg Harker mit einem Gebet auf den Lippen auf die regennasse Fensterbank und ließ sich hinab. Mut, Willen und seine Fingerspitzen würden jetzt entscheiden.

Doch diese – seine einzigen – Hilfen erwiesen sich sogleich als unzureichend. Er war noch keine drei Fuß weit hinabgeklettert, als seine Finger am uralten Mauerwerk abrutschten.

Ein heiserer Verzweiflungsschrei entrang sich seiner Kehle.

Harker rutschte die beinahe senkrechte Mauer hinab. Seine Hände bluteten von seinen vergeblichen Versuchen, den Fall aufzuhalten. Doch dann wurde sein Sturz plötzlich unerwartet aufgehalten. Er platschte in ein kleines Becken voll Schlamm, das zu einem der riesigen Wasserspeier des Schlosses gehörte.

Er spuckte das eklige, faulige Wasser und den Schlamm aus, als er wieder an die Oberfläche kam. Vielleicht war dieser badewannengroße Behälter Teil eines Zisternensystems, um das Regenwasser zu sammeln, dachte er dumpf.

Harker wurde bei dem Gedanken, wie nahe er dem Tod gewesen war, ganz schlecht. Vorsichtig lugte er aus seinem Versteck heraus. Im Moment war er in Sicherheit. Rechts und links hatte er keine Chance – da gab es nur glatte, senkrechte Mauern. Auch unter ihm fielen erst die Mauern, dann die Felswände steil bis zum rauschenden Fluß in die Tiefe ab.

Doch dann entdeckte er eine – wenn auch unsichere – neue Möglichkeit. Von dem Steinbecken, in dem er hockte, führte ein niedriger, dunkler Abflußtunnel irgendwo nach hinten in die Schloßmauer. Die Rinne war gerade so groß, daß ein Mann hindurchpaßte. Sie war durch Steinbrocken und Schlamm weitgehend verstopft, aber diese Hindernisse konnte er wegräumen. Dabei gurgelte das Wasser, das ihm das Leben gerettet hatte, schnell davon.

Es war die einzige Möglichkeit. Der junge Mann schickte noch ein Gebet zum Himmel und kroch mit dem Kopf voran in den dunklen Tunnel.

Durch mehrere Engpässe und um scharfe Kurven herum führte ihn der Weg nach unten. Es kam ihm vor wie eine Ewigkeit. Immer wieder mußte er abgebröckeltes Mauerwerk wegräumen. Der Schacht war dunkel und stank faulig. Spinnweben legten sich klebrig über sein Gesicht, Ratten und anderes Ungeziefer huschten umher. Das rauhe Gestein schürfte Knie und Ellenbogen durch die nassen Hosen und die Jacke auf.

Nach unten, tiefer und tiefer.

Harker hatte auf einmal das Gefühl, daß er bis in die Höhe des Innenhofs hinabgestiegen war. Er hielt es jedoch für einen tödlichen Fehler, jetzt mitten zwischen den Zigeunern aufzutauchen. Schließlich hatten sie bewiesen, daß sie seinem Todfeind treu ergeben waren.

Langsam jetzt! Ruhig!

Ganz vorsichtig kroch er weiter. Dabei gab er sich größte Mühe, so wenig Lärm wie möglich zu machen.

Schließlich lächelte ihm die Vorsehung oder das Glück oder eine andere gütige Macht! Von den Zigeunern war nichts zu sehen und zu hören, als er endlich durch einen großen Riß in der Mauer herauskletterte. Statt in dem Innenhof, den er kannte, war er in einem großen Gewölbe angelangt. Indirekt einfallendes Sonnenlicht ließ sein Herz vor Freude höher schlagen, weil er glaubte, der wunderbaren Außenwelt und damit der ersehnten Freiheit ein Stück nähergekommen zu sein.

Doch Vorsicht! Der junge Mann stand jetzt aufrecht da und betrachtete seine blutigen Knie und Ellenbogen. Deutlich hörte er die Zigeuner bei der Arbeit singen; aber die Stimmen schienen so weit entfernt zu sein, daß sie wohl keine unmittelbare Gefahr bedeuteten. So glaubte er jedenfalls.

Harker reckte und streckte seine Glieder, die von der langen, qualvollen Kriecherei nach unten ganz verkrampft waren. Dann sah er sich vorsichtig um. Schnell wurde ihm klar, daß dies Gewölbe, in das ihn der Zufall geführt hatte, früher einmal eine Kapelle gewesen sein mußte. Seiner Schätzung nach stammte sie aus dem fünfzehnten Jahrhundert. Es mochte sogar sein, daß sie noch älter war.

Große Teile der Mauern waren von Gebilden wie Bienenwaben bedeckt. Als Harker näher hinsah, erkannte er, daß es sich um Grabkammern handelte. Man hatte die Särge in die Mauern geschoben und die Nischen mit Platten verschlossen. Vor einem hohen Fenster, dessen altes Glas nicht zerbrochen war, stand ein einfacher Altar. Auf der steinernen Altarplatte war vorn das Wort DRACULEA eingemeißelt. Darüber erhob sich ein großes Holzkreuz.

Die geschnitzte Vorderseite war mit getrocknetem Blut bedeckt. Als Harker das vergessene Kreuz betrachtete, füllten sich seine Augen aus irgendeinem Grund mit Tränen. Er faßte sich an den Hals, doch das kleine, silberne Kruzifix war dort nicht mehr.

Aus dem Fußboden der Kapelle waren einige Steinplatten herausgebrochen, so daß die dunkle, beinahe tote Erde hervorquoll. Irgend jemand hatte hier noch vor kurzem gegraben. Moderne Schaufeln und ein Spaten lehnten an der Wand.

Auf dem unebenen Boden stand feinsäuberlich aufgereiht eine Reihe dieser seltsamen, sargähnlichen Kisten. Offensichtlich warteten sie darauf, auf die Wagen geladen zu werden. Eine Kiste stand etwas abseits. Auch auf sie war der Deckel schon aufgelegt, er war jedoch noch nicht festgenagelt.

Auf einmal hörte Harker die Zigeuner ganz nahe. Sie riefen sich fröhlich etwas zu, während sie Kisten zunagelten und verluden. Er hörte das Rattern der Wagenräder auf dem Kopfsteinpflaster und Peitschenknallen.

Der Gefangene spähte umher und suchte nach einem möglichen Fluchtweg in die Freiheit. Da blitzte etwas in dem indirekten Sonnenlicht auf. Es kam von einer der Stellen am Boden, wo die Platten entfernt worden waren. Lautlos und vorsichtig schlich Harker näher. Und dann hielt er auf einmal eine Goldmünze in den Händen, deren Prägung er noch nie gesehen hatte. Und da lag noch eine in der Erde! Schnell sammelte er eine Handvoll des Schatzes ein, der hier in der losen Erde verstreut war. Vielleicht konnte er die Münzen auf seiner Flucht gebrauchen.

Beinahe zu spät bemerkte er, daß die Stimmen der Zigeuner plötzlich viel lauter und deutlicher geworden waren. Blitzschnell sprang er zurück und drückte sich in eine dunkle Wandnische. Gleich darauf kamen mehrere Zigeuner durch die Haupttür der Kapelle. Stöhnend und ächzend hoben sie die nächsten Särge hoch und schleppten sie hinaus.

Sobald sie verschwunden waren, verließ Harker wieder sein Versteck. Im Augenblick war seine Neugier größer als der Wunsch zu fliehen.

Er ging leise zu dem Sarg, der etwas abseits stand, und stemmte den Deckel hoch, der lose auflag. Als er sah, was drinnen lag, erstarrte er vor Angst und Entsetzen.

Dracula schaute ihm direkt in die Augen. Der Graf lag in einem prächtigen, goldenen, mit Juwelen besetzten Gewand in dem Sarg.

Für Harker dehnte sich jede Minute des Alptraums in eine Ewigkeit, bis ihm klar wurde, daß die Augen des Mannes in der Kiste ihn gar nicht sahen, obwohl sie direkt auf ihn gerichtet waren.

Es bestand aber kein Zweifel, daß es der Graf war, der mit dem Gesicht nach oben in dem mit schwarzen Erde gefüllten Sarg lag. Er schien sich da drinnen so wohl zu fühlen wie jeder normale Sterbliche in einem weichen Bett.

Mit jedem Atemzug erholte sich Harker ein wenig mehr von seinem ursprünglichen Schrecken. Dracula war entweder tot, oder er schlief. Der junge Mann konnte beim besten Willen nicht sagen, was von beidem es war. Die Augen des Grafen standen offen; aber es fehlte in ihnen sowohl die Wachsamkeit des Lebens wie auch die gläserne Starre des Todes. Trotz der tiefen Blässe schienen die Wangen einen Hauch Lebenswärme zu verbergen. Die Lippen waren rot. Die Flecken und Spuren an den Mundwinkeln schienen von frischem Blut zu stammen. Die Augen lagen tief zwischen blutunterlaufenen, geschwollenen Lidern und Tränensäcken. Aber der Graf bewegte sich nicht und reagierte überhaupt nicht darauf, daß der Deckel zu seinem Sarg so rücksichtslos entfernt worden war.

Harker atmete schneller. Angst und Abscheu schnürten ihm die Kehle zu. Trotzdem zwang er sich, seinen Fund genauer zu untersuchen. Das ekelhafte Wesen schien mit Blut vollgesogen zu sein – wie ein Blutegel, der erschöpft dalag, nachdem er sich gesättigt hatte.

Mit größter Willensanstrengung beugte Harker sich noch näher über den Mann – dies abstoßende Ding in Menschengestalt –, der da in der Kiste auf der Erde lag. Vergebens suchte er nach einem Lebenszeichen. Er legte die Hand auf Draculas Brust: Kein Herzschlag, kein Puls, kein Atem war spürbar.

Gleich darauf überwand Harker endlich sein Grauen und suchte in dem prächtigen Gewand nach Taschen. Vielleicht würde er Schlüssel finden. Doch er suchte vergebens. Als er in die starren Augen blickte, die nichts Bestimmtes anblickten, entdeckte er dort so abgrundtiefen Haß, daß er unwillkürlich zurückzuckte. Dabei hatte der Graf von der Anwesenheit Harkers doch gar keine Ahnung.

Schon beim Zurückweichen verwandelte sich Harkers Angst in Wut.

Diesem, diesem *Ding* da also half er, Harker, nach London zu kommen, wo er vielleicht für Jahrhunderte seine Gier nach Blut unter den vielen unschuldigen Bürgern der Stadt stillen und dabei einen neuen Kreis von Halbdämonen schaffen würde, die sich ständig vermehren und sich alle auf die Hilflosen stürzen würden und…

Nach London, wo seine unschuldige, vertrauensselige Mina lebte…

Vor Wut und Angst stöhnte Harker laut auf. Dann stürzte er vom offenen Sarg weg und holte eine Schaufel. Er holte aus, um die scharfe Metallkante mit aller Kraft auf das bleiche, leblose Gesicht zu schlagen.

Doch im selben Augenblick veränderten sich die Augen im Gesicht des Untoten. Der Blick des Grafen fiel auf den jungen Mann, der drohend die Schaufel über ihm schwang, und raubte dem seine ganze Kraft.

Die Schaufel entfiel Harkers Händen und fiel klirrend auf den Steinboden. Er taumelte zurück, bis er an die Grabplatten in der Mauer stieß. Sofort packte ihn etwas, nein, mehrere blasse, wurzelähnliche Fortsätze, die aus der Mauer ragten, nein, aus ihr herauswuchsen... sie wuchsen aus dem Gemäuer und verfingen sich in Harkers Kleidung. Erst eines, dann zwei...

Fassungslos starrte Harker auf die Finger einer kleinen weißen Hand, die sein Hosenbein gepackt hielt.

Voll Entsetzen wurde dem jungen Mann klar, daß er wieder in die verführerischen Klauen der drei Vampirfrauen geraten war.

Jetzt hörte er auch ihre schläfrigen, leisen Stimmen. Sechs bleiche, nackte Arme streckten sich durch die Risse in ihren Grabplatten nach ihm aus. Die kleinen Finger mit den scharfen Nägeln krallten sich verschlafen in seine Kleidung und tasteten nach seinem Körper.

Ganz deutlich hörte er die süße Stimme der Jüngsten. Verführerisch drang sie aus dem Grab in der Mauer heraus:

»Verlaß uns heute nicht... du begehrst uns doch...«

Und dann erklang das silbrig perlende Lachen der drei Vampirfrauen.

Er wußte, daß er nur einen Augenblick lang schwankend zu werden brauchte, sein Ziel aus den Augen lassen mußte, und daß dann all die verbotene Lust, die er im mondbeschienenen Bett erfahren hatte, wieder für ihn da sein würde...

Mit einem plötzlichen Seufzer riß sich Harker mit übermenschlicher Anstrengung los. Beinahe blind rannte er der Freiheit entgegen. Er wich dem Haupteingang der Kapelle aus, vor dem die Zigeuner arbeiteten, und lief statt dessen auf den schwachen Schimmer Tageslicht zu, der durch einen Mauerriß auf der gegenüberliegenden Seite hereindrang.

Mühsam zwängte sich Harker hindurch, stürmte voran, stürzte und lief weiter.

Endlich erreichte er eine Stelle, die nicht von Mauern umschlossen war. Er spürte Regen auf seinem Gesicht. Das einzige

Lachen, das er hörte, stammte von einem Menschen. Es war ein beinahe irres Lachen, aber menschlich!

Das Lachen hörte nicht auf. Es verstummte erst, als er seinen ganzen Atem fürs Laufen brauchte.

8

Es war Wochen später, ein schwüler Tag Anfang August. Renfield, der ehemalige Anwalt der Kanzlei Hawkins und Thompkins, wurde in seiner Zelle in der Irrenanstalt in Purfleet immer unruhiger. Heute konnte selbst die Gegenwart so vieler Leben – seiner Schoßtiere, der Insekten, Spinnen und Vögel –, die ihn sonst faszinierte, die Aufmerksamkeit des Patienten nicht mehr fesseln.

Während der ersten Nachmittagsstunden hatte Renfield sich an die Gitterstäbe seiner Zelle geklammert und zum Himmel gestarrt, ohne auf die Ansprache durch die Ärzte oder Pfleger, die nach ihm sahen, zu reagieren. Selbst die Schreie seiner Leidensgenossen schien er nicht wahrzunehmen.

Die Sommerluft in Purfleet war schwer und ruhig; aber der ehemalige Anwalt konnte spüren – *wie* Renfield solche Dinge vorausspüren konnte, war unerklärlich –, daß sich ein schwerer Sturm dem Ärmelkanal näherte. Vor seinen geistigen Augen türmten sich schwarze Wolkenberge auf. Die Sonnenstrahlen färbten deren Ränder gelb. Darunter sah er die graue See. Die Meereswogen rollten über Untiefen an einen Sandstrand. Ihr Dröhnen schwächte sich landeinwärts genauso ab wie die Nebelschwaden. Der Horizont verlor sich weit draußen im grauen Dunst. Überall dehnte sich unendliche Weite. Die Wolken drängten sich jetzt wie ein Gebirge zusammen, und das Meer rauschte, als wolle es den Jüngsten Tag ankündigen.

Dunkle Schemen, manchmal halb im Nebel verborgen, huschten über den Strand.

Doch noch seltsamer als Renfields Vision von einem anbrausenden Sturm war seine Auffassung, daß dieses Unwetter *kontrolliert* sei. Für ihn war es eine Tatsache, daß die Natur selbst von einer einzigen, kraftvollen Hand manipuliert wurde. Es war eine Hand, deren Herkunft der Wahnsinnige zu kennen glaubte. Für ihn war sie die Hand seines Herrn und Meisters, auf dessen Kommen er so lange sehnsüchtig wartete.

Natürlich würde der Sturm Schiffe vor sich her übers Meer treiben. Das war schließlich normal. Aber...

Ein Schiff, ein fremdes Segelschiff, sah Renfield plötzlich ganz deutlich vor sich. Etwas Besonderes umgab dieses Schiff. Die Ladung, ja, das war es! Eine Art Wunder lag da im Laderaum eingeschlossen...

Aber Renfield wagte nicht, jetzt weiter darüber nachzudenken. Heute barg die Luft herrliche Geheimnisse – Geheimnisse, die im Augenblick noch bewahrt werden mußten...

Selbst nach all den Wochen taten Renfield noch die Knochen weh von den Schlägen, mit denen die Pfleger Dr. Seward vor ihm gerettet hatten. Armer Doktor Seward! Er war eigentlich nicht Renfields Feind.

Nein... eigentlich brachte es keinerlei Vorteil, Dr. Seward zu erwürgen...

Der Sturm kam näher und näher.

Renfields Arme und Beine waren ganz steif, als er vom Fenster zurücktrat. Es wurde höchste Zeit, dachte er, daß er die Kolonien der kleinen Lebewesen in den Ecken seiner Zelle inspizierte. Klein zwar, aber wenn man sie richtig anhäufte, konnten sie wichtig sein.

Er hockte sich auf den Boden und flüsterte: »Kommt her, meine Lieblinge! Kommt zu mir! Bald wird der Herr über alles Leben hier sein.«

Thomas Bilder, ein Oberaufseher des Londoner Zoologischen Gartens gleich neben dem Regent's Park, wohnte mit seiner Frau in einem der kleinen Häuser hinter dem Elefantenhaus. Er war sehr stolz darauf, daß alle Wölfe, Schakale und Hyänen seiner Obhut anvertraut waren.

Mr. Bilders Lieblingstier war ein großer, grauer Wolf. Er hieß Berserker, aber eher wegen seiner erstaunlichen Größe als wegen tatsächlicher Wildheit. An ruhigen Tagen wagte der Aufseher sogar, den Wolf nach der Fütterung hinter den Ohren zu kraulen. Das Tier war vor vier Jahren in Norwegen gefangen worden. Über den renommierten Londoner Tierhändler Jamrach war er in den Zoo gelangt.

An diesem Abend schaute Bilder aus einem Fenster seines Häuschens. Die schwüle Luft und der aufziehende Sturm machten ihm Sorge. In der Ferne hörte er ein Heulen und Jaulen, ein Zeichen dafür, daß seine Tiere auch unruhig waren. Manchmal taten Besucher auch etwas, um die Tiere zu quälen. Der Aufseher rief seiner Frau zu, daß er noch eine Extrarunde zu den Käfigen machen wolle, um nachzusehen, wie es seinen Schützlingen gehe. Die Käfige waren knapp vierhundert Meter vom Haus entfernt.

Als er bei den Käfigen ankam, sah Mr. Bilder, daß mehrere Wölfe – besonders aber Berserker – immer aufgeregter wurden. Er schob es auf die Veränderungen des Luftdrucks in der Atmosphäre. Angesichts des drohenden Unwetters waren nur wenige Besucher da, und niemand störte die Tiere.

Trotzdem war gerade Berserker, der an diesem Nachmittag in einem Käfig allein war, völlig außer Rand und Band. Pausenlos heulend lief er hin und her. Bilder sprach beruhigend auf das Tier ein. Wie der Aufseher später aussagte, wäre es ihm nie in den Sinn gekommen, eine Hand oder einen Arm in den Käfig zu stekken, solange das Tier so aufgeregt war. Als Berserker nicht zu beruhigen war, gab Bilder seine Bemühungen auf, da er sich auch noch um die anderen Tiere kümmern mußte.

Doch kaum hatte er ein paar Schritte gemacht, kam ein Regenguß, so daß er so schnell wie möglich zu seinem Häuschen eilte.

Sekunden nach dem ersten Regenschauer zuckte schon der erste Blitz herab. Die nächsten schlugen in die Stangen der Käfige und Gatter ein.

Wie durch ein Wunder wurden weder Menschen noch Tiere verletzt. Aber die Stangen an Berserkers Käfig, die den Wolf von der Freiheit trennten, barsten auf einen Schlag. Der Blitz hatte sie erwärmt und verbogen. Im Nu sah man den großen, grauen Wolf herausspringen und im Halbdunkel des regennassen Parks verschwinden.

Trotz des starken Regens hatte Bilder sich umgedreht. So sah er als einer der ersten den verbogenen Käfig. Mehrere Minuten lang lief er dem entflohenen Tier hinterher; aber seine Anstrengung war völlig sinnlos.

Zu dem Zeitpunkt, als der Wolf mitten in London entfloh, war das Gewitter noch mehrere Minuten von Hillingham entfernt. Mina Murray und Lucy Westenra saßen gemütlich auf einer Steinbank unten im Ziergarten, direkt neben dem Familienfriedhof. Hier war ein stiller und angenehmer Platz auf dem riesigen Besitz.

Der Tag war ruhig, fast verschlafen gewesen. Nur ab und zu hatte ein Schrei der Pfauen die Stille unterbrochen. Früh am Morgen hatte die Sonne geschienen; aber ab Mittag waren Wolken aufgezogen, und jetzt sah der Himmel richtig bedrohlich aus. Doch die beiden jungen Frauen schenkten dem dunklen Firmament keine Aufmerksamkeit.

Lucy holte tief Luft, blickte auf die vertraute Umgebung und erklärte ihrer Freundin: »Ach – hier ist für mich der schönste Platz auf der ganzen Welt –«

Mina war sicher, daß bei dieser frohen Äußerung eine falsche Note mitschwang. »Aber dich bedrückt doch etwas, oder etwa nicht?«

»Nein, eigentlich nicht. Nein.« Lucys Blick schweifte in die Ferne. »Es ist nur so, daß ich in letzter Zeit wieder schlafwandle. Du weißt schon, wie ich es auch tat, als wir noch klein waren. Außerdem habe ich die komischsten Träume, Mina!«

»Sag nur, du hast eine schmutzige Affäre mit einem großen, dunklen Fremden?«

Lucy lachte. »Welch verführerische Idee – aber nein. Die Wahrheit ist, daß ich ihn liebe! Ich liebe ihn! Ja, es tut mir gut, wenn ich es laut ausspreche. Ich liebe ihn, und ich habe ›ja‹ gesagt!«

»O Lucy!« Mina freute sich ehrlich für die Freundin; aber sie spürte auch einen Stich Eifersucht. »Dann hast du also deine Wahl getroffen. Ist es der Texaner mit dem großen Messer?«

Als Mina die Frage stellte, drang das erste Grollen des Donners aus der Ferne herüber.

Lucy schüttelte verneinend ihre roten Locken. »Nein. Ich fürchte, Quincy ist jetzt ebenso enttäuscht, wie Jack es war. Arthur ist der Auserkorene. Ach, Mina, irgendwann werden Arthur und ich Lord und Lady Godalming sein. Und nächsten Sommer mußt du uns in unserer Villa in Frankreich besuchen. Zusammen mit Jonathan meine ich natürlich. Und selbstverständlich bist du meine Trauzeugin – sag ja, bitte!«

»Natürlich, Lucy… aber ich dachte wirklich, daß du diesen Texaner liebst.«

Lucy machte große Augen. »Aber das tue ich doch – und ich werde ihn immer lieben.«

»Und Dr. Seward auch, nehme ich an.«

»Ja, dieser brillante Doktor Jack, der so unheimlich lieb um meine Hand anhielt – warum nicht? Sieh mich nicht so an, Mina! Sollte ich nach meiner Heirat zufällig mit einem der beiden zusammentreffen… also, ehrlich, du bist so schrecklich naiv in diesen Dingen! So unzivilisiert! Du bist absolut sterbenslangweilig geworden, seit Jonathan abgereist ist – oh, tut mir leid, Liebes! Verzeih mir!«

Mina weinte plötzlich.

Lucy hatte sofort ihre eigenen Angelegenheiten vergessen und empfand tiefes Mitleid mit ihrer Freundin. »Du machst dir wirklich große Sorgen um Jonathan. Das kannst du nicht abstreiten!«

»… es ist nur… ich habe in der ganzen Zeit nur zwei Briefe erhalten. Einen aus Paris und einen aus – na, von da, wo er wohnt. Und dieser letzte Brief war so komisch, so kalt. Er klang gar nicht nach Jonathan.«

Ein greller Blitz zuckte im Osten herab. Der Donner war diesmal lauter. Während der letzten Minuten war der Himmel über dem Fluß unheilverheißend schwarz geworden. Jetzt blies auch plötzlich ein kalter Wind aus dieser Richtung.

»Mina – bist du sicher, daß du ihn wirklich kennst?« Blitze zuckten, und der Donner grollte. »Alle Männer können so sein, ich meine, daß man ihnen nicht trauen kann, und –«

Lucys letzte Worte gingen im Donner unter. Die jungen Frauen sprangen auf und liefen zum Haus.

»– nicht Jonathan –« Mina schüttelte energisch die dunklen Locken.

»Auch Jonathan! Glaube mir, Liebste.« Lucy nickte weise. »Aber wenn er dir jetzt die kalte Schulter zeigt, könnte es sein, daß du den Falschen liebst, und –«

Ein plötzlicher Regenguß kam herab und durchnäßte die Freundinnen bis auf die Haut. Der Gewittersturm trieb sie mit unnatürlicher Gewalt vor sich her.

Draußen auf dem Ärmelkanal fuhr der Schoner *Demeter*, der unter russischer Flagge segelte, schon einige Stunden mit vollen Segeln vor dem Wind dahin. Der offensichtliche Leichtsinn von Kapitän und Mannschaft versetzte einige Leute in Erstaunen, die das Schiff zufällig beobachteten. Später klärte sich dieser sträfliche Fehler schrecklich auf.

Das Schiff trieb unter vollem Zeug in die Themsemündung und lief schließlich bei Greenwich gegen das Dock und dann auf Grund. Als Inspektoren an Bord kamen, fanden sie das Schiff bis auf einen toten Mann am Steuer verlassen vor. Wie sich später herausstellte, war dieser unglückliche, mysteriöse Tote der Kapitän. Seine Hände waren ans Ruder gefesselt.

In der Tasche des Leichnams wurde eine sorgfältig verkorkte Flasche gefunden, in der ein zusammengerolltes Stück Papier steckte. Als man es von einem Sekretär der Russischen Botschaft übersetzen ließ – ziemlich unbeholfen –, erwies es sich, daß es eine Nachschrift zum Logbuch des Schiffes war, dessen Überreste der Sekretär ebenfalls ins Englische übersetzte. Als diese Übersetzung in jenen Londoner Zeitungen abgedruckt wurde, die an Sensationen interessiert waren, führte dies zu ziemlicher Aufregung

Die Zeitungen stürzten sich auch noch auf die Berichte einiger Augenzeugen von der Strandung der *Demeter*, die der ohnehin seltsamen Geschichte zusätzliche Würze verliehen. Alle Zeugen sagten übereinstimmend aus, daß ein riesiger Hund unter Deck hervorgekommen und vom Bug des Schiffes aus an Land gesprungen sei, als die *Demeter* gegen das Dock prallte. Obwohl man gleich nach dem Tier gesucht hatte, war es nicht gefunden worden.

Was den Toten am Ruder betraf, so waren seine Hände übereinander an eine Sprosse gebunden gewesen. Zwischen der Handfläche und dem Steuerrad steckte das Kruzifix eines Rosenkranzes, der ebenfalls mit Schnur um Steuer und Hände festgemacht war.

Dr. J. M. Caffyn, ein Chirurg, hatte den Leichnam untersucht und erklärt, der Mann müsse schon mehr als zwei Tage tot gewesen sein. Ein Mann der Küstenwache meinte, daß der Kapitän sich selbst gefesselt haben könnte. Möglicherweise hatte er die Knoten mit den Zähnen festgezurrt. Unnötig zu sagen, daß der Tote sofort von dem Platz weggeholt wurde, an dem er, wie die Zeitungen schrieben, »bis zum Tode ehrenvoll seine Wache versehen hatte«. Man brachte ihn ins Leichenschauhaus.

Die gerichtliche Nachuntersuchung kam zu keinem eindeutigen Ergebnis. Niemand konnte sagen, ob der Kapitän nicht möglicherweise in einem Anfall von Geisteskrankheit die gesamte Mannschaft ermordet hatte oder nicht. Die öffentliche Meinung feierte den Kapitän der *Demeter* einfach als Helden. Er bekam ein öffentliches Begräbnis.

Die Ladung der *Demeter* bestand fast ausschließlich aus fünfzig großen Holzkisten mit schimmeliger Erde. Sie war für einen Londoner Rechtsanwalt bestimmt, einen Mr. F. F. Billington, der am Morgen nach der Strandung an Bord ging und die Güter offiziell in Empfang nahm. Billingtons Klient hatte alles brieflich abgewickelt und ihm ein großzügiges Honorar bezahlt, damit er das alles möglichst unauffällig und effizient erledigte. Er hatte ihm auch den Ort mitgeteilt, an den die Kisten zu bringen waren. Die Zeitungen kannten allerdings nicht die genaue Adresse – ein verlassener Besitz, der Carfax hieß.

Großes Interesse galt dem Hund, der ans Ufer gesprungen war. Mehrere Mitglieder der Gesellschaft zur Verhütung von Grausamkeit an Tieren wollten sich um das Tier kümmern, aber zur allgemeinen Enttäuschung wurde der Hund nie gefunden.

Auf dem Höhepunkt des Gewitters – etwa um die Zeit, als die *Demeter* auf Grund lief – wurden viele Insassen des Irrenhauses von Dr. Seward furchtbar unruhig. Die Pfleger mußten mit einem Wasserschlauch und starkem Druck die größten Krakeeler zur Ordnung rufen. Renfield war diesmal nicht bei den Unruhestiftern. Er ignorierte die Schreie seiner Mitpatienten und widmete sich anscheinend ganz zufrieden und still der Pflege seiner kleinen untermenschlichen Leben.

Gegen Mitternacht hatte der Regen in Hillingham beinahe ganz aufgehört. Nur der Wind heulte noch und trieb Wolkenfetzen über den Nachthimmel. Die Bäume bogen sich unter seiner Gewalt. Die Fensterläden klapperten laut.

Mina wurde durch einen starken Windstoß oder etwas anderes geweckt. Ihr war plötzlich beklommen zumute. Schnell lief sie zu Lucy hinüber, die im Nebenzimmer schlief.

Nervös flüsterte sie: »Lucy, alles in Ordnung –?«

Es war so dunkel im Zimmer, daß Mina das Bett direkt vor sich kaum sehen konnte.

Sie versuchte es noch einmal, diesmal etwas lauter. »Lucy –?«

Immer noch keine Antwort.

Schließlich streckte sie die Hände aus und tastete die Kissen und Decken ab. Das Bett war leer. Die Bettwäsche fühlte sich kühl an. Lucy war offenbar schon vor längerer Zeit aufgestanden.

Auf einmal sprang die Tür auf, die von Lucys Zimmer auf die Terrasse führte. Die Vorhänge tanzten im Sturm. Als Mina die Tür mühsam wieder schloß, sah sie zu ihrem Erstaunen im Licht der davonziehenden Blitze Lucys zarte Gestalt. Es war eindeutig Lucy in ihrem roten Nachthemd. Sie war schon ein gutes Stück vom Haus entfernt und ging die breite Treppe hinab, die zum Familienfriedhof führte.

Lucy als Schlafwandlerin!

Mina lief in ihr Zimmer und warf ein paar Kleidungsstücke über ihr Nachthemd. Dann nahm sie noch einen großen, dicken Schal für Lucy mit und lief hinaus, um die Freundin zu retten.

Der Wind war naß und kalt. Nebelschwaden kamen vom Fluß herüber. Wolken jagten über den Himmel und verhüllten immer wieder den Mond.

Mina mußte nicht lange nach Lucy suchen. Als das Mondlicht gerade wieder herabfiel, sah sie ihre Freundin auf der vertrauten Steinbank; aber sie saß nicht, sondern lag rücklings ausgestreckt darauf.

Doch nicht allein dieser Anblick ließ Mina vor Entsetzen wie angewurzelt stehenbleiben.

Über Lucys Körper – eigentlich zwischen ihren gespreizten Schenkeln – wand sich eine dunkle Gestalt, so groß wie ein ausgewachsener Mann. Aber Mina war vor Angst und Schreck so verwirrt, daß sie nicht sicher war, ob es sich um einen Mann oder ein großes Tier handelte. Auf einmal stieß eine der sich windenden Gestalten auf der Bank eine Art langgezogenes Heulen aus. Und dann stöhnte eine Frauenstimme vor Schmerzen laut auf. War es vor Schmerzen, dachte Mina entsetzt, oder aus –

Mina brach den Bann, der sich lähmend auf sie gelegt hatte, und ging tapfer vorwärts. »Lucy! Lucyyy!«

Beim Klang von Minas Stimme richtete sich die dunkle Gestalt drohend auf und blickte Mina an. Die Augen waren rot wie glühende Kohlen. Einen Augenblick lang wurde sie unsicher, ob das wirklich ein Mensch war.

Dann verhüllte eine Wolke den Mond. Aus der Dunkelheit ertönte die Stimme eines Mannes. Sie war so leise, daß Mina sie kaum verstehen konnte. Die Stimme sagte etwas zu ihr, nein, sie bat um etwas, nein, sie befahl ihr etwas in einer fremden Sprache und mit Worten, die Mina noch nie gehört hatte. Und dennoch konnte sie sie verstehen.

Die Stimme des Mannes flüsterte einen Namen: *Elisabeth.*

Elisabeth, sieh mich nicht! Es war ein Befehl, und sie befolgte ihn – wie sie gerade etwas gesehen hatte, das sie nicht sehen wollte.

...im nächsten Augenblick kam das Mondlicht zurück. Lucy lag noch immer ausgestreckt auf der Bank – aber jetzt war sie ganz allein. (Mina dachte bei sich: Bin ich verrückt? Warum habe ich das Gefühl, daß sie gerade eben *nicht* allein war? Aber es war doch niemand bei ihr!)

Und das war auch gut so; denn Lucys Nachthemd war schamlos, ja obszön weit hinaufgeschoben. Sie atmete schwer.

Mina weinte vor Mitleid und lief schnell zu ihrer Freundin hinüber. Sie zog deren Nachthemd herab und legte noch den dicken Schal darüber – um Lucy zu wärmen und aus Gründen des Anstands. Schließlich befestigte sie den Schal mit einer Sicherheitsnadel an Lucys Hals.

Mina schlüpfte aus ihren Schuhen und streifte sie über die nackten Füße ihrer Freundin. Dann hob sie die immer noch stöhnende Lucy hoch und stellte sie auf die Füße. Behutsam führte sie ihre Freundin zurück zum Haus.

Auf halbem Weg stolperte Lucy und wachte teilweise auf.

Wie in mühsam unterdrückter Angst murmelte sie vor sich hin: »Seine Augen… seine Augen…«

»Ist schon gut.« Mina versuchte, Lucy zu beruhigen und gleichzeitig vorwärts zu schieben. »Du hast geträumt, Liebst. Du bist wieder schlafgewandelt. Das ist alles.«

Lucy stöhnte leise. »Bitte, erzähle es niemandem! Bitte! Es würde Mama umbringen.«

»Ich werde niemandem etwas erzählen.«

Sie überquerten jetzt die Terrasse. Die Steinplatten waren naß. Laub und Zweige, die der Sturm abgerissen hatten, lagen überall herum. Vor ihnen erhob sich das vertraute Haus; aber im Nebel wirkte es seltsam unheimlich.

»Lucy, wer ist Elisabeth? Ich habe das Gefühl –« Ein unbeschreiblich seltsames Gefühl überkam Mina. Es war, als hätte sie soeben noch jemanden gehört – jemanden, den sie anscheinend gut kannte und der sie mit diesem Namen angesprochen hatte.

»Mina?« Lucy war verwirrt. Offensichtlich hatte sie auch nicht die leiseste Ahnung, was diese Frage sollte.

»Schon gut.« Mina führte sie schnell weiter. »Schon gut. Wir müssen schnell zurück ins Bett.«

Elisabeth...

Diesmal war es kein Befehl und blieb daher ungehört. Es war nur ein sich vor Sehnsucht verzehrender Seufzer, den der Weitgereiste ausstieß, der unsichtbar in der Dunkelheit und dem Regen vom Friedhof aus herüberschaute.

Auszüge aus dem Logbuch der »Demeter«

Von Varna nach London

13. Juli – *Kap Matapan passiert. Mannschaft (fünf Matrosen, zwei Maate, ein Koch) über irgend etwas ungehalten. Scheinen verängstigt, wollen aber nicht darüber sprechen.*

14. Juli – *Mache mir wegen Mannschaft Sorgen. Alles kräftige Burschen, die schon früher mit mir gefahren sind. Der Erste Maat konnte nicht herausbekommen, was los ist. Sie sagten nur, es sei* etwas *und bekreuzigten sich. Der Erste verlor die Geduld und schlug einen der Männer. Erwartete heftigen Streit, aber alles blieb ruhig.*

16. Juli – *Früh meldete der Erste, daß der Matrose Petrofsky fehle. Konnte das Verschwinden nicht erklären. Hatte die Backbordwache acht Glasen letzte Nacht, wurde von Abramoff abgelöst, ging aber nicht in die Koje. Die Mannschaft war noch niedergeschlagener. Alle sagten, sie erwarteten etwas Besonderes, wollten aber nicht mehr sagen, als daß* etwas *an Bord sei. Der Erste wurde sehr unwirsch. Befürchte Schwierigkeiten.*

17. Juli – *Gestern kam einer der Männer, Olgaren, in meine Kajüte und vertraute mir völlig verstört an, er meine, daß sich ein fremder Mann an Bord befinde. Er sagte, während seiner Wache habe er einen großen, hageren Mann gesehen, der niemandem aus der Mannschaft glich. Der sei den Niedergang zur Mannschaftsunterkunft heraufgekommen, zum Bug gegangen und verschwunden.*

Einige Stunden später ließ ich die gesamte Mannschaft antreten und sagte, daß wir das ganze Schiff von Bug bis Heck durchsuchen müßten, da sie ja offensichtlich glaubten, es befände sich jemand an Bord. Ich ließ den Ersten das Ruder übernehmen, während die anderen mit Laternen Schulter an Schulter die Suche begannen. Da wir nur die großen Holzkisten geladen haben, gibt es keine verborgenen Winkel, wo sich ein Mann verstecken könnte. Nach der Durchsuchung waren die Männer erleichtert und gingen wieder fröhlich an ihre Arbeit.

22. Juli – *Schlechtes Wetter während der letzten drei Tage. Alle Hände an Deck sind an den Segeln. Keine Zeit, sich zu fürchten. Die Männer scheinen ihre Angst vergessen zu haben. Der Erste ist wieder guter Dinge. Alle verstehen sich prächtig. An Gibraltar vorbei hinaus aufs offene Meer. Alles bestens.*

24. Juli – *Über diesem Schiff scheint ein Fluch zu liegen. Wir haben schon einen Mann verloren, und gerade beim Einlaufen in den Golf von Biskaya, mit Unwetter vor uns, ist wieder ein Mann weg – einfach verschwunden. Wie der erste, wurde auch dieser nach seiner Wache nicht mehr gesehen. Die Männer sind in Panik und wollen Doppelwache schieben, weil sie sich allein fürchten. Der Erste ist wütend. Ich befürchte Ärger, daß er oder einer der Matrosen sich zu Gewalt hinreißen läßt.*

28. Juli – *Vier Tage Hölle – Sturm! Keiner hat ein Auge zugemacht. Die Männer sind alle erschöpft. Weiß kaum, wen ich zur Wache einteilen soll, weil alle völlig fertig sind. Der Zweite Maat meldete sich freiwillig ans Ruder und zur Wache, damit ich ein paar Stunden schlafen kann. Sturm flaut ab, aber immer noch hoher Wellengang.*

29. Juli – *Wieder eine Tragödie. Hatte nachts Einzelwachen aufgestellt, da die Mannschaft zu müde war, um sie zu verdoppeln. Die Morgenwache fand nur noch den Steuermann an Deck vor und schrie laut auf. Alle Mann sofort an Deck. Wieder gründliche Durchsuchung – niemanden gefunden. Bin jetzt ohne Zweiten Maat. Die Mannschaft ist in Panik. Der Erste und ich haben beschlossen, von jetzt an nur noch bewaffnet zu gehen und die Augen offen zu halten.*

30. Juli – *Hochstimmung, wir nähern uns England! Wetter gut, alle Segel gesetzt. Zog mich völlig erschöpft zurück und schlief fest. Der Erste weckte mich mit der Meldung, daß beide Mann auf Wache und der Rudergänger vermißt würden. Jetzt sind außer mir nur noch der Erste und zwei Matrosen übrig, um das Schiff zu führen.*

1. August – *Zwei Tage Nebel, kein fremdes Segel gesichtet. Hatte gehofft, im Ärmelkanal Hilfe herbeirufen oder irgendwo anlaufen zu können. Wir müssen vor dem Wind laufen, weil ich nicht wagen kann, die Segel zu raffen, da wir nicht genug sind, um sie wieder zu setzen.*

Der Erste ist inzwischen noch entmutigter als die Matrosen. Sie arbeiten stoisch und geduldig vor sich hin und sind aufs Schlimmste gefaßt.

2. August – *Mitternacht. Hatte einige Minuten geschlafen. Erwachte durch einen Schrei. Mir war, als sei er direkt vor meinem Bullauge ausgestoßen worden. Ich lief an Deck, konnte aber im Nebel nichts sehen und prallte mit dem Ersten zusammen. Er sagte, er habe den Schrei ebenfalls gehört und sei sofort heraufgelaufen, habe aber die Wache nirgends gesehen. Wieder einer dahin! Vielleicht haben wir die Straße von Dover schon passiert und sind auf der Nordsee. Nur Gott kann uns in diesem Nebel lenken, der mit uns zu treiben scheint. Gott scheint uns aber verlassen zu haben.*

3. August – *Um Mitternacht wollte ich den Rudergänger ablösen; aber die Brücke war leer. Ich wagte nicht wegzugehen und rief den Ersten.*

Nach wenigen Sekunden stürzte er an Deck. Ich fürchte, daß er den Verstand verloren hat. Er stellte sich dicht neben mich und flüsterte heiser: »*Es ist hier! Ich sah Es gestern abend auf meiner Wache! Sieht aus wie ein Mann – groß, hager und totenbleich. Ich schlich mich an und stach mit dem Messer zu; aber die Klinge ging hindurch, als sei Es Luft.*

Aber Es ist an Bord, und ich werde Es finden! Vielleicht im Laderaum in einer der Kisten. Ich werde eine nach der anderen aufmachen. Bleiben Sie nur am Ruder!«

Dann legte er den Finger auf die Lippen und ging mit einem warnenden Blick nach unten.

Inzwischen hatte der Wind aufgefrischt. Ich konnte das Ruder nicht verlassen. Der Erste kam mit einem Werkzeugkasten und einer Laterne wieder an Deck. Dann stieg er in die vordere Luke ein. Er ist wirklich vollkommen wahnsinnig. Sinnlos, ihn aufzuhalten. Er kann den großen Kisten nichts anhaben. Sie sind als »Erde« deklariert. Wenn er sie herumschiebt, kann er keinen

Schaden anrichten. Ich bleibe also hier, achte aufs Steuer und schreibe diese Notizen. Ich kann nur auf Gott vertrauen und hoffen, daß sich der Nebel aufklärt...

Es ist fast alles zu Ende! Gerade hatte ich zu hoffen begonnen, daß der Erste sich beruhigt haben könnte, als aus der Luke ein furchtbarer Schrei heraufdrang. Wie aus der Kanone geschossen, kam der Erste an Deck gestürzt.

»Retten Sie mich! Retten Sie mich!« schrie er und starrte dann in die Nebelwände. Sein Entsetzen wandelte sich in Hoffnungslosigkeit. Mit fester Stimme sagte er: »Sie sollten lieber mitkommen, Kapitän, ehe es zu spät ist. Er *ist hier; aber die See wird mich vor ihm retten!« Ehe ich ein Wort sagen konnte, war er schon über die Reling ins Meer gesprungen.*

Ich glaube, ich kenne nun auch sein Geheimnis. Es war sicher dieser Wahnsinnige, der die Leute, einen nach dem anderen, beseitigte. Und nun ist er ihnen selbst gefolgt. Gott steh mir bei!

4. August – *Noch immer so dichter Nebel, daß die Sonne nicht durchkommt. Ich wagte nicht hinunterzugehen und das Steuer zu verlassen. So stand ich hier die ganze Nacht, und in der Dunkelheit habe ich Es – Ihn gesehen! Gott verzeihe mir, aber der Erste tat recht daran, über Bord zu springen! Besser als Mann zu sterben, als Seemann im blauen Wasser zu versinken – das kann einem niemand verwehren! Aber ich bin der Kapitän und darf mein Schiff nicht verlassen. Ich werde meine Hände an das Ruder binden, wenn meine Kräfte schwinden. Ich werde sie mit etwas binden, das Er – Es! – nicht zu berühren wagt. Falls wir Schiffbruch erleiden, wird man vielleicht diese Flasche finden. Und die, welche sie finden, werden verstehen...*

9

Am Tag nach Lucys nächtlichem Ausflug bestellte Mina eine Kutsche. Es gab zwar eine gute Eisenbahnverbindung nach London, aber ihre reiche Freundin bestand darauf, in solchen Dingen großzügig zu sein. Im Rauch und Lärm der Großstadt wollte Mina sich ablenken und die ständige Sorge um Jonathan und jetzt die neue Angst um Lucy für ein paar Stunden vergessen. Außerdem wollte sie die Gelegenheit nutzen, um einige notwendige Einkäufe zu machen. Auf den Straßen priesen die Zeitungsjungen lautstark ihre Blätter an: *»Rekordunwetter bricht aus heiterem Himmel über England herein! Noch keine Spur vom entflohenen Wolf aus dem Zoo!«* Diese Rufe lenkten die junge Frau jedoch nicht von ihren Sorgen ab.

Für Londoner Verhältnisse war es an diesem Tag nur mäßig neblig; aber selbst bei klarem Wetter hätte Mina ihrer Umgebung nur wenig Aufmerksamkeit geschenkt.

Daher hatte sie mehrere Stunden lang keine Ahnung, daß ihr jemand folgte.

Kräftige Verpflegung während der Seereise und danach hatten ihm sein jugendliches Aussehen – wie erwartet – wiedergegeben. Und heute wollte er unbedingt jung aussehen; denn wenn ihm das Schicksal gewogen war, würde er heute nach mehr als vierhundert Jahren Trennung endlich Elisabeth von Angesicht zu Angesicht gegenüberstehen.

Der Mann, der Mina ohne ihr Wissen folgte, war als Besucher in London. Er war modisch gekleidet und trug sogar einen eleganten Zylinder. Allerdings wünschte er schon bald, er hätte einen Hut mit breiterer Krempe gewählt. Trotz der dunklen Brille benötigte er selbst in diesen nebligen nördlichen Breiten ziemlich viel Schutz vor dem Tageslicht.

Traf ihn ein direkter Sonnenstrahl, zuckte er schmerzlich zusammen. Für ihn war es ein neues Erlebnis, durch unbekannte Straßen einer modernen Großstadt zu schlendern. Doch heute beachtete er seine Umgebung kaum. Sein sehnlichster Wunsch war, sich dieser jungen Dame ganz offen am Tage zu nähern und dabei möglichst zivilisiert zu wirken. Auf keinen Fall wollte er die gesellschaftlichen Normen des Landes verletzen.

Tausend wilde, unzusammenhängende, phantastische Hoffnungen ließen das Herz des Fremden höherschlagen. Diese Hoffnungen beruhten auf einem kurzen Blick auf ihr Gesicht auf einer Photographie und einer kurzen Begegnung, als er sie nachts wie durch ein Wunder plötzlich vor sich gesehen hatte. Aber gab es wirklich so etwas wie reinen Zufall in den Beziehungen zwischen Männern und Frauen, deren Geschicke durch die Sterne verknüpft waren?

Dort überquerte sie eine Straße. Mit der Mühelosigkeit Jahrhunderte alter Erfahrung verfolgte der Jäger sein Opfer durch die Menschenmenge.

Schließlich schob er sich durch die Menge in eine Position, wo sie ihn ganz deutlich sehen würde, und befahl ihr leise, fast unhörbar: »Liebste... sieh mich an, jetzt!«

Obwohl Mina Murrays Gedanken nur um ihre Sorgen und Einkäufe kreisten, empfing sie den stummen Befehl.

Ihre Augen begegneten dem Blick des ihr unbekannten Verfolgers gerade in dem Augenblick, als er seine dunkle Brille abnahm. Wie es sich für eine wohlerzogene junge Dame dieser Zeit gehörte, schlug sie sofort die Augen nieder.

Aber etwas zwang Mina dann, noch einmal zu diesem gut gekleideten, jugendlich aussehenden Mann mit dem glänzenden, schulterlangen, braunen Haar hinüberzuschauen.

Sein Blick traf sie tiefer und beunruhigender, als es unter den Umständen angemessen war. Schnell brach sie den Blickkontakt ab – endgültig, wie sie dachte – und betrat eine Apotheke.

Dracula überquerte ungeduldig die Straße, um durch das Fenster in die Apotheke zu blicken. Er wand sich so geschickt und blitzschnell zwischen den Fußgängermassen hindurch, wie es für einen normalen Sterblichen unmöglich war.

Keinem der vielen Menschen, die auf der Straße dahineilten und ihre eigenen Angelegenheiten im Kopf hatten, fielen die schlangenähnlichen Bewegungen des jungen Mannes auf. Sie sahen auch nicht, daß man im Schaufenster sein Spiegelbild nicht sah, sondern nur die Zeitung mit den Schlagzeilen über das Unwetter und den entflohenen Wolf, die er in Händen hielt.

In der Apotheke konzentrierte Mina sich auf ihren Einkauf. Sie kaufte eine Flasche Laudanum – eine Tinktur aus Opium und Alkohol –, die überall erhältlich war. Sie hoffte, Lucy damit so weit beruhigen zu können, daß sie das Schlafwandeln aufgab. Außerdem hatte die Sorge um Jonathan Mina schlaflose Nächte bereitet.

Als sie die Apotheke verließ, fixierte ihr Verfolger sie mit hungrigen Blicken. Er hatte ihre sanfte Stimme sogar durch die dicke Scheibe hören können. Jetzt vertrat er ihr plötzlich den Weg. Mina erschrak so, daß sie die Flasche fallen ließ.

Blitzschnell und elegant fing er die Flasche noch in der Luft wieder auf und reichte sie Mina.

»Ich bitte tausendmal um Verzeihung«, sagte er höflich auf

englisch mit einem leichten Akzent, der längst nicht mehr so stark war wie noch vor Monaten. »Ich bin gerade erst aus dem Ausland gekommen und kenne Ihre Stadt nicht. Ist es einer so schönen Dame gestattet, einer verlorenen Seele Auskunft zu geben?«

Mina streckte schon die Hand aus, um die Flasche zu nehmen. Doch dann zögerte sie. Sie musterte den Mann, an dem ihr irgend etwas bekannt vorkam. Aber der erste Befehl, den Dracula ihr gegeben hatte – »Sieh mich an!« –, war so stark, daß sie sich nicht dagegen wehren konnte.

Mina reagierte sehr kühl auf die Bitte des Fremden. »Für verlorene Seelen sind unsere vielen Kirchen zuständig, und für einen Sixpence können Sie einen Stadtplan kaufen. Guten Tag.«

Damit wandte sie sich ab. Doch nach wenigen Schritten wurde ihr bewußt, daß der Fremde ihre Medizin noch in der Hand hielt, die in einem eleganten weißen Handschuh steckte. Sie drehte sich um.

Wieder bot er ihr die Flasche mit der dunklen Flüssigkeit an. »Laudanum, wie ich sehe.« Dabei hatte er keinen Blick auf das Etikett geworfen. »Vergessen in einer Flasche. Für einen kranken Freund, nehme ich an?«

»Das dürfte Sie kaum etwas angehen.«

Der Fremde konnte gleichzeitig zerknirscht und zuversichtlich aussehen. »Jetzt habe ich Sie beleidigt! Aber ich suche doch nur den Cinematographen. Wie ich hörte, soll er das Wunder der zivilisierten Welt sein.«

»Wenn Sie Kultur haben wollen, gehen Sie doch in ein Museum. London ist voll davon. Wenn Sie mich jetzt bitte entschuldigen wollen!«

Er verneigte sich höflich, berührte die Krempe des Zylinders und gab ihr galant den Weg frei.

Mina war kaum einige Schritte gegangen, als sie in dichten Nebel geriet. Wieder kam ihr der Fremde entgegen. Wie war es möglich, daß er sie bei dem Gedränge auf dem Bürgersteig überholen konnte? Wieder tippte er an den Zylinder. »Eine so schöne Dame sollte nicht allein auf Londons Straßen herumlaufen. Selbst ich fürchte um meine Sicherheit.«

Mina ging weiter, ohne ihn zu beachten. Sie war erstaunt, wieviel Kraft sie für jeden Schritt benötigte.

Er bot ihr seinen Arm an, was sie demonstrativ ablehnte. Doch unbeirrt ging er neben ihr weiter.

Jetzt wurde Mina langsam wütend und blieb stehen.

»Ich lasse es einfach nicht zu, daß ich –« Merkwürdigerweise verflog ihr Ärger, als sie dem Fremden in die Augen schaute. Verunsichert fuhr sie fort: »– daß mich ein Gentleman begleitet, der mir nicht vorgestellt wurde.«

War er wirklich ein Fremder? Eines war gewiß: Dieser Mann hatte eine ungeheure Anziehungskraft auf sie.

Er lächelte sie an. »Was für eine Unverschämtheit! Daran bin ich wirklich nicht gewöhnt. Wie erfrischend! In meiner Heimat kann man wegen so etwas sein Leben verlieren!«

»Dann werde ich es hoffentlich nie besuchen müssen!«

Dracula lachte anerkennend. Ihr Feuer begeisterte ihn.

»Sollte ich Sie denn kennen, Sir?« Mina war langsam der Verzweiflung nahe. »Sind Sie vielleicht ein Bekannter meines Mannes? Oder muß ich die Polizei holen?«

Das Lächeln des Fremden wurde angesichts dieser Fragen immer breiter. Dann verschwand es. Er schaute sie ernst an.

»Verzeihen Sie mir meine schlechten Manieren. Aber ich bin ein Fremder in einem fremden Land. *Fürchten Sie sich nicht vor mir!«* Die letzten sechs Worte sprach er leise, aber ungeheuer nachdrücklich.

»Sir... vielleicht war ich selbst etwas unhöflich.«

»Gestatten Sie mir, bitte, daß ich mich selbst vorstelle. Ich glaube eigentlich, daß ich dies Ritual zu Ihrer Zufriedenheit meistern werde. Ich bin Prinz Wladislaus von Szeklys.«

»Was für ein ungewöhnlicher Name!«

»Und was für ein bedeutungsloser Titel! Ich bin sicher, daß Ihr London voll ist von Prinzen, Herzögen, Scheichs und Grafen. Ihr stets ergebener Diener.« Dracula nahm den Zylinder ab und unterstrich damit seine übertriebene Verneigung.

»Wilhelmina Murray.« Wie betäubt setzte Mina zu einem Knicks an. Doch eine kraftvolle Hand packte sanft ihren Ellenbogen und hielt sie zurück.

Er schüttelte den Kopf. »Die Ehre ist ganz meinerseits, Madame Mina.«

»Madame?«

»Sie erwähnten Ihren Gatten.«

»Ach ja?«

Ihre Hand – *Elisabeths Hand* – lag auf seinem Arm, als sie gemeinsam in den Londoner Nebel eintauchten.

Große Glocken dröhnten in seinen Ohren. Die ganz tiefe wurde Big Ben genannt. Das übermütige Treiben der Großstadt, die große Welt umgab ihn. An diesem Freudentag schien alles möglich zu sein! Vielleicht sogar eine Versöhnung mit dem Leben, so wie es war.

Lucy war krank. Jack Seward war nicht in der Lage herauszufinden, was die Krankheit ausgelöst hatte. Er sah ernst aus, sogar nachgerade betroffen, vor allem, weil die junge Frau so urplötzlich erkrankt war.

Arthur Holmwood hatte Dr. Seward mit einer hastig geschriebenen Botschaft von seinen Irren weggerufen, da er sich um

Lucy Sorgen machte. Ratlos betrachtete der Arzt die Frau, der er vor kurzem erst einen Heiratsantrag gemacht hatte, bei der Anprobe des Kleides, in dem sie bald mit einem anderen Mann vor den Altar treten würde.

Obwohl Lucy keineswegs gesund aussah, schien sie im Augenblick glücklich zu sein – voller Energie, aber auch aufgeregt und leicht gereizt. Sie führte dem Arzt das Kleid vor und drehte sich vor einem großen Spiegel.

»Jack – fabelhafter Doktor Jack –, gefällt es Ihnen?«

»Sehr elegant.«

Tatsächlich hatte Lucys Besucher kaum einen Blick für das Kleid, an dem die Schneiderin mit besorgtem Gesicht Abnäher kennzeichnete, wo sie das Kleid enger machen mußte. Lucys Haut war kalkig weiß, die Lippen waren sehr rot und die Wangen eingefallen. Als sie lächelte, sah Seward, daß das Zahnfleisch über den weißen Zähnen zurückgebildet war.

Wieder drehte sie sich. »Sagen Sie schon, Doktor Jack, hat Arthur Sie zu dieser Visite angestiftet? Oder wollten Sie mich nur noch einmal allein in meinem Bett sehen, ehe ich heirate?«

Dr. Seward räusperte sich. »Lucy, Arthur macht sich große Sorgen um Sie. Er bat mich, als Arzt nach Ihnen zu sehen. Mir ist klar, daß es für uns beide eine peinliche Situation ist, nachdem wir uns persönlich so nahe gekommen waren. Aber das darf unter keinen Umständen verhindern, daß... Wenn ich Ihr Arzt sein soll, müssen Sie mir voll und ganz vertrauen.«

Lucy schüttelte ablehnend den Kopf. Das mußte sich aber nicht auf das beziehen, was der Arzt soeben gesagt hatte. Plötzlich war ihr schwindlig. Erschöpft schickte sie die Schneiderin mit einer Handbewegung aus dem Zimmer und ließ sich auf die Couch sinken. Dann faßte sie sich an das breite, schwarze Samtband, das sie um den Hals trug.

»Was ist, Lucy?«

»Helfen Sie mir, Jack! Bitte! Ich weiß nicht, was mit mir los ist. Ich kann nachts nicht schlafen. Ich habe Alpträume... ich höre Dinge, die ich eigentlich unmöglich hören kann.«

Damit hatte sie Dr. Sewards professionelle Neugier erregt. »Was für Dinge?«

»Es ist einfach zu idiotisch.« Lucy versuchte zu lächeln.

»Sagen Sie es mir trotzdem.«

»Ich höre Bedienstete flüstern, die ganz am anderen Ende des Hauses sind. Ich höre Mäuse auf dem Dachboden, den Herzschlag meiner Mutter, wenn sie im Nebenzimmer ist. Und ich kann Dinge in der Nacht so klar wie am Tage *sehen*, Jack!«

»Lucy –«

»Und ich habe schrecklichen Hunger; aber ich kann den Anblick von Speisen nicht ertragen. Bitte, helfen Sie mir!«

Lucy schluchzte und rang nach Luft. Dabei streckte sie die Arme nach Dr. Seward aus. Bestürzt lief er zu ihr.

Eine Stunde später lag Dr. Sewards neueste Patientin in ihrem Bett. Ihre besorgte, kranke Mutter hatte er beruhigt, indem er ihr etwas über eine kleine Magenverstimmung vorgelogen hatte. Jetzt hatte Seward die erste Untersuchung von Lucy abgeschlossen und ging mit Arthur Holmwood in der großen Halle auf und ab, um mit ihm darüber zu sprechen.

Der Bräutigam war vor wenigen Minuten in Begleitung von Quincey Morris in Hillingham eingetroffen. Beide Männer waren in Reitkleidung. Ihre Stimmung war natürlich etwas gedrückt. Besonders Holmwood war über die jüngste Entwicklung äußerst besorgt.

Nachdem er Lucy kurz in ihrem Zimmer besucht hatte, zeigte er seine Bestürzung. »Jack, was denkst du darüber? Ich habe schreckliche Angst.«

Der Arzt seufzte. »Ich kann keine Funktionsstörung oder Krankheit feststellen, die ich kenne. Allerdings bin ich mit Lucys Aussehen keineswegs zufrieden.«

»Das möchte ich meinen!«

»Ich habe mir daher die Freiheit genommen, Abraham van Helsing ein Telegramm zu schicken.«

Holmwood war zwar etwas beeindruckt, aber keineswegs getröstet. »Du meinst deinen alten Lehrer, Jack, von dem du so oft sprichst? Den holländischen Metaphysik-Philosophen?«

»Ja. Der Mann ist auch Arzt und weiß mehr über obskure Krankheiten als irgend jemand auf der Welt.«

»Dann bring ihn her, Mann! Scheue keine Kosten!«

Minas Rückkehr nach Hillingham verzögerte sich beträchtlich. Ihr Verstand schien momentan seine Tätigkeit eingestellt zu haben; denn sie war mit einem Mann, der sie auf der Straße angesprochen hatte, auf dem Weg zum Cinematographen. Ja, es gab kein anderes Wort für die Art ihres Kennenlernens.

Der Sonnenuntergang über London war von eigenartiger, rauchiger Schönheit. Unheimliche Lichter flimmerten zwischen tiefschwarzen Schatten. Wie auf schmutzigen Wasserpfützen spiegelten sich auf den dunklen Wolken alle nur erdenklichen Farbschattierungen wider. Als die blutrote Scheibe der Sonne versank, verblaßte auch die Schönheit, die sie hervorgebracht hatte. Dunkelheit senkte sich herab. Mina klammerte sich blind, fast hilflos, an den Arm ihres Begleiters, der sie zum Cinematographen, einer Vorstufe dessen, was später einmal Kino genannt werden würde, mitgenommen hatte.

Über die verkratzte Leinwand liefen ruckartig schwarzweiße Bilder. Im Augenblick sah man einen großen, grauen Wolf, der immer wieder gegen die Stäbe seines Käfigs sprang. Offensichtlich wurde das Tier von jemandem außerhalb der Kamerareichweite angefeuert oder gequält. Ab und zu erschien der Arm dieses Mannes auf der Leinwand, wenn er eine heftige Bewegung ausführte. Im Publikum saßen auch Mitglieder der oberen Schicht, die sich hier unters niedere Volk mischten, wie sie es auch auf der Straße taten. Die Zuschauer saßen auf den wenigen Stühlen oder standen und blickten fasziniert zur Leinwand.

Dracula stand mit Mina eine Zeitlang an der Seite und ließ kein Auge von den laufenden Bildern. Dort wurde der graue Wolf innerhalb von Sekunden von einer stumm dahinschnaufenden Lokomotive abgelöst.

Beeindruckt sagte Minas Begleiter: »Erstaunlich! Für die Wissenschaft gibt es keine Grenzen.«

»Das soll Wissenschaft sein? Ich glaube kaum, daß man das mit der Arbeit von Madame Curie vergleichen kann.« Die Leinwand hatte Minas Aufmerksamkeit nur wenige Sekunden fesseln können. Sie wurde immer nervöser. »Ich hätte niemals hierherkommen dürfen. Ich muß gehen.«

»Noch nicht.«

»Aber ich –«

Sein Finger auf ihren Lippen gebot ihr Schweigen. Dann führte er sie mit festem Griff in den hinteren Teil des kleinen Theaters. Sie gingen durch schwere Vorhänge hindurch und über einen schäbigen Korridor an einen dunklen Ort, der sich fast unmittelbar hinter der aufgehängten Leinwand befand. Während des ganzen Weges zu diesem verlassenen Raum hatte Mina sich gesträubt und protestiert.

»Nein, ich kann nicht –« Zu ihrem Erstaunen konnte sie ihre Stimme nicht erheben, sondern kaum flüstern. »Bitte, lassen Sie mich! Wer sind Sie?«

Da Dracula den Eindruck hatte, daß Mina vielleicht doch laut schreien könnte, legte er ihr die behandschuhte Hand sanft auf den Mund.

Seine Stimme war unwiderstehlich, beinahe hypnotisierend. »Sie sind mit mir so sicher, wie Sie nur sein können.«

Die riesigen schwarzweißen Schemen, die von der anderen Seite auf die Leinwand projiziert wurden, bewegten sich über ihren Köpfen. Da kam Königin Viktoria – erst klein, dann übergroß – in einer Kutsche angefahren. Die Bilder zeigten den Festzug anläßlich des diamantenen Krönungsjubiläums Ihrer Majestät.

Das von hier aus unsichtbare Publikum auf der anderen Seite der Leinwand zollte Ihrer Majestät respektvollen Applaus.

Vorsichtig ließ Dracula seine Begleiterin los. Ihre Augen waren geschlossen, ihre Lippen bewegten sich stumm. Sie betete.

Da flüsterte er zärtlich: »Du bist sie, die Liebe meines Lebens. Die, welche ich verloren und in dir wiedergefunden habe.«

Während er diese Worte sprach, spürte er die Gier nach Blut, den Hunger, in sich aufsteigen. Seine Eckzähne wurden länger und länger, als seien sie aus dehnbarem Gewebe. Aber nicht mit Elisabeth! NEIN!

Wütend über den Streich, den die Natur ihm spielen wollte, wandte er sich ab und nahm seine ganze Willenskraft, um diese Rebellion zu unterdrücken. Als er sein Gesicht und seinen Mund wieder der Geliebten zeigte, war sein Aussehen schon wieder menschlich.

Er war sicher, daß Mina diese kurze Verwandlung nicht gesehen hatte; trotzdem zitterte sie vor Angst. »Mein Gott, *wer sind Sie?*«

Auch er bebte. Seine Gefühle waren zu stark. »Für dich bin ich nur gut.«

Verängstigt, verzaubert, verwirrt starrte sie ihn verständnislos an. Sie hatte nicht die leiseste Ahnung.

Mina war halb tot vor Angst, entdeckt zu werden. Außerdem ängstigten sie ihre innersten Gefühle. Sie blickte über die Schulter dieses unglaublichen, rätselhaften Mannes, der sie im Arm hielt, und schaute direkt in die hellblauen Augen eines lebenden Wolfes.

Hinter dem Wolf war eine alte Holztür, die halb offen stand. Das war wohl das Tier, das aus dem Zoo geflohen war, dachte Mina. Der Wolf war offenbar durch Höfe und Seitenstraßen bis hier hinter den Cinematographen gekommen und war durch eine offene Tür oder ein Fenster in das Gebäude eingedrungen.

Jetzt hatte auch ihr Begleiter mitbekommen, daß jemand hinter ihm stand. Er ließ Mina los und drehte sich um. Dann blickte er dem Wolf in die Augen.

Mina geriet plötzlich in Panik, als sie seine Hände nicht mehr spürte und seine Augen sie nicht mehr in ihren Bann zwangen. Sie wich zurück.

Der Wolf sprang mehr aus Angst als aus Wildheit hinter ihr her. Dracula rief zwei Silben in einer Sprache, die Mina nicht kannte. Sie klangen wie ein Peitschenknall. Das Tier erstarrte fast mitten im Sprung.

Dann duckte sich der große, graue Wolf und winselte, als habe er nicht nur verstanden, sondern sei zu absolutem Gehorsam verpflichtet.

Währenddessen tanzten die Riesengestalten noch immer stumm über die Leinwand. Licht und Schatten flackerte über die beiden Menschen und das wilde Tier.

Dracula ging ruhig in die Hocke und winkte den Wolf freundlich zu sich. Mit gesenktem Kopf kam das Tier gehorsam angetrottet.

Dann nahm er Berserkers Kopf zwischen seine Hände, streichelte ihm die Ohren und seinen Rücken.

Langsam hob er die Augen zu seiner Begleiterin. »Komm her, Mina! Ich habe dir doch gesagt, daß du keine Angst zu haben brauchst.«

Anfangs weigerte sich Mina und schüttelte wild den Kopf.

Dracula erhob sich. Ganz ruhig nahm er ihre Hand und zog sie unaufhaltsam zum Wolf hinüber, der bei ihrem Näherkommen die Ohren wie eine große Katze anlegte. Aber dann entspannte sich Berserker wieder.

Als Mina den Wolf streichelte, berührten ihre Finger in dem dichten Fell die Hand ihres Begleiters. Mina war hingerissen, verzaubert und voller Vertrauen.

Zwei Stunden später setzte eine Mietdroschke eine zitternde, völlig veränderte Mina vor der Säulenhalle von Hillingham ab.

Während der letzten fünf Minuten der Fahrt war kein Wort gefallen. Sobald Minas Begleiter – ihr neuer Geliebter – ihr beim Aussteigen geholfen hatte, drehte sie sich um, so daß er keine Zeit mehr fand, etwas zu sagen. Wortlos rannte sie ins Haus.

Als sie fast die Tür erreicht hatte, hielt ein unwiderstehlicher Impuls sie zurück. Sie mußte sich umdrehen. Einen sehnsüchtigen, schmerzlichen Blick wollte sie noch auf ihn werfen. Doch da waren die Droschke und der Mann, der sie begleitet hatte, schon verschwunden.

10

Wieder einmal brannten die Lichter in Hillingham bis in die frühen Morgenstunden. Dr. Seward saß in einem der oberen Zimmer des großen Herrenhauses an Lucys Bett und wachte über sie.

Seward prüfte den Puls seiner Patientin und schüttelte unglücklich den Kopf. Dann verließ er auf Zehenspitzen das Krankenzimmer, um sich auf dem Korridor die Beine zu vertreten. Er mußte wach bleiben und nachdenken.

Im selben Augenblick fuhr eine Mietdroschke vor dem Haupteingang von Hillingham vor. Ein älterer Mann von guter Statur stieg aus. Er wirkte solide und vertrauenerweckend. In der Hand trug er nichts weiter als eine große Arzttasche. Nach seiner Reise von Amsterdam über den Ärmelkanal hatte er den Großteil seines Gepäcks im Berkeley Hotel in London gelassen und war so schnell wie möglich nach Hillingham geeilt.

Nachdem Abraham van Helsing den Kutscher bezahlt hatte, blieb er einen Augenblick stehen und betrachtete aufmerksam das Herrenhaus, als könnten die wenigen erleuchteten Fenster in der oberen Etage ihm etwas Wichtiges über die Bewohner mitteilen.

Nachdem Dr. Seward Lucys Zimmer verlassen hatte, war sie allein.

Doch nur für einen Moment. Irgendwie spürte die junge Frau den stummen Schatten, der Böses verhieß. Er schwebte auf einmal direkt vor der Terrassentür. Wie weggeblasen waren Schwäche und Erschöpfung, die Seward bei ihr noch vor wenigen Minuten, als sie schlief, beunruhigt festgestellt hatte. Jetzt war Lucy wieder voller Energie und wirkte beinahe fröhlich.

Ihre Augen strahlten. Verführerisch lächelte sie jenem Wesen zu, das sie durch die Scheiben nur undeutlich erkennen konnte. Dann schlug sie aufreizend die Bettdecke zurück.

Ein verschlafener Diener meldete Dr. Seward die Ankunft van Helsings. Sofort lief er die Treppe hinab. Sein alter Mentor legte in der Eingangshalle gerade Hut, Handschuhe und Mantel ab.

Unendlich erleichtert lief der jüngere Mann mit ausgestreckten Händen auf ihn zu. »Professor, ich danke Ihnen, daß Sie gekommen sind!«

»Selbstverständlich komme ich zu meinem Freund, wenn er in Not ist und mich ruft!« Der Besucher hielt Dr. Sewards Hände fest und musterte ihn prüfend. Mit einem Schlag wurde van Helsings Gesicht ernst. Er konnte sofort sehen, daß Höflichkeiten jetzt nicht angebracht waren und auch die Erinnerungen an gemeinsame Zeiten auf später verschoben werden mußten.

Daher bat er ohne Umschweife: »Jack, erzählen Sie mir alle Einzelheiten dieses Falles.«

Seward fuhr sich mit den Fingern durchs Haar und listete alle Symptome auf, die er bisher bei Lucy festgestellt hatte. Dann berichtete er noch von den Tests, die er bisher durchgeführt hatte. Er schloß mit den Worten: »Sie hat alle üblichen körperlichen Anzeichen einer Anämie. Ihre Blutanalyse ist normal – aber auch wieder nicht. Sie verliert anscheinend ständig Blut, aber ich kann die Ursache nicht finden.«

Van Helsing wollte gerade zur nächsten Frage ansetzen, als ein wilder, orgiastischer Schrei von oben zu ihnen drang.

Überrascht blickten die beiden Männer sich an. Dann rannten sie wortlos die Treppe hinauf. Seward lief voraus, van Helsing kam mit der Arzttasche keuchend hinterher. Lucys Schreie waren in lautes, lustvolles Stöhnen übergegangen, das abrupt zu einem Höhepunkt kam und abbrach.

Sekunden später stürmten die beiden Ärzte in ihr Zimmer, Seward als erster.

Als van Helsing über die Schwelle trat, blieb er wie versteinert stehen. *»Gott im Himmel!«*

Die Terrassentür stand jetzt weit offen, und die Vorhänge blähten sich im kalten Wind. Lucy lag fast ganz nackt auf dem Rücken auf ihrem Bett. Eine kleine Blutlache hatte sich auf dem Kissen gebildet. Ihre Brust hob sich heftig, während sie um Luft rang.

Van Helsing lief zu ihr hinüber und untersuchte die Patientin nach einer blutenden Wunde. Besondere Sorgfalt verwendete er auf ihren Hals. Das schwarze Samtband war verschwunden. Danach deckte der Professor die junge Frau wieder zu.

Seward hatte inzwischen die Terrassentür geschlossen und sich vergewissert, daß sie mit einem Riegel gesichert war. Er zog jetzt die Vorhänge zu. Van Helsing wandte sich an den jungen Kollegen.

»Wir dürfen keine Zeit verlieren«, sagte er entschlossen. Er sah so finster aus, wie Seward ihn noch nie gesehen hatte. »Sie braucht auf der Stelle eine Bluttransfusion.«

Noch während er das sagte, öffnete er seine Arzttasche, die er neben dem Bett abgestellt hatte.

Seward entzündete eine der Kerzen, die auf dem Nachttisch standen und blickte den Professor überrascht an. »Eine Transfusion? Dann haben Sie das Verfahren also perfektioniert?«

»Perfektioniert?« Van Helsing schüttelte den Kopf. »Das hat

noch niemand geschafft. Ich habe nur experimentiert und wende jetzt Landsteiners Methode an. Es ist wahr, daß das Risiko sehr groß ist; aber wir haben keine Wahl. Diese Frau wird heute nacht noch sterben, wenn wir nichts tun.«

Erst jetzt wurde es in der Halle unten unruhig. Die Dienerschaft war alarmiert. Zwei Dienstmädchen brachten Lampen und erschienen mit verängstigten Gesichtern in Lucys Zimmer.

Seward gab schnell einige Anweisungen und schickte sie weg. Er warnte sie ausdrücklich, Lucys Mutter jetzt zu wecken. Van Helsing hatte alles, was für die Operation nötig war, aus seiner Arzttasche geholt: einige Gummischläuche, die so dünnwandig waren, daß man fast hindurchsehen konnte, zwei dicke Nadeln und einige Instrumente, darunter eine kleine Handpumpe.

Dr. Seward war inzwischen damit beschäftigt, einen Stuhl, Tische und Lampen um das Bett zu stellen. Er bestaunte immer wieder, was der ältere Kollege alles auspackte.

»Sie waren darauf vorbereitet, eine Bluttransfusion durchführen zu müssen, Professor?«

Der Ältere nickte grimmig. »*Jawohl!* Aufgrund dessen, was Sie mir telegraphiert haben, hatte ich einen Verdacht. Jetzt ist es Gewißheit, daß es notwendig ist.«

Auf dem Korridor wurden Schritte laut. Es hörte sich an, als würde ein Mann angerannt kommen. Im nächsten Augenblick erschien Arthur Holmwood mit Hut und Mantel in der Tür von Lucys Schlafzimmer.

Arthur war wahrscheinlich direkt vom Bett seines sterbenden Vaters herbeigeeilt, wie Seward wußte. Lucys Verlobter starrte die beiden Männer verständnislos an. Dann wanderte sein Blick zu der blassen, zarten Gestalt im Bett und den blutbefleckten Kissen und Laken hinüber. Arthur brach unter der vielfachen Nervenanspannung beinahe zusammen.

»Was, zum Teufel, geht hier vor?« keuchte er und trat näher. »Was habt ihr mit meiner Lucy vor?«

Seward warf sich schnell dazwischen. »Art, das ist van Helsing, der Spezialist. Er versucht sie zu retten, alter Junge.« Dann machte er die beiden Herren schnell miteinander bekannt.

Van Helsing war so mit seinen Vorbereitungen beschäftigt, daß er nur kurz aufschaute und nickte, ohne eine Hand auszustrecken. Sein Gesicht war grimmig und entschlossen.

»Ah, der Verlobte«, sagte er. »Sie sind gerade zum richtigen Zeitpunkt gekommen. Die junge Dame ist sehr krank. Ihr fehlt Blut, und das muß sie schleunigst bekommen. Ziehen Sie Ihren Mantel aus.« Arthur zögerte nur eine Sekunde, aber selbst das dauerte van Helsing schon zu lange. Er schnauzte ihn barsch an. »Ziehen Sie endlich den Mantel aus.«

Im Nu hatte Holmwood Hut und Mantel abgelegt. Er war tief erschüttert und entschuldigte sich. »Verzeihen Sie mir, Sir. Mein Leben gehört ihr. Ich würde meinen letzten Blutstropfen geben, um sie zu retten.«

Van Helsing zwang sich zu einem angedeuteten Lächeln. »Ganz so viel verlange ich nicht – noch nicht. Aber kommen Sie! Sie sind ein Mann, und genau so einen brauchen wir.« Er zeigte auf den Stuhl neben dem Bett.

»Jack sollte eigentlich sein Blut spenden.« – Das war Seward neu. Verdutzt schaute er van Helsing an. Bis jetzt hatte er noch nicht darüber nachgedacht, wie überhaupt ein Spender ausgewählt werden sollte. »Er ist nämlich jünger und kräftiger als ich. Aber jetzt sind Sie da, und Sie sind besser geeignet als wir beide, die dauernd in der Welt der Gedanken arbeiten. Unsere Nerven sind nicht so ruhig, und unser Blut ist nicht so frisch wie Ihres.«

Seward beobachtete bewundernd, mit welch ungeheurer Energie der Professor ans Werk ging. Diese Herausforderung schien ihn auch jetzt, weit nach Mitternacht und nach einer mit Sicherheit ermüdenden, langen Reise über den Kanal, noch zu beflügeln. Er hielt jetzt in jeder Hand eine lange, scharfe Hohlnadel, die mit einem Apparat mit Gummischläuchen und einer Kolbenpumpe verbunden war.

Sein leises Lachen klang fast so, als mache ihm das alles Spaß.

Inzwischen hatte Seward dem verdutzten Holmwood geholfen, das Jackett auszuziehen, und ihm einen Ärmel hochgekrempelt. Holmwood saß jetzt neben Lucys Bett. Seward band ihm einen Arm ab und suchte nach einer kräftigen Vene.

Van Helsing führte jetzt sehr schnell, aber absolut methodisch die Operation durch.

Als er eine Nadel in Lucys Arm steckte, zuckte sie zusammen und stöhnte leise, blieb aber bewußtlos. Holmwood zuckte ebenfalls zusammen, stieß aber keinen Schmerzenslaut aus, als van Helsing ihm die Nadel in die Vene einführte. Er setzte sich möglichst bequem hin und hielt mit der freien Hand die Kanüle und den Schlauch, wie der Professor es ihm gezeigt hatte. Seine besorgten Blicke hingen an Lucys Gesicht.

Während der nächsten Minuten beförderten die Gummischläuche ihre warme, flüssige Ladung. Die Ärzte machten in ihrer Medizinersprache ab und zu kurze Bemerkungen über den Fortschritt der Transfusion. Langsam schien das Leben in Lucys Wangen zurückzukehren. Anfangs waren die Fortschritte kaum erkennbar, doch allmählich wurden sie deutlicher.

Van Helsing beobachtete das Resultat seiner Bemühungen aufmerksam. Erst als der tatsächliche Erfolg außer Zweifel stand, entspannte er sich etwas.

Der Professor überließ jetzt Seward die Überwachung der Operation und kramte in seiner Arzttasche herum. Diesmal holte er etwas heraus, worüber Seward noch mehr erstaunt war als über die Ausrüstung für die Bluttransfusion: Van Helsing holte eine Handvoll weißer Blumen aus der Tasche.

Zu Sewards und Holmwoods Erstaunen warf er die Gartenblumen auf Lucys Nachttisch weg und steckte seine weißen Blüten in die Vase. Danach holte er noch mehr Blumen aus der Tasche. Sie waren aber schon zu einem Kranz zusammengebunden. Der Professor streifte Lucy diesen wie eine Halskette über den Kopf. Er gab jedoch keinerlei Erklärung über diesen Blumenschmuck ab.

Seward mied Holmwoods fragende Blicke. Er schnupperte, als die weißen Blumen ihren Duft im Zimmer verströmten. Plötzlich hatte er Mühe, seine eigene Verwirrung zu verbergen.

Knoblauch?

Hätte er den alten Professor nicht schon so lange gekannt, hätte er ihn zweifellos für verrückt erklärt.

Van Helsing war offenbar mit der Dekoration des Raumes und dem Arrangement um Lucy zufrieden. Er warf einen Blick auf seine Uhr und steckte sie in die Tasche zurück. Dann überprüfte er den Zustand von Spender und Patientin und schaute wieder auf die Uhr. Die drei Männer konnten die Uhr in dem stillen Zimmer ticken hören.

Schließlich entfernte der Professor die Kanülen mit den Schläuchen aus Lucys und Holmwoods Armen und verband die Einstichstellen.

Wenige Minuten später war Holmwood wieder auf den Beinen. Allerdings war er immer noch etwas blaß. Gerade zog er sich sein Jackett an, als sich Lucys zarter Körper aufbäumte und sie einen lauten, heiseren Schrei ausstieß. Der klang so grauenvoll, daß alle drei Männer unwillkürlich von ihrem Bett zurückwichen.

Wieder schrie Lucy auf. »Bekomme ich deshalb keine Luft?«

In einem Anfall unnatürlich wirkender Energie richtete sie sich im Bett auf und fegte die Vase mit den weißen Blumen vom Nachttisch, so daß diese auf dem Boden zersprang.

Van Helsing schien merkwürdigerweise über ihre Reaktion nicht übermäßig erstaunt zu sein. Ruhig erklärte er seiner Patientin: »Die Blumen sind Heilpflanzen, damit Sie gut schlafen können – und angenehm träumen.«

Mit höhnischem Gelächter riß sich Lucy die Blumenkette vom Hals. »Diese Blumen sind hundsordinärer Knoblauch!« Dann sank sie zurück, der Energieschub war verbraucht.

Nachdem van Helsing und Seward den immer noch blassen Holmwood aus dem Zimmer geführt hatten, gingen sie zurück, um Lucy gründlich zu untersuchen. Die junge Frau schlief wieder. Seward hatte den Eindruck, daß sie in weit besserem Zustand war als vor der Ankunft von van Helsing.

Der alte Professor lenkte die Aufmerksamkeit des jüngeren Kollegen auf zwei kleine, rote Punkte mit weißen Rändern an der Kehle der Patientin. Die Wunden waren nicht verheilt.

»Was halten Sie davon?« fragte er seinen ehemaligen Schüler und musterte ihn verschmitzt.

Seward zuckte mit den Achseln. »Mina, ich meine Miss Murray, Lucys Freundin, sagte mir, daß diese Wunden von einem Mißgeschick stammen. Sie verletzte Lucy mit einer Sicherheitsnadel, als sie ihr einen Schal umlegte. Lucy war damals schlafgewandelt. Aber merkwürdig! Sie verheilen wirklich langsam.«

Aus den Blicken des Professors konnte Seward ablesen, daß er die falsche Antwort gegeben hatte.

Dr. Seward rief eines der Dienstmädchen herein, das aus Sorge um Lucy draußen gewartet hatte, und bat es, eine Zeitlang bei der Patientin Wache zu halten. Dann ging er mit van Helsing zu Holmwood auf den Korridor hinaus.

Arthur Holmwood war aufgrund des Blutverlustes etwas wakkelig auf den Beinen. Van Helsing gab ihm den Rat, kräftig zu essen und zu trinken und sich auszuruhen. Dabei schienen die Gedanken des Professors jedoch nicht bei der Sache zu sein.

Auf halbem Weg zur Treppe sagte van Helsing mehr zu sich selbst als zu seinen Begleitern: »Fürs erste haben wir gewonnen – aber ich habe immer noch Angst um sie.« Dann blickte er besorgt zurück zu Lucys Zimmer.

Arthur war hinter den Ärzten geblieben. »Dann hat mein Blut sie nicht geheilt?«

Van Helsing drehte sich nicht um, sondern lachte nur etwas verbittert.

Holmwood bat Seward mit einer Geste um eine Erklärung; aber der schaute ihn nur hilflos an und zuckte mit den Schultern.

Die drei Männer traten in den Ziergarten hinaus. Hier hatte Jonathan Harker vor genau vier Monaten darauf gewartet, seine geliebte Mina zu sehen.

Es war jetzt eine angenehm laue Septembernacht ohne Regen. Sie lud dazu ein, tief durchzuatmen und die Sterne zu betrachten. Das Gaslicht oben an der Terrasse zog Motten an und warf ein warmes Licht über Hecken und Mauerwerk, über späte Sommerblumen und den kleinen Springbrunnen.

Holmwood hatte einen kleinen Umweg gemacht, ehe er das Haus verließ, und hatte sich im Speisesaal ein großes Glas Brandy eingeschenkt. Jetzt stärkte er sich ab und zu mit einem kräftigen Schluck.

Van Helsing sagte eine Zeitlang gar nichts. Dann steckte er sich in aller Ruhe eine Zigarre an, warf das Zündholz fort und widmete sich jetzt seinem jungen Kollegen. Herausfordernd fragte er: »Na? Können Sie mir jetzt sagen, warum die junge Dame so blutarm ist?«

Seward fiel keine passende Antwort ein.

»Benutzen Sie Ihren Kopf«, drängte van Helsing. »Denken Sie nach, Mann!«

Seward betrachtete nachdenklich die breite Steintreppe, die zur Terrasse vor Lucys Zimmer hinaufführte, wo immer noch Licht brannte. Er dachte laut. »Da sind diese Wunden am Hals. Vielleicht stammen sie nicht nur von der Verletzung durch die Sicherheitsnadel, wie Mina dachte – vielleicht hat sie durch sie so viel Blut verloren?«

Van Helsing brummte vor sich hin. Seward konnte diese Geräusche wohl als Zustimmung auslegen. Der Professor schien zeigen zu wollen, daß sein Schüler auf der richtigen Fährte war, es aber noch nicht vollständig getroffen hatte.

Van Helsing sagte: »Jack, Sie waren ein vorsichtiger Student, aber jetzt haben Sie ausgelernt – hoffe ich doch. Wohin ist das Blut geflossen, Jack, na? Nun mal los!«

Der junge Arzt seufzte. Dann schüttelte er über seine Begriffsstutzigkeit den Kopf. »Was bin ich doch für ein Trottel! Es kann nicht aus diesen oder anderen äußeren Wunden geflossen sein. Das Bettzeug müßte dann ja ebenfalls blutbefleckt sein.« Er machte eine Pause.

»Ja? Und?«

»Es sei denn...« Seward zögerte wieder. Die grauenvolle Erklärung war vor ihm kurz aufgetaucht, wie ein Irrlicht in dunkler Nacht, und wieder verschwunden, ehe sein Verstand sie richtig begriffen hatte.

Der Professor stand jetzt ganz dicht hinter Seward. Wie der Verführer im Theater flüsterte er ihm ins Ohr.

»Es sei denn? Es sei denn? Na – na?«

Holmwood blieb nichts anderes übrig, als völlig verwirrt zuzuhören und die beiden staunend zu betrachten.

Im Jahre 1462 kehrt der mächtige Kriegsfürst Dracula (Gary Oldman) von einem Feldzug zurück.

Dracula findet seine schöne Gemahlin tot in der Kapelle auf.

Vierhundert Jahre später trifft Jonathan Harker (Keanu Reeves) als Gast auf Draculas Schloß in Transsylvanien ein.

Die drei weiblichen Vampire möchten Jonathan Harker auf immer zu einem der Bewohner des Schlosses machen.

Jonathan versucht seinem schrecklichen Gefängnis zu entkommen.

Dr. Jack Seward (Richard E. Grant) und Professor Van Helsing (Anthony Hopkins) untersuchen Lucy (Sadie Frost), an der sich gerade eine schreckliche Veränderung vollzieht.

Winona Ryder als Mina.

Van Helsing benutzt sein Kreuz, um sich Lucy, die eine blutdürstige Vampirin geworden ist, vom Leibe zu halten.

Dracula macht sich daran, die unschuldige Mina zu verführen.

Anthony Hopkins als Professor Van Helsing.

Die Abtei von Carfax brennt.

Die grausige Gestalt des alten Grafen Dracula.

Quincey Morris (Bill Campbell) kämpft auf Leben und Tod mit Dracula.

Mina bewacht den blutigen Leichnam Draculas.

Regisseur Francis Ford Coppola
erklärt der Schauspielerin Winona Ryder eine Szene.

Seward streckte die Hände aus, als könne er die Wahrheit handgreiflich packen, eine Wahrheit, die ihn quälte, weil er ihrer nicht habhaft werden konnte.

Van Helsing kaute auf seiner Zigarre und trieb ihn erbarmungslos weiter. »Also, Jack, stellen Sie sich mal vor, Sie hätten Verstand. Öffnen Sie ihn! Zeigen Sie mir, was Sie jetzt denken!«

Sewards Frustration richtete sich jetzt gegen seinen alten Lehrer. Wütend gestikulierte er. »Ich kann nur das eine denken: Irgend etwas hat ihr Leben aufgezehrt! Ich nehme an: Irgend etwas ist einfach zu ihr hinaufgeflogen, hat ihr das Blut aus dem Körper gesogen und ist wieder weggeflogen!«

»Jawohl!« Die Antwort war eine klare, unnachgiebige Herausforderung. »Jawohl, warum denn nicht?«

»Das reicht jetzt«, erklärte Holmwood entschieden. Auf einmal bekam er Schluckauf. Er hatte die letzten Tropfen Brandy geschluckt. In seinem geschwächten Zustand nach der Blutspende war das Resultat seiner alkoholischen Stärkung, daß er bereits betrunken war. Er setzte sich mühsam auf eine Steinbank und ließ das leere Glas neben sich fallen.

Die anderen beiden ignorierten ihn erst einmal. Van Helsing bohrte bei seinem früheren Schüler weiter.

»Hören Sie, Jack! Sie sind doch Wissenschaftler. Meinen Sie nicht auch, daß es in diesem Universum Dinge gibt, die Sie nicht verstehen können, die aber dennoch wahr sind?« Er deutete zum Sternenhimmel empor.

»Natürlich«, antwortete Seward zähneknirschend.

Sein Mentor kannte immer noch kein Erbarmen. »Ach ja? Mesmerismus? Hypnotismus? Elektromagnetische Felder?«

Der junge Mann stimmte ihm zu. »Sie und Charcot haben den Hypnotismus doch bewiesen.«

»Astralkörper? Materialisation?«

»Na ja, ich weiß nicht –«

»Aha! Jedenfalls müssen Sie zugeben, daß es vieles gibt, wovon Sie nichts wissen! Ich sage Ihnen –« Van Helsing machte eine Pause, um sicherzugehen, daß er die Aufmerksamkeit beider Männer hatte. »Hören Sie mir genau zu! Es *gibt* ein Ding, das ihr das Blut ausgesaugt hat, wie Sie sagten. Und die liebe Lucy – Gott helfe uns! – saugte ihrerseits aus diesem *Ding* dessen verseuchtes Blut, was dazu führt, daß sie sich verändert und genauso wird wie dieses Ding: ein... Monster... ein Untier.«

Seine Zuhörer konnten vor Entsetzen kein Wort herausbringen; sie konnten das Grauenvolle nicht einmal fassen.

Ein neuer Morgen war über England heraufgezogen. Mina war äußerst beunruhigt. Sie hatte durch die Dienstboten von Lucys Krankheit und den Aufregungen der Nacht gehört. Sie selbst hatte sich nach ihrer späten Rückkehr nach diesem Nachmittag mit dem Prinzen sogleich in ihr Schlafzimmer zurückgezogen, das neben dem von Lucy lag. Sie war augenblicklich in einen todesähnlichen Tiefschlaf verfallen und hatte daher nichts gehört.

Zu Minas Erleichterung fand sie Lucy am Morgen friedlich schlafend vor. Ängstlich suchte sich nach Anzeichen einer Besserung im Gesicht ihrer Freundin. Sie mußte zugeben, daß die nicht mehr ganz so blaß wie am Vortag in den Kissen lag.

Gestern... wie lang ihr das jetzt vorkam.

Sie, Mina, war zwar biologisch betrachtet noch eine Jungfrau, hatte aber trotzdem einen verbotenen Geliebten – nicht Lucy. Wie seltsam, wie unfaßbar!

Mina wußte außerdem mit hilfloser, herrlicher Gewißheit, daß sie ihren Prinzen wiedersehen würde – so bald wie möglich.

11

Diesmal wollte Mina anonym bleiben, daher war sie mit der Eisenbahn in die Stadt gefahren. Sie hatte ihren Prinzen auf seinen Wunsch hin in Rule's Café getroffen. Es lag im Westend und war sehr beliebt. Vor einigen Jahren hätte sie vielleicht den Dichter Oscar Wilde dort sehen können, wie er die Damen bezauberte und hübsche, junge Männer um sich scharte.

Obwohl Lords und Prinzen im Rule's keine Seltenheit waren, bewirkte das herrische Auftreten von Minas Begleiter – und ein reichlich bemessenes Trinkgeld –, daß sie sofort einen privaten Speiseraum bekamen.

Jetzt standen Essen und Wein auf dem Tisch. Irgendwo im Hintergrund spielten Geigen. Ihre fröhlichen und gleich wieder schwermütigen Klänge erinnerten Mina an Zigeuner. Durch die Milchglasscheiben ihres Séparées sah sie die Silhouetten tanzender Paare.

Der Prinz sagte gerade: »Das Land meiner Ahnen ist ebenso reich an Kultur, Sagen und Märchen wie Ihr England.«

»Ja...« Vor Minas Augen erschien eine farbenprächtige Szene, die ungewöhnlich lebendig wirkte. »Ich glaube gern, daß das so ist.«

Da ihr Begleiter seine dunkle Brille abgenommen hatte, blickte sie in seine erstaunlich blauen Augen. Jetzt schienen sie zu lächeln. »Meiner Meinung nach ist meine Heimat der schönste Ort der gesamten Schöpfung.«

»Transsylvanien«, sagte Mina gedankenverloren. Sie war in träumerischer, beinahe übermütiger Stimmung. Dabei nippte sie an ihrem Glas, das mit milchig grünem Absinth gefüllt war, dem Modegetränk der Londoner Gesellschaft. Mina hatte ihn aus einem unerklärlichen Impuls heraus bestellt, der völlig zu ihrem verrückten Benehmen an diesem Nachmittag paßte – oder war es der Prinz gewesen, der den Absinth vorgeschlagen hatte? Im Augenblick konnte sie sich nicht erinnern. Als sie jedoch später bei klarerem Verstand die Ereignisse dieses Nachmittags überdachte, war sie sicher, daß dies Getränk zumindest teilweise für ihren Zustand verantwortlich war.

Transsylvanien... dunkel erinnerte sie sich, daß Jonathan vor Monaten denselben Namen genannt hatte... *Irgendein Adliger in der exotischen Wildnis Transsylvaniens...* ja, das war es gewesen. So hieß der Ort, oder zumindest in jene Gegend hatte Jonathan fahren wollen. Sein letzter Brief, den er vor langer Zeit geschrieben hatte, war irgendwo aus Transsylvanien gekommen, von einem Schloß Dracula...

Doch das Bild ihres Verlobten verblaßte schnell.

Mina murmelte leise vor sich hin: »Ich verstehe, was der Name bedeutet: ein Land jenseits eines großen Waldes. Es wird umgeben von majestätischen Bergen und üppigen Weinbergen und Blumen. Ich kann sie direkt sehen und ihren Duft einatmen. Blumen von solcher Schönheit und Zartheit, wie man sie nirgendwo sonst auf Gottes grüner Erde findet...«

Der Prinz beugte sich vor. *Wie jung er ist*, dachte Mina und betrachtete im Kerzenlicht sein glattes Gesicht. *Wie schön.* So anders als alle anderen Männer, denen er sowieso haushoch überlegen ist.

Leise sagte er: »Sie beschreiben meine Heimat, als hätten Sie sie schon mal mit eigenen Augen gesehen.«

Mina gestattete ihren Augen, sich zu schließen – nur für einen Moment. Welch wohlige Ruhe! Aus der Dunkelheit hinter ihren geschlossenen Lidern sagte sie: »Vielleicht ist es Ihre Stimme. Sie klingt so... vertraut... wie eine Stimme im Traum, die man nicht einordnen kann. Sie tröstet mich... wenn ich allein bin.«

Minas Augen öffneten sich wieder, ganz leicht, aber doch schläfrig. Sie begegneten dem Blick ihres Begleiters. Mina spürte, daß dieser Blickkontakt viel zu lang dauerte. Und urplötzlich – sie wußte nicht, wie es geschehen war – saß er neben ihr. Seine rechte Hand war an ihrem Hals. Zart und fest zugleich liebkosten seine Finger ihre Haut. Ziemlich besitzergreifend, als sei es die natürlichste Sache der Welt.

Mina mußte plötzlich laut lachen. Etwas zwang sie aufzustehen und den Kontakt abzubrechen. Es war, als wüßte sie, daß dies ihre letzte Chance war. Aus dem Nichts kam plötzlich eine Frage über ihre Lippen:

»Und was ist mit der Prinzessin?«

Erstaunt blickte er sie mit seinen blauen Augen an. »Prinzessin?«

Mina blickte durch die Scheiben in den Hauptraum des Cafés. »Ich denke, es muß immer eine Prinzessin geben. Mit wehendem Haar in der Farbe von... von... und den verführerischen Augen einer wollüstigen Katze. Ein langes, fließendes Gewand nach der Mode – aus alter Zeit. Ihr Gesicht ein...«

Eine Art Halluzination überkam Mina. Das war mehr als nur lebhafte Phantasie. Sie wußte, daß sie noch hier war, in London, in Rule's Café, und dennoch... war eine andere Realität gleichzeitig vorhanden.

»...ein Fluß«, fuhr Mina unbeirrt fort. »Die Prinzessin ist in einem Fluß – nein, sie *ist* der Fluß, angefüllt mit den Tränen eines zerbrochenen Herzens und der Trauer...«

Und dann war der Zauber – oder was immer es gewesen war – wieder verschwunden. Nein, nicht ganz verschwunden; aber so weit abgeschwächt, daß Mina erkennen konnte, welch starke Wirkung ihre Worte auf den Prinzen gehabt hatten.

Sie schlug die Hände vors Gesicht und sagte: »Das klingt sicher schrecklich dumm. Der Absinth … ich hätte ihn nicht trinken sollen. Sie müssen mich für schrecklich dumm halten.«

»Niemals, Elisabeth! Niemals! Es gab wirklich eine Prinzessin.«

»Erzählen Sie mir etwas über sie.«

»Das werde ich.«

Auf einmal stand er vor ihr und hatte die Hand ausgestreckt, um sie zum Tanz aufzufordern. Geigen schluchzten, und der Absinth sang in Minas Kopf, als sie aufstand. Dann drehte sich alles um sie herum zu herrlichen Walzerklängen inmitten von tausend Kerzen …

Ihr war, als träumte sie, und diese Hochstimmung hielt bis zum nächsten Morgen an, als Mina allein auf ihrer Lieblingsbank in Hillingham saß und die Minuten zählte, bis sie ihren Prinzen wiedersehen würde. Als sich Schritte näherten, schaute sie auf. Der Butler Hobbs kam mit einer Silberschale, in der ein Brief lag. Die ganze Dienerschaft wußte, wie sehnsüchtig die junge Dame, die zu Besuch weilte, auf eine bestimmte Nachricht wartete.

Minas Hand zitterte, als sie den Umschlag entgegennahm. Das war auf keinen Fall Jonathans Handschrift; aber der Brief kam aus Budapest und brachte gewiß eine Nachricht über ihn … Voll Angst riß Mina ihn auf. Den Brief hatte eine Schwester Agatha aus dem Hospital St. Joseph und Maria, Budapest, abgesandt:

Sehr geehrte Dame! *12. August*
Ich schreibe Ihnen auf Bitten von Mister Jonathan Harker, der selbst zum Schreiben zu schwach ist, obwohl sich sein Zustand täglich bessert; dafür danken wir Gott, dem heiligen Joseph und der heiligen Jungfrau Maria. Er befindet sich jetzt fast sechs Wochen in unserer Pflege, da er an einem heftigen Nervenfieber leidet. Er bittet mich, Ihnen seine Liebe zu übermitteln...

Jonathan lebte. Er lebte! Mina sprang auf. Ohne die Glückwünsche des Butlers über die gute Nachricht zu registrieren, lief sie außer sich vor Freude durch den Garten, um die gute Nachricht zu verkünden... aber schon bald blieb sie abrupt stehen.

Wie konnte sie auch nur einen Augenblick lang den anderen vergessen, der in den letzten Tagen zum Mittelpunkt ihres Lebens geworden war?

»Geliebter Prinz«, murmelte sie fast unhörbar, »Jonathan darf nie etwas von uns erfahren.«

Dann ging sie zielstrebig weiter aufs Haus zu, allerdings nicht mehr so überschäumend vor Freude. Sie mußte auf der Stelle zu Jonathan fahren. Das war gar keine Frage.

Hastig lief sie die Treppe zur Terrasse vor Lucys Zimmer hinauf. Dort standen Dr. Seward und ein älterer, würdig aussehender Herr, den sie zuvor noch nie gesehen hatte. Die Männer waren in ein ernstes Gespräch vertieft.

Der ältere Herr kam auf Mina zu. Er blickte sie mit durchdringenden blauen Augen an, verbeugte sich fast militärisch vor ihr und stellte sich vor.

»Abraham van Helsing.«

Mina hatte sich schon gedacht, daß dies niemand anders sein konnte als Lucys neuester Arzt, von dem Jack Seward schon viel erzählt hatte.

Der Professor fuhr fort: »Und Sie sind Miss Mina Murray, die liebe Freundin unserer Lucy.«

»Wie geht es ihr, Doktor?«

»Sie ist immer noch sehr schwach. Sie hat von Ihrem Verlobten, Mr. Harker, gesprochen und erzählt, daß Sie sich große Sorgen um ihn machen... oder haben Sie heute vielleicht gute Nachrichten?«

»Ja, sehr gute... ein Brief...« Sie hielt ihn noch immer in der Hand.

»Das ist ausgezeichnet. Ich mache mir immer große Sorgen um alle jungen Liebespaare.« Zu Minas Überraschung fing der gute Professor plötzlich an zu singen. Ehe sie richtig verstand, was geschah oder warum es geschah, hatte der alte Herr ihre Hand genommen, den Arm um sie gelegt und walzte mit ihr über die Terrasse. Jack Seward schaute staunend zu.

Ganz plötzlich war der Tanz vorüber. Van Helsing blickte fast hypnotisierend in Minas Augen. Leise sagte er: »Im Leben gibt es Dunkles und auch Lichter. Sie sind ein Licht, liebe Mina. Gehen Sie nun zu Ihrer Freundin!«

Gleich darauf saß Mina an Lucys Bett und drückte die abgemagerte Hand ihrer Freundin. Sie hatte gute Nachrichten zu überbringen. Für Mina waren diese Nachrichten so wichtig, daß sie es vertreten konnte, die Patientin zu wecken.

Irgendwo knallte eine Tür. Wahrscheinlich war sie einem der Dienstboten aus der Hand gerutscht. Auf der geschwungenen Auffahrt vor dem Haus knirschte der Kies unter Pferdehufen. Sofort bewegte sich Lucy. Langsam öffnete sie die Augen und bemühte sich, klar zu sehen.

Ihre Stimme klang sanft. Offenbar fiel ihr das Sprechen schwer. »Mina, Liebste... wo bist du gewesen?«

»Du bist ja eiskalt, Lucy!« Mina wurde durch den traurigen Zustand ihrer Freundin von ihrer Freudenbotschaft abgelenkt. Vorsichtig rieb sie Lucys kalte Hand und versuchte, sie zum Leben zu ermutigen.

Lucy richtete sich etwas im Bett auf und zeigte sogar ein bißchen von ihrer alten Koketterie.

»Und du bist so warm! Weißt du eigentlich, Liebste, daß der liebe Jack Seward mit mir hier Doktorspiele macht?«

»Ich weiß.«

»Kennst du ihn eigentlich? Ich habe ihm alles über dich erzählt.«

»Aber sicher, Lucy. Ich habe Dr. Seward doch auf dem Fest vor einigen Wochen kennengelernt. Erinnerst du dich nicht?« Mina schob ein Tablett mit Essen näher an Lucys Bett. »Er ist ein Irrenarzt, aber du bist nicht verrückt. Du brauchst nur die richtige Pflege. Iß jetzt deine Haferflocken, damit du groß und stark wirst, Kleine«, sagte sie aufmunternd.

Lucy drehte jedoch den Kopf zur Seite. Sie blickte angeekelt auf den Löffel mit Brei, den Mina ihr hinhielt. Sie flüsterte: »Ich bin zu dick. Arthur verabscheut mich, wenn ich dick bin.«

Mina lief es bei diesen Worten kalt über den Rücken. Sie standen in so furchtbarem Gegensatz zu der ausgemergelten Gestalt vor ihr. Sanft, aber bestimmt, stopfte sie einen Löffel voll Brei in Lucys Mund, als wäre ihre Freundin ein Kleinkind.

Lucy verzog das Gesicht, schluckte aber. Dann musterte sie Mina fragend.

»Was ist, Mina? Du siehst zur Abwechslung ja direkt glücklich aus?«

Mina wurde rot.

Lucy schaffte ein Lächeln. »Du hast von Jonathan gehört, stimmt's?«

Mina nickte. Und dann sprudelte sie die guten Nachrichten nur so heraus. »Nicht von ihm direkt; aber ja, er ist in Sicherheit. Er ist seit sechs Wochen – nein, jetzt schon länger – in einem Hospital in Budapest. Heute kam ein Brief von einer der guten Schwestern, die ihn pflegen. Sie schreibt, daß er dringend nach mir verlangt. Ich muß sofort zu ihm; aber ich bringe es kaum über mich, dich jetzt zu verlassen.«

Mit großer Mühe schob Lucy sich noch weiter hoch und schlang ihre kraftlosen Arme um ihre Freundin. Leise flüsterte sie Mina ins Ohr: »Mina, geh zu ihm! Liebe ihn und heirate ihn. Gleich dort. Verschwendet keinen kostbaren Augenblick des Lebens mehr ohne einander.«

Darauf fiel Lucy erschöpft in die Kissen zurück. Die beiden Freundinnen sahen sich lange schweigend in die Augen. Sie tauschten ihre geheimsten Gedanken aus, ohne miteinander sprechen zu müssen.

Schließlich zog Lucy ihren Verlobungsring vom Finger. Der Goldreif mit dem Diamanten glitt leicht über ihr dünnes Gelenk.

Sie hielt ihn der Freundin hin. »Nimm das, Schwester... es soll mein Hochzeitsgeschenk für dich und Jonathan sein. Nimm ihn!«

Mina war so überwältigt, daß sie nicht sprechen konnte. Sie schüttelte nur immer wieder ablehnend den Kopf.

»Es bringt Unglück, wenn du nein sagst.« Lucys Stimme war jetzt wieder dies schreckliche Flüstern. Ihre Kraft verließ sie bereits wieder.

Noch einmal raffte sie sich auf. »Sag Jonathan... Ozeane voll Liebe von mir... Millionen Küsse.«

Am Abend vor Minas Abreise saß Dracula allein und ungeduldig im Séparée von Rule's Café. Sein überempfindliches Gehör war angestrengt auf das Öffnen und Schließen der Tür gerichtet. Irgendwann brachte ihm ein Kellner schließlich eine Nachricht.

Als er den Brief in Empfang nahm, huschte ein Schatten über das jugendliche Gesicht des elegant gekleideten Mannes. Nicht einen Augenblick hatte er erwartet, daß die Frau, die er liebte (und die ihn trotz aller förmlichen Einwände wegen eines Verlobten ebenfalls liebte, da war er ganz sicher), ihn hinhalten oder sich zieren würde, ehe sie ihn wiedersah. Aber vielleicht war plötzlich ein wirklich unvermeidbarer Umstand aufgetaucht.

Er gab dem Kellner eine Münze als Trinkgeld und riß den versiegelten Umschlag auf. Wie erwartet war es ein Brief von Mina. Doch der Inhalt war ein Schock für ihn.

Mein liebster Prinz,
verzeih mir, aber ich kann nicht mit dir zusammensein – weder heute noch ein anderes Mal. Ich habe von meinem Verlobten aus Budapest eine Nachricht erhalten und bin auf dem Weg zu ihm. Wir werden heiraten. Ich werde dich immer lieben.

Mina

Wie in einem Krampf zerknüllte der Prinz den Brief in seiner Hand. Alle Gedanken an Liebe und Zärtlichkeit waren vergangen, zerstoben in Sekundenbruchteilen, in denen verletzter Stolz und blanke Wut sie verdrängten.

Er hörte sich, und auch die Menschen außerhalb des Séparées hörten ihn stöhnen wie ein verwundetes Tier.

Der Brief war erst nach Mitternacht überbracht worden. Zu diesem Zeitpunkt war Mina schon fast einen ganzen Tag mit der Eisenbahn unterwegs nach Budapest. Sie folgte der Route, die ihr geliebter Jonathan Monate zuvor genommen hatte: von London via Dover nach Paris und dann nach Osten.

Immer wieder entfaltete sie den Brief aus Budapest und las ihn. Sie konzentrierte sich jetzt auf den Schluß.

> *P. S.: Mein Patient schläft jetzt, daher öffne ich den Brief noch einmal, um Ihnen zusätzlich noch etwas mitzuteilen. Er hat mir alles über Sie erzählt und auch berichtet, daß Sie in Kürze seine Frau werden sollen. Gott segne Sie beide! Er hat einen furchtbaren Schock erlitten, wie unsere Ärzte meinen, und in seinem Delirium grauenvolle Dinge erlebt: Wölfe, Gift und Blut, Gespenster und Dämonen und einiges andere, von dem ich nicht schreiben kann. Achten Sie darauf, solche Gedanken noch lange Zeit von ihm fernzuhalten und ihn nicht aufzuregen, denn die Spuren einer solchen Krankheit wie der seinen schwinden erst allmählich. Wir hätten schon viel früher geschrieben, aber wir wußten nichts über seine Angehörigen oder Freunde. Er kam mit dem Zug aus Klausenburg. Später wurde uns von dem dortigen Stationsvorsteher erzählt, er sei in den Bahnhof gestürzt und habe nach einer Fahrkarte nach Hause geschrien. An seinem ungestümen Auftreten erkannte man ihn als Engländer, und so*

gaben sie ihm eine Fahrkarte bis zur entferntesten Station auf dem Weg dorthin.

Bitte seien Sie versichert, daß gut für ihn gesorgt wird. Er befindet sich wirklich auf dem Weg der Genesung, und ich zweifle nicht, daß er in ein paar Wochen wieder ganz hergestellt ist. Aber seien Sie um seinetwillen trotzdem vorsichtig. Ich erbitte von Gott, dem heiligen Joseph und der Jungfrau Maria viele, viele glückliche Jahre für Sie beide.

Während Mina weiter nach Osten fuhr, ging in Hillingham der erbitterte Kampf weiter – Tag für Tag, Nacht um Nacht. Es gab nachmittags Stunden, in denen Lucy auf dem Weg der Besserung zu sein schien. Manchmal schien sie morgens an der Schwelle des Todes zu stehen. Eines Tages kam Mrs. Westenra, um nach ihrer Tochter zu sehen. Die Ärzte waren gerade nicht anwesend. Der starke Knoblauchgeruch störte sie, daher ließ sie van Helsings tägliche Gabe an weißen Blumen wegschaffen. Als der Professor das erfuhr, war er sehr bestürzt.

Drei Tage nach der Bluttransfusion brauchte Lucy die nächste. Diesmal war Dr. Seward der Spender. Während er auf dem Stuhl neben Lucys Bett saß, dachte er, daß niemand wirklich wissen konnte, wie es war, wenn man spürte, daß das eigene Blut in die Venen der Frau gepumpt wurde, die man liebte.

Die Patientin brauchte wieder drei Tage später eine erneute Bluttransfusion. Diesmal erhielt sie sie aus van Helsings Venen.

Während Arthur Holmwood eine Woche später, am Sonntag, dem achtzehnten September, am Sterbebett seines Vaters weilte, wurde Quincey Morris der vierte Mann, der Lucy sein Blut spendete.

Am darauffolgenden Abend war der Texaner zwar noch etwas blaß, behauptete aber, genügend Kraft zurückgewonnen zu haben, um jederzeit für alles zur Verfügung zu stehen. Er ging mit seinem Winchestergewehr in der Armbeuge neben Jack Seward die Treppe in die große Halle von Hillingham hinunter.

Quincey erklärte gerade seinem alten Jagdkameraden: »Jack, du weißt, daß ich das Mädchen genauso liebe wie du.«

»Das bezweifle ich nicht, alter Knabe.«

»Und der alte Holländer weiß wirklich, was er tut? Jetzt haben wir ihr schon so viel Blut gespendet, wo geht das nur alles noch hin?«

Seward schüttelte müde den Kopf. »Ich habe schon vor Jahren gelernt, daß es nicht ratsam ist, van Helsings Methoden in Frage zu stellen... Offen gesagt, Quincey, ich bin mit meiner Weisheit am Ende.«

Quincey rieb sich den Arm. Die Einstichstelle von der Nadel des Professors schmerzte noch immer. »Na ja, wenn du mich fragst, so übertrifft er mit seinen Methoden jeden Zauberdoktor im hintersten Borneo. Weißt du, woran mich das alles erinnert? Ich hatte in der Pampa eine prächtige Stute. Eine der großen Fledermäuse, die man Vampire nennt, fiel eines Nachts über das Tier her. Durch die geöffnete Vene hatte die Stute dort, wo der Vampir gesaugt hatte, so viel Blut verloren, daß sie sich nicht mehr aufrichten konnte. Ich mußte sie erschießen. Ein verdammt feines Tier!«

Van Helsing zog den Mantel an, da er hinausgehen wollte. Er trat zu den beiden Männern an der Eingangstür. Wenn er Quinceys Bemerkungen gehört hatte, so ließ er sich das zumindest nicht anmerken.

Der alte Arzt sagte nur: »Jack, beeilen Sie sich! Ich muß Ihnen viel erzählen, Mann. Und ich muß einige wichtige Dinge selbst noch herausfinden.« Und dann blickte er den Texaner an. »Passen Sie gut auf Lucy auf, Mr. Morris!«

»Geht in Ordnung.« Quinceys Ton und Auftreten machten deutlich, daß er für den alten Mann nicht viel übrig hatte.

Van Helsing lachte. Ihm war gleich, was der Texaner von ihm hielt. Der Professor war trotz der bisherigen Erfolglosigkeit und des langwierigen Ringens noch immer kampfesfreudig und über die wissenschaftliche Herausforderung in Hochstimmung. »Wenn wir versagen, wird aus Ihrer teuren Lucy eine Teufelshure. Ich gebe Ihnen den guten Rat: Verlassen Sie sich mehr auf Knoblauch und das Kruzifix als auf Ihr Gewehr.«

Quincey hätte den alten Mann am liebsten niedergeschlagen. Er machte einen halben Schritt nach vorn. »Sie sind ein ekelhafter, alter Narr.«

Van Helsing wurde ernst. »Und ich nehme an, daß Sie beide im Vollbesitz Ihrer geistigen Kräfte sind. Wenn ja, dann hören Sie mir jetzt gut zu! Die Wahrheit ist – wie ich Ihnen schon mehrfach klarzumachen versuchte –, daß Lucy das Monster in ihr Schlafzimmer einlädt! Sie saugt das verseuchte Blut dieses Biests! Dadurch wird sie unweigerlich transformiert und wird zu dem, was *es* ist!«

Der Texaner fühlte sich hilflos. Die tiefe Ernsthaftigkeit, mit der der alte Mann seine verrückte Behauptung vorgebracht hatte, bestürzte ihn. Ratsuchend blickte er zu Seward hinüber, doch der konnte ihm auch nicht helfen.

Van Helsing lachte. Es war mehr als nur ein Hauch von Hysterie darin. Die beiden jungen Männer starrten ihn wie gelähmt an.

»In die Kutsche, Jack!« befahl der Professor und erholte sich von seinem emotionalen Anfall. »Wir müssen reden, und ich muß dorthin, wo ich etwas erfahren kann. Was wir bis jetzt für unsere liebe Miss Lucy getan haben, ist nicht genug.«

»Wo ist das, Sir? Wo sollen Sie etwas erfahren?«

»Ich habe von einem alten Freund eine Nachricht erhalten. Im Britischen Museum gibt es einen speziellen Raum, in den er mich hineinlassen will. Vielleicht finde ich dort die Lösung zu einigen Geheimnissen, wenn ich mich richtig umsehe. Ich möchte keine Minute mehr verlieren – fahren wir!«

Arthur Holmwoods Vater klammerte sich immer noch ans Leben. Er lag krank in seinem Herrenhaus in Ring. Unterdessen hielt Arthur an diesem Abend am Bett seiner geliebten Lucy Wache. Obwohl er van Helsings Warnungen nicht verstand, befolgte er sie und hatte geladene Pistolen auf den Nachttisch neben die Vase gelegt, in der die Knoblauchblüten standen, die der Professor täglich frisch brachte.

Aber das vergebliche, lange Ringen gegen etwas, das Arthur Holmwood nicht kannte, der doppelte tiefe Schmerz und die Angst um den Vater und die Frau, die er liebte – beide standen an der Schwelle des Todes –, hatten ihren Tribut gefordert. Er hatte große Schwierigkeiten, wach zu bleiben.

Arthur Holmwood war gerade eingenickt, da erwachte Lucy plötzlich. Sobald die Augen der jungen Frau offen waren, spürte sie eine Woge von Freude und dämonischer Energie. Sie würdigte den Verlobten neben ihrem Bett kaum eines Blickes. Aber noch lag sie ganz still da, weil sie wußte – sie wußte es mit einem tiefen, ruchlosen Glücksgefühl –, daß sie sich nicht bewegen mußte.

Ihr Vampir-Liebhaber war in der Nähe, und *er* würde sie mit Sicherheit finden, wie so viele Male zuvor. Kein normaler Sterblicher, der sie bewachte, keine Schranken, kein noch so listiger Abwehrplan konnten ihn fernhalten.

Quincey Morris hatte sich schließlich überzeugen lassen, daß die Hinweise des alten Mannes auf ein blutsaugendes Tier buchstäblich wahr waren. Aus diesem Grund hatte der Texaner sich entschlossen, in dieser Nacht im Garten einsam Wache zu halten. Quincey hatte mit Seward und Holmwood schon oft große Raubtiere gejagt, von Sumatra bis Sibirien. Auf diesem Gebiet war er Experte.

Das dachte er jedenfalls.

Es war eine ruhige Nacht. Sie war höchstens etwas windig. Es gab keine Spur von irgendwelchen Eindringlingen. Die gab es allerdings nie. Trotzdem war der Feind anscheinend – wenn es tatsächlich einen richtigen, räuberischen Feind gab und van Helsing nicht verrückt war – immer irgendwie durchgekommen, ganz gleich, welche Verteidigung aufgestellt worden war.

Quincey dachte gerade über dies Problem nach, als er durch ein Geräusch oder seinen Instinkt als Jäger alarmiert wurde. Als er sich umdrehte, sah er, wie eine schemenhafte Gestalt auf ihn zustürmte. An ihr war nichts Menschliches. Im nächsten Augenblick riß er das Gewehr hoch und schoß... Genau ins Schwarze, das wußte er genau. Aber ohne Wirkung.

Und dann stieß eine übermenschliche Gestalt oder Kraft Quincey Morris zu Boden, schlug ihn bewußtlos und stürmte weiter auf das Haus zu.

Der Wolf sprang mitten durch die Scheiben von Lucys Terrassentür. Der Knall und das Klirren des Glases rissen Holmwood aus dem Schlaf. Trotzdem wachte er zu spät auf, außerdem war er auf eine wirkungsvolle Gegenwehr schlecht vorbereitet. Ehe er wußte, wie ihm geschah, wurde er von derselben Kraft, die Quincey zu Boden gestreckt hatte, bewußtlos geschlagen und in eine Ecke des Schlafzimmers geschleudert.

Im nächsten Augenblick sprang die große, graue Tiergestalt geifernd aufs Bett, in dem Lucy lachend, vor Freude fast außer sich, verführerisch und einladend ihre Arme ausbreitete.

Sie packte das Fell mit beiden Händen und zog den Kopf mit den scharfen Wolfsfängen hungrig an ihren Körper.

Fast im selben Augenblick hielt die Kutsche in der Great Russell Street, fast im Zentrum von London, vor dem Britischen Museum und entließ ihre beiden Fahrgäste. Das riesige Gebäude war um diese Zeit fast vollständig dunkel.

Am Abend war der Lesesaal mit den endlosen Bücherregalen wie immer für Benutzer geschlossen worden. Doch jetzt, in den frühen Morgenstunden, führte ein älterer Oberkurator des Museums die beiden Wissensdurstigen durch die Gänge des riesigen Bauwerks. Der eine Besucher war sein alter Freund, Professor Abraham van Helsing, der andere der besorgte Dr. Seward.

Die drei Männer kamen zu einem kleinen, privaten Lesezimmer, an dessen Tür kein Schild hing. Der Oberkurator mußte die Tür mit einem speziellen Schlüssel aufsperren, um sie hineinzulassen.

Die Tür zu dem kleinen Raum quietschte in rostigen Angeln. Sofort stürzte sich van Helsing mit leisem Murmeln auf die hohen, staubigen Regale. Alles hier roch nach altem Papier und altem Holz. Seward hielt zwei Lampen hoch, während der Oberkurator leise noch einige Ratschläge erteilte.

Zur großen Freude des Professors fand dieser sehr schnell das Buch, nach dem er gesucht hatte.

Es war ein alter, schwerer Foliant, der mit einer Spange verschlossen war. Der Oberkurator holte einen Schlüssel heraus, um das Schloß zu öffnen.

Aufgeregt blies van Helsing den Staub weg und stellte den

schweren Band auf ein Lesepult. Dann blätterte er die steifen Seiten um. Ohne Überraschung stellte er fest, daß das meiste in Deutsch niedergeschrieben war, der Rest in anderen Sprachen aus dem Osten, die in London viel seltener verstanden wurden. Doch auch davon konnte der Professor so viel lesen, daß es ihm bei seiner Suche half.

Morris stand hinter ihm und hielt eine Lampe hoch, während van Helsing mit dem Finger Zeilen im Text unterstrich und halblaut einige Informationen ins Englische übersetzte.

»Hier beginnt die schreckliche und grauenvolle Geschichte des Prinzen Dracula, eines wilden Berserkers. Der Unhold pfählte Menschen und röstete sie und kochte ihre Köpfe in einem Kessel... er zog Menschen bei lebendigem Leib die Haut ab und zerstückelte sie... und er trank ihr Blut.«

Grimmige Genugtuung stieg in dem alten Gelehrten auf. Was er hier las, bestätigte seinen lange gehegten Verdacht. Jetzt konnte er die phantastische, aber ernüchternde Wahrheit besser in den Griff bekommen.

Doch keiner der beiden Ärzte wußte zu diesem Zeitpunkt, daß das Wissen, das sie sich hier erwarben, für ihre Patientin zu spät kam.

Dieser Kampf war bereits verloren.

12

Die Sonne ging strahlend über Hillingham auf. Es war der Morgen nach dem letzten, schrecklichen Überfall auf Lucy. Alle im Haus wußten inzwischen, daß die langen, schmerzlichen Wochen des Kampfes um das Leben der jungen Frau endgültig zur Neige gingen. Nur vor Mrs. Westenra hatte man die bittere Niederlage noch geheimgehalten, obwohl die häßliche Wahrheit in der Luft zu hängen schien. Niemand sprach sie offen aus. Es wußte ja auch fast niemand richtig Bescheid, was überhaupt geschehen war.

Von allen, die darum gekämpft hatten, Lucy zu retten, konnte nur van Helsing wirklich ermessen, welchem Grauen sie ausgeliefert war. Es war sehr schwer für ihn, dieses Wissen erfolgreich einzusetzen, da er mit fast niemandem darüber sprechen konnte. Wie sollte er die skeptischen, modernen Menschen während dieser letzten Jahre des aufgeklärten neunzehnten Jahrhunderts davon überzeugen, ohne selbst als Irrer eingesperrt zu werden? Es gab Stunden, in denen der Professor beinahe verzweifelte und glaubte, er werde die Wahrheit niemandem vermitteln können.

Quincey Morris war bei dem Überfall von dem mysteriösen Angreifer nicht ernstlich verletzt worden. Als der Texaner wieder zu sich kam, lag er ausgestreckt auf dem taunassen Rasen. Er hatte nur ein paar blaue Flecken abbekommen. Doch jetzt war er ein begeisterter Jünger von van Helsings Erklärung, daß irgendein riesiges, wildes Tier für Lucys Zustand verantwortlich war, ein Tier, das gegen jede Winchester teuflisch immun war. Morris war jederzeit bereit, für diese Erkenntnis die Hand ins Feuer zu legen.

Niemand war sehr überrascht, daß Arthur Holmwoods Vater, Lord Godalming, in dieser Nacht im Haus seiner Ahnen in Ring verschieden war. Arthur hatte die Nachricht durch einen Boten am frühen Morgen erhalten. Obwohl er mit dem Tod des Vaters hatte rechnen müssen, war das alles nicht so leicht zu verarbeiten. Arthur hatte sich in einem Zimmer in der Nähe von Lucys Räumen auf ein Sofa gelegt, um etwas Schlaf nachzuholen.

Kurz vor sechs Uhr morgens kam van Helsing zu Lucy, um seinen jüngeren Kollegen abzulösen. Er beugte sich über die Patientin, um sie zu untersuchen.

Kaum hatte der Professor Lucys Gesicht gesehen, stieß er einen leisen Pfiff durch die Zähne aus.

»Ziehen Sie die Jalousien hoch«, sagte er. »Ich brauche Licht!«

Seward beeilte sich, diesem Wunsch nachzukommen.

Van Helsing entfernte den Kranz aus Knoblauchblüten und das Seidentuch, das Lucy um den Hals getragen hatte.

»Die Teufelshure!« sagte er leise und verzweifelt.

Schnell trat Seward zu ihm. Als er Lucy sah, lief es ihm eiskalt über den Rücken.

Die Wunden am Hals waren vollkommen verschwunden.

Van Helsing betrachtete mit tiefernstem Gesicht seine junge Patientin. Dann wandte er sich Seward zu und sagte: »Sie stirbt. Es wird jetzt nicht mehr lange dauern. Wecken Sie den armen Jungen, damit er sie noch einmal sehen kann. Er vertraut uns, und wir haben es ihm versprochen.«

Seward ging in das Zimmer hinüber, wo Holmwood schlief, und weckte ihn. Er versicherte ihm, daß Lucy noch schlafe; doch dann mußte er ihm so schonend wie möglich beibringen, daß beide Ärzte das Ende kommen sahen.

Als die beiden Männer Lucys Zimmer betraten, fiel Seward auf, daß van Helsing alles so schön wie möglich hergerichtet hatte. Er hatte sogar Lucys Haare gebürstet, damit ihre roten Locken auf dem Kissen glänzten.

Als Holmwood ins Zimmer kam, öffnete sie die Augen. Beim Anblick ihres Verlobten flüsterte sie leise: »Arthur! O Liebster, ich bin froh, daß du gekommen bist.«

Als er sich über sie beugte, um sie zu küssen, hielt van Helsing ihn zurück. »Nein, noch nicht. Halten Sie ihre Hand. Das hilft ihr mehr.«

Arthur warf dem Professor zwar einen fragenden Blick zu, kniete sich dann aber gehorsam neben Lucys Bett und nahm ihre Hand. Sie sah wunderschön aus. Die zarten Linien ihres Gesichts paßten wunderbar zur engelsgleichen Schönheit ihrer Augen. Langsam schlossen sich ihre Lider wieder, und sie schlief ein. Ihre Brust hob und senkte sich sanft. Sie atmete wie ein müdes Kind.

Doch dann kam es wieder zu dieser seltsamen Veränderung, die Seward bereits mehrmals bemerkt hatte. Die Atmung wurde röchelnd, und der Mund öffnete sich. Das blasse Zahnfleisch war zurückgebildet, so daß ihre Zähne länger und schärfer als normal aussahen.

Wie eine Schlafwandlerin schlug Lucy die Augen auf. Sie waren jetzt hart und stumpf, wie Seward feststellte. Sie schien nicht bei vollem Bewußtsein zu sein. Doch dann sagte sie wieder, diesmal aber mit sanfter, lüsterner Stimme: »Arthur! O Liebling, ich bin froh, daß du gekommen bist. Küß mich!«

Arthur beugte sich schnell über sie, um die Frau zu küssen, die er so innig liebte; aber blitzschnell packte van Helsing ihn mit beiden Händen an den Schultern und riß ihn mit aller Kraft zurück. Er schleuderte ihn beinahe durchs ganze Zimmer. Auch Seward war bei Lucys veränderter Stimme erschrocken.

»Nicht um Ihr Leben!« sagte der Professor. »Nicht, wenn Sie Ihre lebende Seele und die von Lucy retten wollen!« Er stand wie ein kampfbereiter Löwe vor Holmwood und versperrte ihm den Weg. Arthur war so verblüfft, daß er nicht wußte, was er tun oder sagen sollte. Ehe die Wut in ihm richtig hochstieg, wurde ihm wieder bewußt, wo er sich befand und wie ernst die Situation war. Daher blieb er nur stumm stehen und wartete.

Lucy hatte van Helsing heftig angefaucht, als er sich so tatkräftig einmischte. Anders konnte man Sewards Meinung nach das Geräusch nicht beschreiben. Doch einen Augenblick später sah sie wieder ganz sanft aus. Sie dankte dem Professor.

»Sie sind mein wahrer Freund«, sagte sie leise und preßte van Helsings Hand mit ihren welken Fingern. »Mein treuer Freund und seiner. Bitte, beschützen Sie ihn, und schenken Sie mir Frieden!«

Van Helsing ließ sich feierlich neben ihrem Bett auf ein Knie nieder. »Das schwöre ich.«

Dann wurde Lucys Atmen wieder zu diesem schrecklichen Röcheln – und auf einmal hörte es auf.

Kurz nach Sonnenaufgang erklärte Dr. Seward in Arthur Holmwoods Anwesenheit die Patientin für tot. Innerhalb einer Stunde hatte er ihren Totenschein ausgefüllt und unterschrieben. Arthur Holmwood war wie gelähmt vor Schmerz.

Gegen Mittag lag Lucy friedlich in einem mit weißem Satin ausgeschlagenen Sarg in der großen Halle, umgeben von einem

Meer aus Lilien und Rosen. Unter der Glasplatte, die den Sarg abschloß, sah sie rein und lieblich aus.

Seward betrachtete sie und stellte fest, daß die zarte Frau unter dem Glas mit jeder Stunde schöner zu werden schien. Das machte ihm etwas angst: Daher war er auch nicht erstaunt, daß Arthur beim Anblick seiner Verlobten zu zittern begann und nach einiger Zeit von schweren Zweifeln geplagt wurde.

Er beugte sich zu Seward herüber und fragte ganz leise: »Jack, ist sie wirklich tot?«

Der Arzt versicherte seinem Freund, daß es leider so sei.

Lucys Mutter war zusammengebrochen, als man ihr die traurige Wahrheit mitgeteilt hatte. Länger hatte man sie mit der bitteren Tatsache nicht verschonen können. Jetzt kümmerten sich ihre Zofen und ihr Hausarzt um sie. Seward erwartete, jeden Augenblick hören zu müssen, daß die Mutter der Tochter gefolgt sei.

Am frühen Nachmittag hielten Holmwood und Quincey Morris am Kopfende von Lucys Sarg Totenwache. Die beiden Männer waren den Tränen nahe und fanden keine Ruhe.

Van Helsing unterhielt sich mit dem gramgebeugten Seward in einiger Entfernung. Doch dann forderte van Helsing den jungen Kollegen mit einem Blick auf, ihm ins Musikzimmer zu folgen, wo sich die beiden Ärzte unter vier Augen unterhalten konnten.

Der Professor sagte: »Ich weiß, daß Sie Lucy sehr geliebt haben. Was ich gestern nacht entdeckt habe, kam zu spät, um ihr Leben zu retten.« Er machte eine Pause. »Wir müssen jedoch noch weit Schlimmeres befürchten.«

Sewards Gesicht zuckte. Fassungslos starrte er seinen alten Mentor an. »Schlimmeres! In Gottes Namen, Professor, was könnte schlimmer sein als das, was wir mitgemacht haben?«

»Jack, vertrauen Sie mir?«

»Was haben Sie vor?«

Wenn van Helsing sich über das Vertrauen, das Seward nicht erst ausdrücklich bestätigen mußte, wunderte, ließ er sich es nicht anmerken. Sein Blick ging in die Ferne. In Gedanken plante er seine nächsten Schritte.

Als er wieder sprach, war seine Stimme ganz ruhig. »Ich möchte, daß Sie mir heute oder morgen ein Sezierbesteck bringen.«

»Dann müssen wir also eine Autopsie durchführen?« fragte Seward tief betroffen.

»Ja und nein. Ich möchte operieren; aber nicht so, wie Sie denken. Ich werde es Ihnen jetzt erklären; aber kein Wort zu den anderen.« Die Stimme des Professors war kalt und sachlich. »Ich will Lucys Kopf abschneiden und ihr Herz herausnehmen.«

Seward verschlug es die Stimme.

»Ach, erschreckt Sie das als Chirurg? Aber ich darf ja nicht vergessen, mein lieber Freund, daß Sie sie geliebt haben.«

»Allerdings.«

»Sie müssen mir trotzdem helfen. Ich würde es am liebsten heute nacht tun, aber um Holmwoods willen lasse ich es. Nach der morgigen Beerdigung seines Vaters wird er bestimmt herkommen, um seine Verlobte vor der Bestattung noch einmal zu sehen.

Wenn sie dann bestattet ist – in einer Gruft oder auch nicht – werden Sie und ich nachts hingehen, wenn alle schlafen. Wir werden den Sargdeckel abschrauben und unsere Operation durchführen. Hinterher schrauben wir den Deckel wieder fest, damit niemand außer uns etwas davon erfährt.«

Seward hatte sich von seinem Schock etwas erholt, aber er war immer noch niedergeschlagen und begriff das Ganze nicht ganz. »Aber wozu das alles, Professor? Das arme Mädchen ist tot –

warum noch diese Verstümmelung? Ich sehe nicht ein, wem das nützen soll. Ihr nicht, uns nicht, der Wissenschaft nicht!«

Van Helsing erinnerte auf einmal an einen liebevollen Vater. »Jack, mein Freund, ich achte Ihren tiefen Schmerz und fühle mit Ihnen; aber es gibt Dinge, die Sie noch nicht wissen – aber erfahren werden; aber es sind keine angenehmen Tatsachen.

Waren Sie nicht auch erstaunt – nein, entsetzt –, als ich Holmwood seine Verlobte nicht küssen ließ, obwohl sie im Sterben lag, sondern ihn mit aller Kraft wegriß?«

»Offen gestanden, ja.«

»Genau! Und Sie haben auch gesehen und gehört, daß mir Lucy dennoch mit ihren wunderschönen blauen Augen dankte, daß sie mir sogar meine alte, rauhe Hand küßte und mich segnete?« Van Helsing hob die Hand, die Lucy geküßt hatte. Seward sah, daß sie leicht zitterte.

»Ja, das habe ich gesehen und gehört.«

Der Professor fuhr fort: »Und hörten Sie nicht auch, daß ich ihr etwas versprach und mit einem Schwur bekräftigte, worauf sie dankbar die Augen schloß?«

»Ja.«

»Nun, ich habe gute Gründe für alles, was ich tun werde. Vertrauen Sie mir, Jack! Die Gründe sind wirklich stichhaltig.«

Wie erwartet überlebte Mrs. Westenra den Schock über den Tod ihres Kindes nur um wenige Stunden.

Seward schrieb in sein Tagebuch, daß es eine Doppelbestattung gegeben habe. Man bettete die alte Dame neben ihrer geliebten Tochter zur letzten Ruhe »in der Familiengruft, einem vornehmen Mausoleum weit weg vom lärmenden London, wo die Luft frisch ist, die Sonne über Hampstead Hill aufgeht und alles von wilden Blumen übersät ist.«

Kurz vor Anbruch der Morgendämmerung wärmte sich am Rande von Hampstead ein kleiner sieben- oder achtjähriger Junge in zerlumpter Kleidung die aufgesprungenen Hände an einem Feuerchen aus Holzstücken und erbeuteten Kohlen.

Der Junge wurde von seinem chronischen Hunger und Elend durch den Anblick einer hübschen, rothaarigen jungen Frau abgelenkt, die aus der Richtung, wo die Sonne aufgehen würde, auf ihn zukam. Die Dame war ganz allein und trug ein feines, weißes Spitzenkleid. Ihr nicht sehr erfahrener Bewunderer hielt sie für eine Braut. Sie lächelte den kleinen Jungen freundlich an, der sie mit offenem Mund anstarrte und für die Verkörperung allen Liebreizes hielt.

Sobald die Frau leichtfüßig in Richtung Hillingham verschwunden war, sagte er zu sich: »Uiii, so eine schöne Lady…«

Als er aber gleich darauf wieder in die Richtung blickte, aus der die Erscheinung gekommen war, sah er ein Paar Beine, nicht größer als seine, die reglos aus einem Gebüsch herausragten.

Erst mal ans Praktische denken! Das vor Kälte zitternde Kind ging zu dem offenbar leblosen Opfer und zog ihm die Schuhe aus, da es sie seiner Meinung nach nötiger brauchte. Doch da bewegte sich der Besitzer der Schuhe und setzte sich leise weinend auf. Es war ein Junge, vielleicht ein bißchen jünger als der andere. Er war sehr blaß und wußte nicht, was mit ihm geschehen war.

Am Hals hatte er zwei winzige, frische Wunden, an denen noch ein Blutstropfen hing.

Als van Helsing am selben Tag einen Zeitungsbericht über diesen Vorfall las, war er schockiert und fluchte auf holländisch. Seward hörte, wie er vor sich hin murmelte: »So bald schon! So bald schon!«

Seward nahm die Zeitung und las:

WESTMINSTER GAZETTE

25. September

Mysteriöser Vorfall in Hampstead

Gerade erreicht uns die Meldung, daß ein Kind, das letzte Nacht vermißt wurde, heute vormittag in der Nähe von Shooter's Hill, einem sehr einsamen Teil der Hampstead-Heide, wieder aufgefunden wurde. Es hat die winzigen Wunden am Hals, die auch bei den anderen Fällen festgestellt wurden. Der Junge war furchtbar schwach und sah ausgezehrt aus. Nachdem er sich etwas erholt hatte, erzählte auch er die bekannte Geschichte, daß ihn die »schöne Lady« zu sich gelockt habe.

Eine Stunde später begleitete Dr. Seward den Professor in die Armenstation des North-Heath-Hospitals. Die beiden wiesen sich beim diensthabenden Arzt als Kollegen aus und wurden an das Bett des kleinen Patienten geführt, der vor kurzem eingeliefert worden war.

Van Helsing begann seine Untersuchung damit, daß er dem Kleinen ein Bonbon schenkte. Dann schob er blitzschnell und geschickt den Verband an der Kehle des Kindes beiseite und zeigte auch Seward die Wunden.

Schließlich schob der Professor den Verband wieder zurecht

und setzte sich auf einen Stuhl. »So, mein Junge, ich brauche deine Hilfe. Dr. Vincent sagte mir, daß dich seiner Meinung nach ein Tier gebissen hat. Vielleicht war es eine Ratte? Oder vielleicht eine Fledermaus?«

Der Junge schüttelte den Kopf. »Nein, es war die schöne Lady.«

»Eine Lady also. Und sie war sehr schön, wenn ich dich richtig verstanden habe?«

Nicken.

»Gut. War das Haar dieser Lady... vielleicht grau? Oder war es schwarz?«

Der Kleine schüttelte heftig den Kopf. Das Bonbon hatte er schon hinuntergeschluckt. Van Helsing gab ihm auf Sewards Anstoß hin ein zweites.

Der kleine Junge sprach wegen des Bonbons zwischen den Zähnen etwas undeutlich. »Nein, Sir. Ihre Haare waren richtig rot. Und hell. Wie bei einem Engel. Aber sie hat mich gebissen. Ja, das hat sie.«

Kurz darauf verließen van Helsing und Seward das Krankenhaus wieder.

»Mein Gott«, murmelte der alte Professor leise vor sich hin. »So bald schon. So bald schon!«

Seward räusperte sich und kam auf den einzigen Punkt bei der ganzen Sache zu sprechen, den er wirklich begriffen hatte. »Die kleinen punktförmigen Wunden sahen genauso aus wie bei der armen Lucy. Wahrscheinlich ist das bei den anderen Kindern auch der Fall.«

Sein Mentor betrachtete ihn unter seinen buschigen Brauen von der Seite. »Natürlich sind sie überall gleich. Und? Was schließen Sie daraus?«

»Nun, ganz einfach: Es muß eine gemeinsame Ursache geben. Die kleinen Löcher in den Kehlen dieser Kinder wurden von demselben Wesen hervorgerufen, das auch Lucy verletzt hat.«

»Da irren Sie sich gewaltig. Ach, wenn es nur so wäre! Aber leider! Nein, es ist schlimmer, viel, viel schlimmer.«

Seward blieb überrascht stehen und baute sich vor seinem Begleiter auf. »Um Gottes willen, Professor van Helsing, was meinen Sie damit?«

Der alte Mann winkte mutlos ab. »Sie wurden von Miss Lucy gemacht!«

Am selben Tag kehrten auch Jonathan und Mina Harker als Mann und Frau nach England zurück. Die beiden hatten in der Krankenhauskapelle in Budapest geheiratet. Harkers Genesung war durch die Anwesenheit und Pflege seiner geliebten Mina schnell fortgeschritten. Er war zwar noch blaß und mußte einen Stock benutzen; aber das waren die einzigen äußeren Zeichen, die von der Tortur zurückgeblieben waren.

Das Paar kam mit der Bahn und benutzte dann die Fähre von Frankreich nach Dover. Dort stiegen sie in den Zug nach London.

In Dover erwartete sie ein Telegramm von van Helsing, in dem er ihnen die traurige, wenn auch nicht unerwartete Neuigkeit vom beinahe gleichzeitigen Tod von Lucy und ihrer Mutter mitteilte.

Der Professor bat die Harkers, mit ihm so bald wie möglich in London Verbindung aufzunehmen, wo er im Berkeley Hotel ein Zimmer gemietet habe.

Die Harkers stiegen in London an der Victoria Station aus. Da Jonathan sich noch erholen mußte, beschlossen sie, ebenfalls im Berkeley abzusteigen.

Als die beiden mit ihrem bescheidenen Gepäck in einer Droschke saßen, meinte Mina – mehr zu sich selbst als zu ihrem frischgebackenen Ehemann: »Ich kann es einfach nicht glauben, daß Lucy tot ist... und nie wieder zu uns zurückkommt. Sie war so voller Leben! Wie muß sie gelitten haben! Ihr Leben und meines waren noch vor ein paar Monaten so ganz anders. Was hatten wir für Hoffnungen – was für Träume!«

Harker hatte Lucy zwar kaum gekannt, teilte aber den Kummer seiner Frau. Doch jetzt blickte er aufgeregt aus dem Fenster der Droschke und nahm das fröhliche, anstrengende Leben von London in sich auf. Er war überglücklich, wieder die heimatlichen Geräusche und den Blick auf die Metropole genießen zu können. In den vergangenen Monaten hatte er schon oft die Hoffnung aufgegeben, sie je wiederzusehen.

Mitten in diesem lärmenden Treiben in den vertrauten Straßen konnte er sich endlich entspannen. Um so stärker traf es ihn, als er wenige Minuten später den schlimmsten Schock seines Lebens erlitt, als die Kutsche an einer Kreuzung halten mußte.

Er sah Dracula! Es war unverwechselbar der Graf aus den Karpaten, wenn er jetzt auch viel jünger und vitaler aussah und nach neuester westlicher Mode gekleidet war. Dracula stand unter einer Straßenlaterne und blickte Harker arrogant und nicht im geringsten überrascht an.

Nachdem Dracula seinem ehemaligen Gefangenen so dreist begegnet war, drehte er sich um und ging in ein Pub.

Harker wollte aufspringen, aber seine zerrütteten Nerven ließen ihn im Stich, und die Knie wurden ihm schwach.

Mina versuchte ihn zu stützen. Erschreckt sah sie, wie es im Gesicht ihres Mannes vor Schreck und Überraschung wild zuckte.

»Jonathan, was ist denn?«

Wie im Fieber deutete Harker aus dem Fenster und stammelte: »Da – da ist er! Der Graf! Ich h-habe ihn gesehen. Er ist wieder jung geworden!«

Mina war, als griffe eine eiskalte Hand nach ihrem Herzen. Sie schaute aus der Droschke, die immer noch nicht weiterfahren konnte; aber wer auch immer ihren Mann so in Panik versetzt hatte, er war verschwunden.

Harker war plötzlich wie ausgewechselt. Seine Augen waren klar, seine Stimme entschlossen.

»Carfax!« rief er und schnippte mit den Fingern. »Da ist der Bastard bestimmt!«

»Carfax? Der Besitz, den du für ihn gekauft hast?«

Harker nickte. »Einer davon. Ja.« Er griff in seine Reisetasche und holte ein schmales Buch heraus. Das gab er Mina mit der Bitte, es zu lesen. Es war das Tagebuch, das der junge Mann geführt hatte, als er auf Schloß Dracula gefangen war und das er auf seiner Flucht mit herausgebracht hatte.

Aufgeregt drückte er Mina das Buch in die Hände.

Dann blickte er sie flehend an. »Liebes, bis jetzt habe ich dir nur das Allernötigste über die Ereignisse an diesem höllischen Ort erzählt. Jetzt möchte ich, daß du jedes Wort in diesem Buch liest. Dann wirst du alles verstehen... ich hoffe jedenfalls.«

Minas Hände schlossen sich um den schmalen Band. »Was hast du vor, Jonathan?«

»Ich tue, was ich tun muß!« Im nächsten Augenblick sprang Harker aus der Droschke und lief so schnell, wie sein lahmes Bein es ihm gestattete, hinter Dracula her.

Er bahnte sich mit den Ellenbogen einen Weg durch die Menschenmenge und stürzte ins Pub. Dort spähte er angestrengt durch den Rauch.

Der Stau hatte sich aufgelöst. Mina befahl dem Kutscher, an den Straßenrand zu fahren und dort zu warten. Als der Mann sich nicht gerade begeistert zeigte, verlieh sie ihrem Befehl mit einigen Münzen Nachdruck.

Harker sah gerade noch, wie der von ihm Gesuchte durch eine Hintertür verschwand. Wieder drängte er sich rücksichtslos durch die Menge, ohne auf die Proteste zu achten.

Als er durch die Tür trat, durch die Dracula das Pub verlassen hatte, stand er in einer nebligen Seitengasse. Wieder erhaschte er noch einen Blick auf den Grafen. Der blieb stehen, lächelte und schien seinem Verfolger zu winken.

Wieder folgte ihm Harker. Im Augenblick verdrängten Wut und Empörung seine Angst und auch seinen gesunden Menschenverstand.

Doch dann ergriff plötzlich ein Wirbelwind den Nebel um Harker. Aus dem tanzenden Dunstschleier kam eine riesige, dunkle Fledermaus, so groß wie ein Mensch, auf ihn zu und schleuderte ihn zurück.

Er stürzte aufs Kopfsteinpflaster und verlor die Besinnung.

13

In einer kalten und nebligen Septembernacht betraten vier Männer mit Werkzeug, Waffen und Laternen den Friedhof von Hillingham.

Van Helsing hatte auf diesem Unternehmen bestanden und hatte es auch organisiert. Jetzt ging er voran, gefolgt von seinem schlecht informierten Assistenten Dr. Seward, der mit zusammengebissenen Zähnen mitmachte. Der Professor hatte die tiefen Nachtstunden gewählt, weil er neugierigen Dienstbotenaugen und den dann unweigerlich laut werdenden Gerüchten entgehen wollte.

Quincey Morris hatte immer noch keine Ahnung, was für ein Feind ihn damals angegriffen hatte. Er war jedoch fest entschlossen, seinen Freunden zu helfen. Jetzt ging er neben dem doppelt vom Tod eines geliebten Menschen betroffenen Arthur Holmwood her, der nach dem Tod seines Vaters den Titel eines Lord Godalming geerbt hatte.

Quincey und Arthur waren über das Ziel dieses nächtlichen Ausflugs noch weniger unterrichtet als Seward. Beide waren nur zögernd mitgegangen. Van Helsings Behauptung, es müsse in dieser Nacht etwas Lebensnotwendiges in der Familiengruft der Westenras durchgeführt werden, hatte sie erschreckt. Sie standen vor einem Rätsel.

Die vier Männer verließen das Haus durch eine Seitentür und blieben auf dem Weg durch den Park dicht beisammen. Als sie den Familienfriedhof der Westenras erreicht hatten, gingen sie an den Grabsteinen entfernter Verwandter und treuer Dienstboten vorbei zu dem beeindruckenden Mausoleum mit der Familiengruft.

Laut Lucys Testament hatte Arthur Holmwood ihren gesamten Besitz, eingeschlossen das Erbe von ihrer Mutter, geerbt. Daher war Arthur mit allen Schlüsseln versehen. Zögernd blieb er vor dem Eisentor stehen, das die Gruft und die Mitglieder der Familie, die hier seit Jahrhunderten bestattet waren, vor Eindringlingen schützte. Erst auf ein gebieterisches Zeichen van Helsings und Sewards Kopfnicken hin steckte er den Schlüssel ins Schloß. Es öffnete sich geräuschlos, da alles erst vor wenigen Tagen für die Doppelbestattung geölt worden war.

Schweigend führte Van Helsing die Freunde mit hoch erhobener Laterne hinein und hinunter.

Als Seward seinem alten Freund über die Steinstufen folgte, erinnerte er sich mit schmerzlicher Deutlichkeit daran, wie die Gruft am Tage ausgesehen hatte, als sie Lucy und ihre Mutter zur letzten Ruhe gebettet hatten. Trotz der vielen frischen Blumen war es düster und unheimlich gewesen. Jetzt sahen die Blumengebinde im Schein der Laternen welk aus. Einige weiße Blüten waren schon abgestorben und färbten sich bräunlich. Spinnen und Käfer hatten wieder die Herrschaft angetreten. Das Mauerwerk war von der Zeit verfärbt, der Mörtel staubbedeckt, und das rostige, feuchte Eisen und das angelaufene Messing und Silber reflektierten den Kerzenschein nur schwach. Seward fand, daß alles jetzt viel jämmerlicher und schmutziger aussah, als er gedacht hatte.

Van Helsing machte sich sogleich systematisch an die Arbeit. Er gab Morris seine Laterne, zündete eine Kerze an und hielt sie so, daß er die Inschriften auf den Sarkophagen lesen konnte. Auch Lucys Sarg ruhte in einem steinernen Sarkophag mit schwerer Platte. Die mußten die Männer erst zu viert beiseite schieben.

Arthur Holmwood räusperte sich. Das Geräusch klang in der Stille gräßlich. »Müssen wir Lucys Grab wirklich entweihen? Sie starb doch schon so schrecklich –« fragte er.

Van Helsing hatte den Männern so ihre Plätze zugewiesen, daß er ausreichend Licht hatte. Jetzt hob er die Hand. Er benahm sich beinahe wie ein Professor in einer Vorlesung. »Wenn Miss Lucy tot ist, können wir ihr keinerlei Schmerz zufügen. Ist sie jedoch nicht tot, so –«

Bei dieser Vorstellung brach Holmwood fast zusammen. »Mein Gott! Was sagen Sie da? Haben wir sie etwa lebendig begraben!«

Der alte Professor blickte ihm beruhigend in die Augen. »Was ich damit sagen will ist nur, daß sie ›untot‹ sein kann.«

Dann griff er zum Schraubenzieher und machte sich daran, den äußeren Sargdeckel zu lösen. Seward und Quincey Morris halfen ihm, als er sie darum bat.

Arthur schaute zu. Er war nahe daran, vollständig die Fassung zu verlieren. »Was soll das heißen: ›untot‹? Jack? Quincey?«

Quincey Morris schüttelte nur den Kopf. Er war jetzt entschlossen, der Sache ganz auf den Grund zu gehen.

Holmwood protestierte weiter. »Das ist doch Wahnsinn! Was hat die arme Lucy denn getan, daß ich jetzt eine solche Entweihung gestatten sollte? Sie ist schrecklich genug gestorben!«

Van Helsing hatte endlich die letzte Schraube entfernt und ließ die beiden anderen den Deckel hochheben, so daß das Innengehäuse aus Blei sichtbar wurde.

Dieser Anblick war fast zuviel für Holmwood.

Dann nahm der Professor wieder den Schraubenzieher und stach damit in das luftdichte Bleigehäuse. Seward zuckte zurück. Als Arzt hatte er eigentlich erwartet, daß Leichengas zischend durch das Loch entweichen würde. Aber nichts dergleichen geschah. Professor van Helsing setzte jetzt einen Fuchsschwanz an dem Loch an.

Er sägte an dem Bleisarg ein paar Fuß hinauf, dann quer hinüber und auf der anderen Seite wieder herunter. Schließlich packte er das lose Teil und bog es bis zum Fuß des Sarges zurück. Er trat einen Schritt zurück und winkte die anderen heran.

Langsam schoben sich die Männer näher – Holmwood als letzter – und blickten in den Sarg. Er war leer.

Holmwood war blaß geworden und zuckte zurück. »Wo ist sie?« Dann versagte ihm die Stimme. »Was haben Sie mit Lucy gemacht, van Helsing?« fuhr er nach einigen Augenblicken fort.

Die Worte des alten Professors kamen wie Hammerschläge. »Sie ist ein Vampir! *Nosferatu* nennt man das in Osteuropa. Eine Untote. Sie lebt jenseits der Gnade Gottes als Wanderin in der Dunkelheit. Wird jemand von einem *Nosferatu* gebissen und verseucht, wird er beinahe unsterblich.«

Quincey warf den Schraubenzieher von sich, den er noch immer in der Hand hielt, und stöhnte laut auf. Es war eine Mischung aus Wut und Verachtung, als weigere er sich immer noch zu glauben, was er mit eigenen Augen gesehen hatte.

Arthur Holmwood packte van Helsing am Arm. »Das ist doch Wahnsinn! Durch meine Bluttransfusion habe ich Lucy zu meiner Braut gemacht!« Niemand hatte ihm erzählt, daß Lucy noch drei weitere Transfusionen erhalten hatte, und jetzt wollte ihm das mit Sicherheit keiner von ihnen erzählen. »Ich werde sie vor dieser abscheulichen Schändung bewahren!«

Der Professor schlug mit der Hand auf den Bleieinsatz des leeren Sarges. Das gebogene Blech klang hohl. »Wie Sie sehen, ist Lucy nicht hier. Die Untoten müssen ewig weiterleben, Generation nach Generation, und sich vom Blut der Lebenden ernähren.«

»Lügen! Das können Sie nicht beweisen, Alter! Sie haben den Verstand verloren! *Was haben Sie mit ihr gemacht?*«

Im nächsten Augenblick hatte Holmwood dem überraschten Quincey den Revolver aus dem Gürtel gerissen und zielte wutentbrannt auf van Helsing.

Alle schwiegen schockiert. Quincey Morris war sprachlos, Holmwood vor Schmerz und Verwirrung fast irre. Der Revolver zitterte in seiner Hand. Seward überlegte fieberhaft, wie er Holmwood am besten beruhigen konnte. Er gab sich Mühe, sein berufsmäßiges Wissen über den Umgang mit Wahnsinnigen einzusetzen. Van Helsing stand wie versteinert da und schien nur stoisch abzuwarten, was das Schicksal ihm in der nächsten Sekunde bringen würde.

Auf einmal hob der Professor jedoch den Kopf und lauschte. Er hob die Hand und gebot allen Schweigen.

Gleich darauf hörten es auch die drei anderen Männer in der Gruft. Draußen sang eine Frauenstimme. Es war eine Art Wiegenlied.

Die Männer blickten sich schweigend voller Verwunderung an.

Wieder gebot van Helsing ihnen entschieden Schweigen. Dann trieb er seine Gefährten zwischen den Sarkophagen hindurch in eine Nische, die man von den Stufen, die in die Gruft hinabführten, nicht einsehen konnte.

Sobald sie sich dort verborgen hatten, blies er die Kerzen aus und schob die Blende vor die eine Laterne, so daß alles dunkel war.

Die vier Männer hielten den Atem an, während sie in der Dunkelheit warteten. Nur schwach fiel das Mondlicht durch den Eingang in die Gruft herab. Seward fiel ein, daß sie das Eisentor offen gelassen hatten.

Was er eigentlich erwartete, hätte er in diesem Augenblick nicht sagen können; aber jedenfalls nicht das, was dann geschah. Eine weiße Gestalt stieg die Stufen herab. Sie hielt etwas in den Armen und sang leise ein Schlummerlied. Alles sah unwirklich, gespenstisch aus.

Die Gestalt blieb stehen und kicherte, dann sang sie wieder und ging weiter. Seward kannte dieses Kichern.

Er spürte, wie sich ihm die Haare aufstellten. Van Helsing hielt seinen Arm mit eisernem Griff umklammert. Die Stimme dieser Erscheinung war unzweifelhaft die von Lucy – von der Frau, die Seward selbst für medizinisch tot erklärt und deren Bestattung er mit eigenen Augen gesehen hatte. Aber jetzt klang die Stimme irgendwie undeutlich, fast wie betrunken, als sie leise ihr Liedchen sang.

Auf ein Wort von van Helsing hin traten die Männer aus ihrem Versteck hervor. Der Professor schob die Blende von der Laterne, so daß der Lichtstrahl auf die Gestalt auf der Treppe fiel.

Das Gesicht und das rote Haar der Frau gehörten eindeutig Lucy. Die Laterne warf ihr hartes Licht auf sie. Alle vier Männer sahen, daß ihre Lippen von frischem Blut gerötet waren. Das Blut war auch über ihr Kinn herabgeflossen und hatte das weiße Gewand beschmutzt, das ihr Hochzeitskleid hatte werden sollen. Jetzt war es über der Brust zerrissen.

Ohne einen Gedanken daran zu verschwenden, schleuderte Lucy, eiskalt wie eine Teufelin, das Kind zu Boden, das sie in den Armen gehalten hatte. Als die Männer näher kamen, fauchte sie und fletschte dabei ihre Zähne, die jetzt unmenschlich scharf und spitz waren. Rückwärts schob sie sich die restlichen Stufen herab und bewegte sich auf ihren Sarg zu.

Seward sprang vor und hob das schreiende Kind auf. Wie benommen stellte er dabei mit seinen ärztlichen Instinkten gleich fest, daß der Säugling anscheinend nicht schwer verletzt war.

Quincey Morris' Gesicht spiegelte stummes Grauen, als er so vor der Erscheinung stand. Instinktiv hatte der Texaner sein Bowie-Messer gezogen und hielt es kampfbereit ausgestreckt.

Holmwood hatte zu viel Schweres erlebt. Ihn verließen die Kräfte, und seine Knie gaben nach.

Lucy stand neben ihrem Sarg. Erst jetzt schien sie die Anwesenheit ihres Verlobten in der Gruft zu bemerken. Wie durch Zauberhand verschwand jede Spur von Bösem und Teuflischem aus ihrem Gesicht.

Sie sah so schön und jungfräulich aus wie früher im Leben, als sie jetzt auf ihn zuging und murmelte:

»Komm zu mir, Arthur! Laß die anderen und komm zu mir. Meine Arme verlangen nach dir. Komm, wir ruhen uns zusammen aus. Komm zu mir, mein geliebter Gatte, komm –«

Obwohl Seward vor Entsetzen noch immer wie betäubt war, erkannte er doch, daß in Lucys Stimme eine teuflische Süße mitschwang, als würde man ein Glas erklingen lassen, indem man den Rand rieb...

Holmwood hatte wie in Trance die Arme ausgebreitet und ging auf sie zu.

»Lucy«, würgte er hervor.

Wie damals schon sprang van Helsing zwischen die beiden. Diesmal hielt er ein Kruzifix in die Höhe.

Fauchend fuhr Lucy mit verzerrtem Gesicht vor dem Kreuz

zurück. Noch nie hatte Seward so viel Bosheit und abgrundtiefe Gemeinheit auf einem Gesicht gesehen. Wenn je ein Gesicht den Tod brachte – wenn Blicke töten konnten –, dann sah er dies jetzt bei Lucy.

Van Helsing hielt das Kreuz hoch und ließ den Vampir keine Sekunde aus den Augen. Dabei fragte er Holmwood: »Nun, mein Freund, antworten Sie mir jetzt! Soll ich mit meiner Arbeit weitermachen?«

Arthur war stöhnend auf die Knie gefallen und hatte das Gesicht in den Händen verborgen. »Tun Sie, was Sie wollen, van Helsing.« Seine Stimme war kaum zu hören.

Der Professor trieb das fauchende Weib mit dem Kruzifix zurück, als sende dieses eine unsichtbare, übermächtige Kraft aus. Plötzlich sprang das Wesen mit einem grotesken, unnatürlichen Satz in die Luft, spuckte Blut auf van Helsing und verschwand in dem Sarg.

Jonathan Harker ließ seine Frau nun schon Minuten auf der Straße warten.

Mina war zunächst einzig um die Sicherheit ihres Mannes besorgt gewesen: Doch dann machte sie sich zwar noch ernsthaft Gedanken, war aber nicht mehr so verzweifelt. Sie hatte die ersten Minuten der Warterei damit verbracht, einen Blick in sein Tagebuch zu werfen, seinen Reisebericht nach Transsylvanien. Dann konzentrierte sie sich auf die letzten Eintragungen, die die letzten Tage betrafen, die Jonathan als Draculas Gast, oder als Gefangener, dort verbracht hatte. Es war für sie immer noch unmöglich, mit Sicherheit zu sagen, ob die grauenvollen Erlebnisse, von denen er berichtete, wohl wirklich geschehen waren oder ob sie nur Produkte der verwirrten Phantasie ihres Mannes waren.

Minas Versuche, das Problem ruhig zu durchdenken, wurden immer wieder durch die Worte gestört, die ihr Mann ihr zugerufen hatte, ehe er aus der Droschke stürzte. Diese Worte gingen Mina nicht aus dem Kopf. Sie wurden immer entsetzlicher und liefen auf eine Schlußfolgerung hinaus, die sie immer noch nicht akzeptieren wollte.

Jonathan hatte gesagt: *»Da ist er! Der Graf! Ich habe ihn gesehen. Er ist wieder jung geworden!«*

Je mehr Zeit verrann, ohne daß Jonathan zurückkam, desto größer wurde Minas Angst um ihn. Immer wieder schaute sie von den Seiten des gräßlichen Tagebuchs hoch; vor dem Fenster der Droschke zogen jedoch nur die Schwaden des Londoner Nebels dahin. Sie überlegte, ob sie ihrem Mann folgen sollte? Wenn sie die Droschke verließ, würde Jonathan aber vielleicht zurückkommen, und dann würde sie nicht da sein.

Auf einmal pochte jemand an die Tür der Droschke. Erleichtert rief Mina: »Jonathan.«

Doch als die Tür von außen aufgerissen wurde, stand vor ihr der Prinz, ihr geheimnisvoller Geliebter, und nicht ihr Gatte.

Mina wich zurück, doch er bat sie: »Nein, ich flehe dich an! Ich mußte dich sehen. Ich bin wie wahnsinnig ohne dich.«

Mina versagte die Stimme.

Er stieg halb in die Droschke ein und streckte die Arme nach ihr aus.

Behutsam machte sie sich frei. »Bitte, du hast kein Recht. Mein Mann –«

»Mina« – Einen Augenblick lang glaubte sie, daß er noch einen anderen Namen genannt hatte. »Ich habe Ozeane der Zeit überquert, um dich zu finden. Kannst du verstehen, was ich für dich fühle? Es war eine ständige Suche – hoffnungslos und nie endend. Bis das Wunder geschah.«

Zur selben Zeit legte Van Helsing vorsichtig das Sezierbesteck und einige andere merkwürdige Gegenstände auf einen Marmorsarkophag in der Westenra-Familiengruft. Darunter stach besonders ein Holzpflock hervor, der über zwei Fuß lang und sorgfältig angespitzt war. Zusätzlich war die Spitze noch im Feuer gehärtet worden. Außerdem hatte der Professor noch einen schweren Hammer mitgebracht, mit dem man normalerweise Kohlebrocken zerkleinerte.

Die Frau im Sarg war bewußtlos oder lag im Koma. Ihre Augen waren geschlossen. Aber mit den spitzen Zähnen und dem blutverschmierten Mund sah sie für alle Anwesenden aus wie ein Bild aus einem Alptraum, ein Zerrbild der schönen Lucy.

Selbst Arthurs Züge verhärteten sich, als er sie jetzt betrachtete. Seine Stimme klang wieder kräftig, als er van Helsing fragte: »Ist dies nun wirklich Lucys Körper, oder ist das ein Dämon in ihrer Gestalt?«

Der alte Professor antwortete: »Es ist ihr Körper – und auch wieder nicht. Aber warten Sie nur noch ein wenig, dann werden Sie sie so sehen, wie sie war und ist.«

Nachdem er befriedigt festgestellt hatte, daß alle notwendigen Hilfsmittel bereitlagen, fuhr er fort: »Ehe wir irgend etwas tun, möchte ich Ihnen noch etwas erklären. Wenn jemand zu einem ›Untoten‹ wird, trägt er nach der Verwandlung auch den Fluch der Unsterblichkeit. Er kann nicht auf gewöhnliche Art und Weise sterben, sondern muß immer weiterleben und sich in jeder Generation neue Opfer suchen. Und alle, die von den Bissen eines ›Untoten‹ sterben, werden selbst ›Untote‹. So geht der Teufelskreis immer weiter und wird immer größer. Wie bei Wellen, die sich kreisförmig ausbreiten, wenn man einen Stein ins Wasser wirft.

Die Karriere als Vampir hat für diese unglückliche, uns so

teure junge Dame eben erst begonnen. Die Kinder, deren Blut sie gesaugt hat, sind noch nicht besonders schlimm dran.« Bei diesen Worten wandten sich die Blicke der anderen dem bewußtlosen Kind in Sewards Armen zu. »Wenn Lucy aber als ›Untote‹ weiterlebt, dann wird ihre Macht über die Kleinen immer größer und verderblicher werden.

Wenn sie jedoch wahrhaftig stirbt, schließen sich die kleinen Wunden an ihren Hälsen, und die Kinder können wieder spielen, ohne daran denken zu müssen, was geschehen ist.«

Die Stimme des Professors wurde weicher. »Aber am allerwichtigsten ist, daß diese ›Untote‹ wie eine richtige Tote Ruhe findet, damit die Seele der armen Lucy, die wir alle geliebt haben, wieder frei ist. Dann kann sie ihren Platz unter den Engeln einnehmen. Daher wird die Hand gesegnet sein, die den Schlag führt, der ihr die Freiheit schenkt – die Hand, die sie selbst vor allen anderen ausgewählt hätte, wenn sie die Wahl selbst hätte treffen können.«

Van Helsing machte eine Pause und schaute die Männer neben sich an. »Sagen Sie mir, wer von uns sollte diesen Schlag führen?«

Alle Blicke richteten sich auf Holmwood.

Holmwood verstand zwar immer noch nicht alles; aber der grauenvolle Anblick hatte ihn überzeugt.

Er wandte sich daher an van Helsing: »Vom Grunde meines zerbrochenen Herzens danke ich Ihnen. Sagen Sie mir, was ich tun soll.«

Die Anweisungen erfolgten sachlich, ohne Gefühle. »Nehmen Sie den Pflock in die linke Hand, so daß sich die Spitze über Lucys Herz befindet. Dann packen Sie mit der rechten den Hammer. Wenn wir mit dem Gebet für die Tote beginnen, schlagen Sie zu – im Namen Gottes!«

Holmwood wurde wieder sehr blaß, nahm aber tapfer und entschlossen Pflock und Hammer, als der Professor ihm beides übergab.

»Nur einen Augenblick Mut«, versicherte ihm van Helsing, »und es ist vollbracht!«

Dracula hatte immer noch einen Fuß auf dem Trittbrett der Kutsche und streckte seine Arme sehnsüchtig nach Mina aus. Sie hatte schon fast den hoffnungslosen Kampf gegen ihre Gefühle aufgegeben.

Ihr Prinz flüsterte weiter: »Ich verlor dich schon einmal, noch einmal will ich dich nicht verlieren.«

Mina versuchte, an Jonathan zu denken, aber es gelang ihr nicht. Sie antwortete: »Ich kann nicht mehr gegen meine Gefühle kämpfen. Ich...«

Arthur Holmwood hatte die Spitze des Holzpflocks auf Lucys nackte, weiße Brust gesetzt. Dann hob er den Hammer – und schlug mit aller Kraft zu.

In London sah Mina im selben Augenblick voll Entsetzen, wie die Augen ihres Geliebten sich weiteten. Ihr Prinz taumelte von der Droschke zurück und griff sich an die Brust, als hätte er soeben eine tödliche Wunde ins Herz empfangen. Dabei entrang sich ein heiserer Schrei seiner Kehle: »Sie verwehren uns...!«

...und in der Gruft öffneten sich Lucys Augen bei dem todbringenden Schlag. Ihr Mund wollte einen Schrei ausstoßen...

...während Mina in London voller Angst beobachtete, wie der Prinz sich wie ein Wahnsinniger von ihr weg in die Menschenmenge stürzte und darin untertauchte. Dabei schrie er hilflos ihren Namen...

...während Professor van Helsing mit der starken und entschlossenen Hand eines Chirurgen mit einem scharfen Skalpell Lucys Kopf von ihrem Rumpf trennte, ehe sie einen Laut von sich geben konnte.

Dracula war endgültig in der Menge verschwunden.

Mina war völlig verzweifelt und verängstigt. Sie beugte sich aus dem Fenster der Droschke und schrie: »Jonathan! Jonathan!«

Da wurde plötzlich die andere Tür von außen aufgerissen. Diesmal war es Harker. Zerzaust, voller Blutergüsse und ohne Hut sprang er herein und schloß seine Frau in die Arme.

Die vier Männer in der Gruft waren körperlich erschöpft und von dem Geschehen ausgelaugt. Stumm standen sie jetzt um Lucys offenen Sarg herum.

Die junge Frau sah jetzt friedlich aus. Van Helsing hatte ihren Kopf wieder an seinen Platz gelegt. Dann hatte er den Holzpflock direkt über der Brust abgesägt. Die scharfe Spitze hatte er aber wohlüberlegt in der Brust der jungen Frau gelassen.

Voll Scham und Erstaunen betrachteten die vier Männer Lucys unendlich süßes und jungfräulich reines Gesicht. So, nur so hatte Lucy ihrer Erinnerung nach während ihres kurzen Lebens tatsächlich ausgesehen.

Nach einem schier endlosen Schweigen wandte sich van Helsing müde und erschöpft an Arthur Holmwood:

»Jetzt können Sie Lucy küssen.«

14

Zwei Tage waren vergangen, seit Arthur Holmwood den schweren Kohlenhammer mit der rechten Hand gepackt und den scharfen Pflock Lucy Westenra ins Herz getrieben hatte; zwei Tage, seit der Professor mit dem scharfen Skalpell den Kopf der jungen Frau von ihrem Körper getrennt hatte.

Jetzt hielt Professor van Helsing ein scharfes Messer in der Hand. Seine geübten Chirurgenhände tranchierten geschickt das Roastbeef. Er hatte zwei neue Bekannte in ein Séparée des Speisesaals im Hotel Berkeley eingeladen, wo er wohnte, wenn er in London war.

Van Helsings Gäste waren Mina und Jonathan Harker, das frischgebackene Ehepaar. Inzwischen hatte van Helsing Gelegenheit gehabt, Jonathans Tagebuch über seine unglückselige Reise nach Osteuropa und Minas Tagebuch über dieselbe Zeit zu lesen. Die beiden Büchlein lagen jetzt auf der Damasttischdecke. Der Professor hatte den beiden schon viele Fragen zum Inhalt der Tagebücher gestellt, aber er wollte immer mehr wissen.

Während des ausgezeichneten Essens erzählte van Helsing immer wieder davon, was er gelesen hatte.

»Eine unglaubliche Geschichte, Mr. Harker, ohne Zweifel.« Eine kurze Pause, während der er kaute und schluckte. »Aber so entsetzlich das alles auch klingt – für mich besteht kein Zweifel, daß Ihr Tagebuch der Wahrheit entspricht. Dafür bürge ich mit meinem Leben. Kommen Sie, essen Sie! Noch eine Kartoffel? Feiern Sie Ihre Entdeckung!«

Der Professor genoß das Essen und strahlte aus Freude über die Entdeckung seinen anderen Gast an.

»Und Sie, liebe Madame Mina, haben ja auch darauf bestanden, daß ich Ihr Tagebuch lese! Also, Sie machen mir Hoffnung, daß es immer noch gute Frauen gibt, die Glück ins Leben bringen. Liebe Mina, Sie haben den Verstand eines hochintelligenten Mannes und dazu das warme Herz einer Frau.«

Mina stocherte in ihrem Essen herum. In ihrem Herzen tobte ein Konflikt, über den sie nicht zu sprechen wagte. Mühsam rang sie sich ein Lächeln über dieses wohlgemeinte Kompliment ab.

Van Helsing lachte kurz auf und leckte sich dann geistesabwesend etwas roten Fleischsaft von den Fingern. Erst dann erinnerte er sich an seine Serviette.

Seine hellen Augen musterten Jonathan. »Aber da bleibt noch eine Frage, die ich Ihnen als Arzt unbedingt stellen muß, Jonathan.«

»Bitte, fragen Sie.«

»Bei Ihrem Seitensprung mit diesen drei dämonischen Frauen – haben Sie da zu irgendeinem Zeitpunkt von deren Blut gekostet?«

Harker schlug verlegen die Augen nieder. Dabei schüttelte er aber, ohne lange überlegen zu müssen, heftig den Kopf. »Nein!«

Van Helsing entspannte sich sichtbar. »Dann ist Ihr Blut sicher nicht mit der Krankheit verseucht, die die arme Lucy dahingerafft hat.«

Bei diesen Worten fiel Harker offensichtlich ein Stein vom Herzen. Er war wie neu geboren. Er griff nach seinem Stock und wollte aufstehen, ließ es aber und beugte sich über den Tisch.

»Sind Sie auch ganz sicher, Doktor?« fragte er eindringlich.

Van Helsing nickte. »Sonst hätte ich es nicht gesagt.«

Da schlug Harker mit der Faust auf den Tisch, daß das Geschirr klirrte. »Dann danke ich Gott! Ich war dabei, alles in Zweifel zu ziehen – besonders mich selbst. Ich war vor Angst völlig kraftlos. Sie haben mich geheilt.«

Der Professor nickte befriedigt. Dann suchten seine Augen unter den buschigen Brauen Minas Blick. »Und Sie, liebe Mina, sind auch Sie geheilt?«

Mina versuchte zu verbergen, daß ihr diese Frage äußerst unangenehm war. »Geheilt, Doktor? Wovon?«

Van Helsings Stimme war ruhig und leise. Sie enthielt nicht die Spur einer Anklage. »Von dem, was auf den Seiten Ihres Tagebuchs geschah, die Sie so sorgfältig herausgetrennt haben.«

Mina starrte den alten Mann trotzig an. Ihr Mann genoß das Gefühl der Erleichterung so sehr, daß er die Frage nicht gehört oder nicht verstanden hatte, worauf der Professor anspielte.

Die junge Frau schwieg einen Augenblick. Van Helsing schien sie auch bereits vergessen zu haben. Doch dann holte er – wie ein Zauberkünstler – plötzlich eine Goldmünze aus der Luft und legte sie direkt vor Mina auf das weiße Tischtuch.

Als sie ihren Blick vom glänzenden Metall abwandte und ihn anschaute, sagte er ganz ruhig: »Ihr Mann hat mir diese Münze gegeben. Er fand sie und noch andere – *dort*.«

Die Münze lag mit der Kopfseite nach oben zwischen Brotkrümeln und Flecken auf dem weißen Damast. Die junge Frau starrte wie gebannt auf das kühne Profil des jugendlichen Herrschers, das dort eingeprägt war. Sie konnte das Entsetzliche kaum fassen, daß sie dies Profil kannte.

Van Helsing beobachtete ihre Reaktion sehr genau. Dann sagte er: »Der alte Prinz Dracul. Er starb vor vierhundert Jahren, aber sein Leichnam wurde nie gefunden.«

Mina fuhr erschrocken zusammen, als der Professor sie aus ihren Gedanken riß und ihr eine Scheibe Fleisch auf den Teller legte, das, wie es sich für Roastbeef gehörte, in der Mitte noch blutig war.

Die Augen des alten Gelehrten bohrten sich in ihre. Offenbar wollte er etwas herausfinden. »Sie essen wie ein Spatz, Mina!« tadelte er. »Greifen Sie zu! Schlemmen Sie! Sie werden in den dunklen Tagen, die vor Ihnen liegen, noch viel Kraft brauchen.«

Mina blickte ihren Mann an. Jonathan griff jetzt herzhaft zu. Er wirkte viel kräftiger als in der Zeit seit ihrem Wiedersehen in Budapest. Die gute Nachricht, daß sein Blut nicht verseucht sei, schien ihn mit einem Schlag gesund gemacht zu haben. Als er Minas Blick auffing, lächelte er und streckte ihr die Hand entgegen. Sie zögerte unmerklich, und da ergriff sie sie.

Als Jonathan jetzt ihre Hand hielt, fragte Mina van Helsing: »Sagen Sie mir, Doktor, wie ist Lucy gestorben? Ich meine, ich möchte wissen, was später in der Gruft geschah, nachdem ihr Totenschein längst ausgestellt war.

Ich kenne die schrecklichen Fakten – Dr. Seward hat mir einiges erzählt; nur die Einzelheiten kenne ich nicht. Sie war meine beste Freundin, aber niemand hat mir bisher die Wahrheit gesagt. Hatte sie große Schmerzen?«

Van Helsing antwortete absichtlich schroff. »*Jawohl.* Das kann man wohl sagen, zumindest am Anfang. Nachdem wir jedoch ihren Kopf abgetrennt und einen Holzpflock in ihr Herz getrieben haben, ruht sie jetzt in Frieden.«

Entsetzt starrte Mina ihn an.

Es war auch für Harker das erste Mal, daß er die grauenvollen Einzelheiten über Lucys Erlösung hörte. Er erhob sich halb vom Stuhl, und seine Stimme bebte, als er sich einmischte. »Das ist wirklich mehr als genug, Doktor.«

Der alte Professor betrachtete ihn mitleidig. Seine Miene wurde weicher. »Genug? Nun, vielleicht für den Augenblick. Aber jetzt verstehen Sie wohl beide, warum wir den dunklen Prinzen finden und dasselbe für ihn tun müssen. Vielleicht verstehen Sie jetzt auch, daß wir keine Zeit verlieren dürfen.«

Harker ließ sich auf seinen Stuhl zurücksinken. Sein Gesicht und seine Stimme waren hart geworden. »Zum Glück weiß ich, wo dieser Bastard wahrscheinlich schläft! In einem der Häuser in London, bei deren Kauf ich ihm behilflich war. Ich tippe auf Carfax.«

»Ja, auf diesen Namen bin ich in Ihrem Tagebuch schon gestoßen. Wenn er auf Carfax lebt, ist der schwarze Teufel Jack Sewards Nachbar!«

Van Helsing schob impulsiv Teller, Gläser und Besteck beiseite und packte Jonathans und Minas Hände, so daß sie alle drei eng verbunden waren.

»Wir müssen Ihren untoten Grafen finden, ihm den Kopf abschneiden und sein Herz durchbohren, damit die Welt Ruhe vor ihm hat.«

Mina wurde blaß, sagte aber kein Wort. Van Helsing bemerkte ihre Reaktion, ihr Mann allerdings nicht.

Nachdem sie sich mit Handschlag darauf verständigt hatten, holte Harker mit neuer Energie einige Dokumente hervor.

Er sagte: »Wir wissen, daß genau fünfzig Kisten mit Erde von der *Demeter* entladen wurden. Einige davon habe ich bereits zu den anderen neun Grundstücken verfolgt, die Graf Dracula in den anderen Stadtteilen von London gekauft hat. Wir – oder irgend jemand – muß diese Häuser aufsuchen und sicherstellen, daß die Kisten samt Inhalt vernichtet werden.«

Der Professor suchte in der Tasche nach seinem Zigarrenetui und nickte. »Der gute Quincey Morris, Jack Seward und Arthur

Holmwood werden uns mit Sicherheit helfen. Es muß getan werden.«

»Der Großteil der Kisten – meiner Schätzung nach über dreißig – ist jedoch nach Carfax gegangen. Ich nehme an, daß sie noch dort sind.«

Wieder nickte van Helsing. »Sicher, und deshalb müssen wir so schnell wie möglich dorthin. Ach, übrigens – in der Zeitung steht heute etwas sehr Interessantes:

PALL MALL GAZETTE

3. OKTOBER

Wolf ausgebrochen

Ein gefährliches Abenteuer unseres Reporters
Interview mit dem Aufseher des Zoologischen Gartens

Nach vielen Anfragen und beinahe ebenso vielen abschlägigen Antworten habe ich endlich den Aufseher des Zoologischen Gartens ausfindig machen können, in dessen Abteilung sich die Wölfe befinden. Thomas Bilder wohnt im Zoo in einem der Häuschen hinter dem Elefantenhaus. Er saß gerade beim Tee, als ich ihn besuchte.

Nachdem abgetragen worden war und er sich eine Pfeife angesteckt hatte, sagte Bilder: ›Nun, Sir, schießen Sie los und fragen Sie, was Sie wollen. Ich weiß allerdings schon, warum Sie ge-

kommen sind. Es geht sicher um den entflohenen Wolf.‹

›Ganz richtig. Ich wollte Sie bitten, mir Ihre Ansicht über die Sache mitzuteilen. Was war Ihrer Meinung nach der Grund, und wie wird die Sache ausgehen? Wie können Sie sich überhaupt erklären, daß der Wolf überhaupt fliehen konnte, Mr. Bilder?‹

›Also gut, Sir. Ich werde Ihnen die ganze Geschichte erzählen; aber ich weiß nicht, ob Sie mit meiner Theorie zufrieden sind.‹

›Aber selbstverständlich. Wenn ein Mann wie Sie, der die Tiere wie kein zweiter kennt, nicht einmal eine Theorie aufstellen kann – wer dann?‹

›Na schön, Sir. Also meiner Meinung nach ist der Wolf entflohen – weil er einfach raus wollte.‹

Thomas Bilder und seine Frau lachten herzlich über diesen Scherz, den er bestimmt schon mehrfach angebracht hatte.

Ich drückte ihm wie versprochen einen halben Sovereign in die Hand, als etwas gegen das Fenster stieß. Mr. Bilders Gesicht wurde vor Überraschung fast doppelt so lang.

›Gott steh mir bei!‹ sagte er. ›Wenn das nicht der alte Berserker ist! Ist er von ganz allein wieder nach Hause gekommen!‹

Er ging zur Tür und machte sie auf, was mir eigentlich äußerst übertrieben vorkam. Mir gefallen wilde Tiere am besten, wenn ein nach-

weislich unüberwindliches Hindernis zwischen ihnen und mir steht.

Doch andere Menschen, andere Sitten. Bilder und seine Frau behandelten den Wolf wie andere Menschen einen Hund. Das ganze Erlebnis war eine merkwürdige Mischung von Komik und Pathos. Der bösartige Wolf, der London tagelang in Atem gehalten und alle Kinder in der Stadt vor Angst hatte schlottern lassen, war reuig und friedfertig zurückgekehrt und wurde verhätschelt wie der verlorene Sohn.

Der alte Bilder untersuchte ihn mit zärtlichster Besorgnis von oben bis unten und sagte: ›Na, ich wußte doch, dem armen Kerl würde etwas passieren. Habe ich's nicht immer gesagt? Sein Kopf ist zerschnitten und mit Glassplittern gespickt. Er muß über 'ne verdammte Mauer gesprungen sein. Eine Schande, daß die Leute ihre Mauern mit Glasscherben belegen. Das haben wir jetzt davon! Komm schon, Berserker!‹

Am selben Tag, an dem die Harkers mit Professor van Helsing im Hotel Berkeley zu Mittag gegessen hatten, versammelten sich fünf Männer und eine Frau kurz nach Einbruch der Dunkelheit in dem durch eine Mauer geschützten Park von Dr. Sewards Irrenanstalt. Im Schein der Laternen wölbten sich die kahlen Äste der Bäume über der kleinen Gruppe. Das Laub raschelte im Wind. Der Sommer hatte sich in jenem Jahr schnell verabschiedet.

Den Platz konnte man von Renfields Zelle aus sehen, ebenso die hohe Mauer, die das Gelände der Anstalt von dem Nebengrundstück Carfax trennte. Sie war jedoch sicher leicht zu überwinden. Das dunkle, verfallene Herrenhaus Carfax konnte man nachts von der Stelle aus, wo die sechs standen, nicht sehen. Trotzdem war das Gebäude in allen Köpfen.

Harker hatte für dies nächtliche Werk seinen Stock weggelassen und hielt Minas Hand. Van Helsing überprüfte die Gegenstände, die sie mitgebracht hatten. Alle Männer waren für schmutzige Arbeit angezogen. Sie hatten Äxte mit Schaufeln dabei. Außerdem waren sie mit Messern, Revolvern, Fackeln und Abblendlaternen bewaffnet. Bei diesen Lampen konnte man durch einen eng schließenden Schieber den Lichtstrahl voll eindämmen oder schnell aufblenden. Van Helsing hatte außerdem noch einige der neuen tragbaren elektrischen Lampen mitgeschleppt, die mit Hilfe schwerer, unhandlicher Batterien betrieben wurden.

Schließlich verteilte der Professor noch an jeden einen Kranz Knoblauchblüten und ein Kruzifix.

Holmwood hatte darauf bestanden, drei seiner streitbaren Jagdterrier mitzubringen. Die Hunde zerrten an ihren Leinen und winselten aufgeregt. Ihr Besitzer meinte nur trocken, er befürchtet, daß in einem so alten Gebäude wie Carfax Ratten ein Problem sein könnten.

Nachdem van Helsing noch einen letzten Blick auf die Ausrüstung geworfen hatte, nickte er zufrieden.

Dann erteilte er mit gedämpfter Stimme letzte Anweisungen.

»*Er* kann die Elemente, den Sturm, den Nebel und den Donner dirigieren. Er befiehlt auch bösartigen Tieren, wie Fledermaus, Nager und Wolf. Um seine bösen Kräfte zu erhalten und zu stärken, muß er jedoch in der heiligen Erde seiner Heimat ruhen – und diese Zuflucht werden wir ihm zerstören.

Aber denken Sie immer daran: Wenn wir hier versagen, geht

es nicht nur um Leben oder Tod, sondern es besteht die Gefahr, daß wir so werden wie er und über die Seelen der Menschen herfallen, die wir am meisten lieben.«

Quincey Morris lud seinen schweren Marinecolt und ließ mit lautem, metallischem Klicken die Sicherung einschnappen.

Van Helsing schaute ihn an. »Mr. Morris, es ist bewiesen, daß Ihre Kugeln ihn nicht verletzen können. Er muß zerstückelt werden. Daher schlage ich vor, daß Sie Ihr großes Messer benutzen.«

»Verdammt, so nahe wollte ich eigentlich nicht an ihn rangehen, Doktor«, entgegnete Quincey entschieden.

Der Professor blickte den Texaner stumm an. Dann aber fing er an zu lachen. Das war wohl die Reaktion auf die lange, nervöse Anspannung. Sein Lachen schwoll an, bis er Tränen in den Augen hatte.

Von den anderen lachte niemand. Jetzt blickte Morris den Professor mehr als überrascht an. Er hatte keinesfalls einen Scherz machen wollen.

Renfield hielt die Stangen an seinem Fenster umklammert und sah aus wenigen Metern Entfernung mit ungeheurer Konzentration und Spannung zu der Gruppe hinüber. Ihm entgingen zwar die genauen Worte; aber er hörte mit seinen scharfen Ohren genug, um allgemein den Sinn zu erfassen. Keiner der Gruppe hatte ihn bemerkt oder auch nur einen Blick in seine Richtung geworfen.

Jonathan Harker hatte seine geliebte Mina ein Stück beiseite genommen, um sich von ihr zu verabschieden – allerdings nur für kurz.

Sie beteuerte ihm ihre Liebe und versprach, ihm treu zu bleiben.

Normalerweise hätte Harker sich vielleicht gewundert,

warum Mina ausgerechnet jetzt auf Treue zu sprechen kam; er hörte ihr jedoch kaum zu. Mit zusammengebissenen Zähnen murmelte er: »Ich habe diesem Schurken geholfen, hierher zu kommen. Und jetzt muß ich ihn zurück in die Hölle schicken.«

Bei diesen Worten blickte Mina ihn tieftraurig an. Ihre Befürchtungen wegen ihres Prinzen waren entsetzliche Gewißheit geworden. »Ich habe beinahe Mitleid mit jemandem – mit etwas, das so gejagt wird wie dieser Graf.«

Ihr Mann schüttelte entschieden den Kopf. »Wie kannst du nur ein solches Geschöpf bemitleiden? Ich habe ihn hergebracht, und nun werde ich ihn zur Hölle schicken. Wenn diese Aufgabe erfüllt ist, werde ich dich nie mehr allein lassen.«

Dann wurden Harkers Züge weicher. Liebevoll küßte er seine Frau und übergab sie vorübergehend der Obhut von Dr. Seward.

Seward wünschte den Freunden Erfolg und versicherte ihnen, daß er so schnell wie möglich zu ihnen stoßen werde, wenn er erst seinen Pflichten in der Anstalt nachgekommen sei. Dann führte er Mina zurück zum Haus. Ausnahmsweise war er ohne die Begleitung der beiden kräftigen Pfleger. In der oberen Etage hatte Seward eine Wohnung. Seine Haushälterin hatte für Mina schon ein Schlafzimmer und ein Wohnzimmer vorbereitet.

Harker drückte seiner Frau noch einmal innig die Hand, dann folgte er van Helsing, Quincey Morris und Arthur Holmwood auf dem Weg zu der schweren Aufgabe, die sie auf sich genommen hatten.

Renfield beobachtete mit großer Aufregung, daß Mina in wenigen Augenblicken das Anstaltsgebäude betreten würde. Ungeduldig eilte er vom Fenster an die Tür und preßte das Gesicht gegen die Stäbe, um so früh wie möglich einen Blick auf sie werfen zu können, falls sie durch diesen Korridor kommen würde.

Renfields Hoffnungen erfüllten sich. Kaum eine Minute später kamen Mina Harker und Seward, jetzt mit zwei Pflegern, auf dem Gang auf Renfields Zelle zu.

Als der Irre sie erblickte, rief er beinahe fröhlich: »Der Meister! Ich rieche ihn! Er nährt sich von der hübschen Miss!«

Mina erschrak, als eine ihr fremde Stimme sie so deutlich ansprach. Verwirrt blieb sie stehen und sah den Sprecher an.

Renfield geriet noch mehr in Begeisterung, als er sah, daß er ihre Aufmerksamkeit erregt hatte, und drückte sich hektisch gegen die Stäbe der Tür.

Er schrie: »Sie sind die Braut, die mein Meister begehrt!«

Seward bemühte sich fast mit Gewalt, Mina weiterzuzerren; aber sie weigerte sich. Daher mußte auch er stehenbleiben.

»Dr. Seward, wer ist dieser Mann?«

Der Arzt seufzte. »Das ist einer meiner Patienten – Mr. Renfield. Professor van Helsing hat den Verdacht, daß er irgendwie mit dem Grafen in Verbindung steht.«

»Renfield?« fragte Mina überrascht. »Derselbe Mann, der ehemalige Kollege von Jonathan?«

»Ich fürchte, ja.«

»Dann müssen Sie erlauben, daß ich ihn mir ansehe.«

Ohne auf die Einwände des Arztes zu achten, ging Mina ein paar Schritte auf die Zelle zu. Dabei blickte sie den sie sehnsüchtig anstarrenden Irren unentwegt an.

Seward hatte aufgegeben, Mina von dieser Begegnung abzuhalten, und ging jetzt schützend neben ihr. »Renfield, benehmen Sie sich bitte! Dies ist Mrs. Harker.«

Mina war beruhigt, nachdem sie den Mann hinter Gittern erst einmal richtig hatte sehen können. Im Augenblick war er ganz ruhig und schien bei klarem Verstand zu sein. Er machte sogar einen höflichen Diener, als er ihr guten Abend wünschte.

»Guten Abend, Mr. Renfield«, antwortete die junge Frau. Sie beschloß, den Gestank und das Aussehen der Zelle nicht zu beachten.

Als Renfield der Besucherin tief in die Augen blickte, schien er wieder in Angst zu geraten. Er wich etwas zurück und flüsterte kaum hörbar: »Sie sind die Braut, die mein Meister begehrt.«

Mina wurde tiefrot. »Sie irren sich. Ich bin verheiratet. Ich bin Mrs. Jonathan Harker.«

Der Mann hinter den Gitterstäben schüttelte ganz langsam den Kopf, als weigere er sich zu glauben, daß diese Frau einen ganz gewöhnlichen Gatten haben könne. Und dann erklärte er: »Mein Meister hat mir von Ihnen erzählt.«

»Und was hat er Ihnen erzählt?«

Seward hätte sich am liebsten eingemischt. Er stand dicht neben Mina. Doch Renfield ignorierte den Arzt. Er flüsterte Mina zu: »Er kommt... er kommt, um Sie zu holen.«

Dabei wurde er immer aufgeregter. Wie im Fieber winkte er ihr, sie solle näher kommen. »Aber bleiben Sie nicht hier! Gehen Sie weg von all diesen Männern! Ich flehe zu Gott, daß ich Ihr süßes Gesicht niemals wiedersehe.«

Ganz vorsichtig streckte Renfield die Hand durch die Stäbe. Mina reichte ihm ihre, die er an die Lippen zog und ganz hart küßte. »Gott schütze Sie und wache über Sie.«

Mina wußte nicht, was sie sagen sollte. Fasziniert und verwirrt starrte sie Renfield an.

Doch dann schien der Irre plötzlich zu explodieren. Er packte die Stäbe und schlug seinen Kopf immer wieder dagegen.

Dabei schrie er aus voller Kehle: »Meister! Meister! Du hast mir das ewige Leben versprochen, aber jetzt gibst du es diesem Weib!«

Ohne Widerstand ließ sich Mina jetzt von Seward wegbringen.

Als sie die Treppe hinaufgingen, wo die vorbereiteten Zimmer auf sie warteten, hörte sie immer noch die lauten Schreie des Irren. »Doktor Jack! Ich bin nicht verrückt! Ich bin ein Mann mit klarem Verstand, der nur um seine Seele kämpft.«

Sobald Mina die Räume im oberen Stockwerk erreicht hatte, ging sie sofort an ein Fenster, von dem aus man nach Carfax hinübersehen konnte. Allerdings verwehrten die Dunkelheit der Nacht und die dichten Baumkronen einen deutlichen Blick. Sie sah aber die zuckenden Lichter der Laternen jenseits der Mauer, wo die Männer auf das Herrenhaus zugingen. Auch ihr Mann war dabei.

Und dann hörte sie in der Ferne die Schläge von Äxten, die von starken Armen in das Holz getrieben wurden.

Die Männer waren mit tödlichem Ernst bei der Sache. Mina hatte jetzt nicht mehr den leisesten Zweifel, wem diese Jagd galt. Der Todfeind ihres Mannes war ihr Geliebter, ihr Prinz. Der blutige Konflikt schien unvermeidbar. Entweder würde Jonathan getötet – durch *seine* Hand. Oder *er* würde sterben – durch Jonathans Hand. Mina Harker war sich nicht sicher, was für sie schrecklicher sein würde.

15

Die schweren, alten Türen von Carfax waren mit neuen Schlössern versehen worden. Wo es nötig war, hatte man neue Holzbalken eingefügt. Zum Schutz gegen unerwünschte Eindringlinge waren sie zusätzlich von innen durch schwere Riegel gesichert worden. Diese Türen waren wahrhaftig ein starkes Bollwerk. Trotzdem gelang es Harker und seinen drei kühnen Kameraden bald, sich mit Äxten und Brecheisen Zugang zu dem alten Haus zu verschaffen, das von außen immer noch verlassen wirkte.

Als die Männer sich durch die zersplitterte Eingangstür in die große Halle von Carfax gezwängt hatten, sahen sie im Schein ihrer elektrischen Lampen und Laternen, daß diese unter einer dicken Staubschicht lag. In den Ecken waren die Spinnweben so dicht, daß sich der Staub in ihnen gesammelt hatte, bis sie zerrissen, so daß sie nun wie alte Vorhänge herumhingen.

Der Professor blieb stehen und betrachtete das alles. Dann wandte er sich über die Schulter an Harker. Van Helsings Stimme war ungewöhnlich gedämpft, als wolle er niemanden aufwecken, falls jemand in der Nähe schlief.

»Jonathan, Sie kennen dies Haus besser als wir. Sie haben es photographiert und den Plan kopiert.«

Harker stand da und hielt die Axt ungeduldig in beiden Händen. »Ja, wie bitter bereue ich jetzt, jemals etwas damit zu tun gehabt zu haben.«

»Schon gut! Wie kommen wir in die Kapelle?«

Schweigend nahm Harker eine der schweren elektrischen Lampen und machte den anderen ein Zeichen, ihm zu folgen.

Obwohl er den Plan des Hauses oft studiert hatte, war er sich seiner Sache nicht sicher, so daß die Gruppe ein paarmal die falschen Korridore entlangging. Doch schon bald kamen sie an eine niedrige Eichentür, die oben gerundet und mit Eisenbändern verstärkt war.

Sie war wie die Eingangstür fest verschlossen und verriegelt; die Axt in Jonathans ungeduldigen Händen erwies sich jedoch als brauchbarer Schlüssel.

Hinter der Tür tat sich ein großes Gewölbe mit gotischen Spitzbögen auf. Offenbar hatte hier schon lange keine lebendige Lunge mehr Luft geholt. Es roch irgendwie nach Erde und Verwesung, fand Harker. Aber die Männer schenkten solchen Nebensächlichkeiten keinerlei Beachtung. Sie leuchteten herum und fanden die großen Kisten in Reihen aufgestellt. Eine schnelle Zählung ergab neunundzwanzig.

Die Männer blickten sich kurz an und verzogen das Gesicht. Niemand mußte laut aussprechen, was das bedeutete: Wenn sie den Grafen nicht hier finden und zerstören konnten, würden sie ihn anderswo suchen müssen – morgen und alle Tage und Nächte danach, bis sie alle fünfzig Kisten gefunden hätten.

Harker legte die Hand auf einen Sargdeckel und sagte mit angespannter Stimme: »Ich habe genau diese Kisten im Schloß des Grafen gesehen. Damals lag er in einer von ihnen.«

Der Professor murmelte etwas Unverständliches. Dann griff er zu einem Brecheisen, setzte es an einem Deckel an und legte sein ganzes, nicht unbeträchtliches Gewicht darauf. Holz splitterte, und schon löste sich der festgenagelte Deckel von der Kiste. Van Helsing musterte neugierig den schimmeligen Inhalt.

Dann nahm er eine Handvoll heraus und warf sie zu Boden. »Dies ist die heilige Erde seiner Heimat«, erklärte der Professor. »In ihr muß er ruhen. Zerstört alle Kisten und sterilisiert die Erde darin. Laßt ihm keine Zuflucht. Fangen wir an, den Dämon auszutreiben!«

Harker schwang als erster die große Axt. Entschlossen schlug er die scharfe Klinge in die Kisten, daß das Holz splitterte. Dabei stieß er Schreie der Wut aus. Seine Energie und seine Wut schienen mit fortschreitender Arbeit zu wachsen.

Van Helsing hatte eine Flasche mit Weihwasser um den Hals hängen. Damit bespritzte er die freigelegte Erde in jeder Kiste und sagte laut: *»In manus tuas, Domine!«*

In deine Hände, o Herr!

Quincey Morris und Arthur Holmwood hatten feste Handschuhe angezogen und kippten die Kisten, die Harker aufschlug, aus, so schnell sie konnten.

Harker mußte einen Augenblick Pause machen und sich den Schweiß abwischen, der ihm von der Stirn herunterlief, obwohl es in der Kapelle empfindlich kalt war. Zu seiner großen Enttäuschung hatten sie bisher in keinem der Särge den Vampir entdeckt. Angenommen, dem Schurken gelang es, seinen Verfolgern zu entwischen?

Niemals! Mit frischer Kraft stürzte er sich auf die nächste Kiste.

»In manus tuas, Domine«, rief van Helsing und spritzte Weihwasser auf die anwachsenden Haufen transsylvanischer Erde. Er verstreute sogar Krümel geweihter Hostien darüber.

In der Irrenanstalt stieß Renfield immer neue Schmerzensschreie aus, als würde er nie mehr aufhören. Minas Zimmer befanden sich direkt über seiner Zelle. Sie steckte die Finger in die Ohren und betete stumm, daß der arme Mensch Frieden finden möge und von seinen Qualen erlöst werde.

Dankbar nahm sie wahr, daß ihr letztes Stoßgebet offenbar erhört worden war.

Aber sie kannte den Grund für das plötzliche Verstummen der Schreie nicht. Renfield hatte aufgehört zu schreien, weil Dracula plötzlich in menschlicher Gestalt vor seinem Fenster stand.

Das Erscheinen seines verehrten Meisters hatte ihm die Sprache verschlagen. Er stand da wie vom Blitz gerührt.

Schließlich flüsterte er in sklavischer Ergebenheit der schlanken Gestalt im dunklen Gewand zu:

»Meister, Meister... ja, Meister... dein Wille geschehe!«

Wieder machte Renfield eine Pause und bewegte nur stumm die Lippen. Er spürte, wie die Gestalt dort draußen ihm wortlos ihre Wünsche übermittelte. Sobald Renfield diesen Wunsch verstanden hatte, beeilte er sich, die Einladung auszusprechen, die nötig war, damit der Vampir in seine Zelle eindringen konnte.

Schnell murmelte er: »Komm herein, Herr und Meister!«

Zum Zeichen, daß sie ihn verstanden hatte, neigte die dunkle Gestalt einmal kurz den Kopf. Dann schien sie sich aufzulösen und durch die Stäbe hereinzuschweben. Erst in der Zelle verdichtete sie sich wieder.

Auf einmal stand der Prinz wieder in körperlicher, menschlicher Gestalt vor Renfield und musterte seinen Schüler mit eiskalten Blicken. Schließlich sprach er ihn an.

»Renfield, du hast mich verraten!«

Der Irre kicherte nervös. »Ich habe tatsächlich versucht, sie zu warnen; aber sie hat nicht auf mich gehört.«

Dracula starrte ihn nur an.

Renfield konnte seinem sehnlichst erwarteten Meister direkt ins Gesicht sehen. Die Augen des Wahnsinnigen funkelten gefährlich. »Sie muß verschont bleiben! Du kannst sie nicht haben.«

Dracula wandte ihm verächtlich den Rücken zu, ohne ihn eines Wortes zu würdigen, und wollte durch die Eisenstäbe der Tür die Zelle wieder verlassen.

Im selben Augenblick stürzte sich der Wahnsinnige auf den Vampir.

Nachdem Seward Mina in ihre Zimmer gebracht und sich vergewissert hatte, daß für ihre Bequemlichkeit gesorgt war, ging er wieder nach unten. Er ließ sich von seinen Assistenten Bericht erstatten. Erleichtert hörte er, daß es keine Probleme mit den Patienten gab, die seine sofortige Aufmerksamkeit erfordert hätten. Seward nahm dicke Handschuhe und eine Laterne, gab seinem Oberassistenten noch ein paar abschließende Anweisungen und verließ die Anstalt durch eine Hintertür. Hastig lief er durch den Park. Das Laub raschelte unter seinen Füßen. Er wollte so schnell wie möglich zu seinen Freunden gelangen und in den Mauern von Carfax alle Gefahren mit ihnen teilen oder auch den Erfolg, falls ihrem Zerstörungswerk Erfolg beschieden war.

Als Seward an die eingeschlagene Haustür kam, hörte er in der Ferne schon den Lärm der Äxte. Schließlich entdeckte er auch den Lichtschein hinter der kleinen Kapellentür und fand so ohne Schwierigkeiten seine Freunde. Kaum hatte er sie in der Kapelle begrüßt, als Quincey Morris einen Fluch ausstieß und aus der Ecke, die er eben untersucht hatte, zurücksprang.

Entsetzt sahen die Männer, wie aus der Ecke etwas herausquoll, das Harker später in seinem Tagebuch »als eine riesige phosphoreszierende Masse, die sternengleich funkelte« beschrieb. Die blitzenden Punkte waren kleine Augen, in denen sich der Lichtschein der Laternen und Lampen brach.

Instinktiv wichen die Männer zurück. Die ganze Kapelle wimmelte plötzlich von Ratten.

Der Professor schrie: »Das ist *sein* Werk! Arthur, Ihre Hunde! Rufen Sie sie!«

Sofort nahm Holmwood die silberne Pfeife, die er an einer Schnur um den Hals trug, und stieß einen gellenden Pfiff aus. Seine drei Terrier hatten sich auf eigene Faust im Haus umgesehen. Jetzt stürzten sie kläffend und jaulend in die alte Kapelle.

Arthur pfiff noch einmal. Das war jedoch unnötig. Die Hunde kannten sich mit der Rattenjagd aus. Alle benutzten die gleiche schnelle und wirkungsvolle Technik beim Töten. Sie packten die Ratte – klein oder groß – im Genick und hoben sie hoch. Dann ein schneller Biß, ein kräftiges Schütteln, damit die Wirbelsäule auch ganz sicher gebrochen war, und schon wurde das leblose Opfer beiseite geschleudert und das nächste gepackt. Aus unerfindlichen Gründen werden Hunde, die Ratten töten, fast nie von den feindlichen Nagern gebissen.

Der Boden der Kapelle, auf dem schon der Staub von Jahrzehnten, wenn nicht von Jahrhunderten, lag, war schnell von toten Ratten übersät. Aber die Biester schienen immer mehr zu werden, wie sie so über den Fußboden huschten. Wenn der Schein der Lampen über ihre dunklen, glänzenden Körper fiel und in den bösen kleinen Augen aufblitzte, sah es aus, als sei ein frisch gegrabenes Beet über und über von Glühwürmchen bedeckt.

Die Hunde hatten schon unzählige Nager ins Jenseits befördert; aber es tauchten immer mehr Ratten auf. Kurz bevor Seward eintraf, hatten die Männer die zerhackten Kisten aufgestapelt, um sie zu verbrennen. Jetzt mußten sie dies Vorhaben aufschieben und sich gegen diesen offenbar gezielten Angriff der ekelhaften Tiere zur Wehr setzen. Es kam den Männern vor, als sprängen die scharfzahnigen Biester aus allen Ecken, aus dem Boden, ja aus der Nacht, um sie zu vernichten.

Fluchend schüttelten die Männer voller Ekel die mit Ungeziefer und Krankheitserregern verseuchten Tiere von Ärmeln und Hosenbeinen. Sie schossen mit Pistolen auf sie und erschlugen viele mit Äxten und Schaufeln.

Van Helsing bespritzte die widerlichen Nager mit Weihwasser. Dann probierte er es auch mit dem Petroleum, das er mitgebracht hatte, um das Feuer zu entfachen. Zu seiner Freude wirkte es ebenso gut wie das Weihwasser.

Nachdem die Männer sicher waren, daß der Weg nach draußen für sie und ihre kampfesmutigen Terrierfreunde frei war, steckten sie die Überbleibsel von Draculas Särgen in Brand. Schließlich sammelten sie noch ihre Geräte ein und liefen dann ins Freie.

In der Irrenanstalt überwältigte Dracula inzwischen Renfield mühelos, obwohl dieser noch immer kräftig war. In seiner Wut hob der Prinz den Irren hoch und schmetterte ihn mehrmals gegen die Eisenstäbe der Zellentür.

Nach einem kurzen Blick auf sein Opfer entwich Dracula dann durch die Tür. Jetzt konnte er sich im ganzen Haus frei bewegen.

Renfield atmete noch, war aber lebensgefährlich verletzt. Er blieb vor den Stäben liegen, wo ihn Dracula hingeschleudert hatte. Grauenvolle Schmerzen im ganzen Körper und eine zunehmende Lähmung machten ihm klar, daß es mit ihm zu Ende ging. Durch einen blutigen Schleier sah und hörte er, wie Pfleger zu seiner Zelle kamen, um nach dem Grund für den Lärm zu sehen.

Renfield murmelte unter Qualen: »Ihre Rettung... ist... seine

Vernichtung. Und ich bin frei.« Bei diesen Worten spürte er, daß er im Sterben lag. Er spürte, daß dieses Sterben nie ein Ende nehmen würde.

16

Mina hatte keine Ahnung, was unter ihr in Renfields Zelle geschah, und ebensowenig wußte sie, was sich in Carfax ereignete. Sobald Jonathan und seine Freunde das alte Haus betreten hatten, konnte sie auch den schwachen Flackerschein der Laternen von ihrem Fenster in der Anstalt aus nicht mehr sehen.

Aber sobald sie die Augen schloß, gaukelte ihr ihre Vorstellung die schrecklichsten Szenen vor. Vielleicht erlitt gerade in diesem Augenblick ihr Prinz Lucys entsetzliches Schicksal: Enthauptung und Pfählung. Oder ihr Mann wurde wieder von demselben Grauen gepackt, das ihn schon einmal zittern und vorzeitig altern ließ.

Wenn van Helsing und die anderen recht hatten, und der Prinz wirklich da drüben war... Aber Mina konnte nicht feststellen, wo er sich aufhielt. Dracula war aus ihrem Gesichtskreis vollständig verschwunden, seit er auf jener Straße in London in der Menschenmenge untergetaucht war.

Wenn sie es nur *wüßte*... aber sie wußte es nicht.

Die junge Frau verließ ihren Beobachtungsposten am Fenster des kleinen Wohnzimmers. Erschöpft schleppte sie sich ins Schlafzimmer und warf sich angekleidet aufs Bett. Sie redete sich ein, daß sie ihre Wache nach ein paar Minuten Ruhe wieder antreten würde.

Mina Harker war tief eingeschlafen, bevor die ersten roten Flammen in Carfax vom Fenster aus zu sehen waren.

Sie schlief quälend unruhig. Seltsame Träume peinigten sie.

Am seltsamsten war ein Traum, in dem der Prinz – Minas unvergleichlicher, geheimer Liebhaber, der Mann, dessen Geschick seit Ewigkeit mit ihrem verknüpft zu sein schien –, daß der Prinz selbst irgendwie zu ihr gekommen war und jetzt mit ihr dies Bett im Zimmer des oberen Stockwerks von Dr. Sewards Irrenanstalt teilte.

In diesem tiefen Traum fand Mina es nur natürlich, daß *er*, der Mann, den sie wirklich liebte, hier an ihrer Seite lag, sie in die Arme schloß und liebkoste, als sei er und nicht Jonathan ihr rechtmäßig angetrauter Ehemann.

Die junge Frau murmelte hilflos im Schlaf:

»O mein Geliebter... ja... endlich hast du mich gefunden.«

Und dann antwortete *seine* Stimme, unverkennbar seine, wenn sie auch sanfter war, als sie sie in Erinnerung hatte:

»Mina, mein kostbarstes Leben.«

Einen Augenblick lang konnte sie in ihrer herrlichen Traumwelt vollkommen glücklich und sorglos dahinschweben.

Leise bestätigte sie *ihm*: »Ich wollte, daß dies geschieht. Ich weiß jetzt, daß ich immer bei dir sein will – immer.«

Plötzlich wachte Mina entsetzt auf. *Das war kein Traum!* Zumindest war es ein Traum, der Wirklichkeit geworden war. Sie setzte sich auf.

Die Anwesenheit des Prinzen, ihres Geliebten, war in der

Dunkelheit des Schlafzimmers so wirklich wie bei jedem anderen Treffen mit ihm.

Er lag dicht neben ihr und flüsterte: »Wenn du es mir befiehlst, werde ich fortgehen. Aber kein einfacher Sterblicher soll zwischen dich und mich kommen. Willst du, daß ich gehe?«

»Nein! Nein, ich sollte es, aber ich kann es dir nicht befehlen. Ich hatte furchtbare Angst, daß ich nie wieder deine Liebkosungen fühlen würde. Ich hatte Angst, daß du tot bist.« Mina hielt voll Staunen inne. »Aber du bist – du kannst nicht einfach ein gewöhnlicher Sterblicher sein.«

Als Antwort setzte der Prinz, den sie so sehr liebte, sich auf und ergriff ihre Hand. Liebevoll legte er sie zuerst unter ihre Brust. Dabei sagte er: »Dein Herz schlägt hier.« Danach legte er ihre Hand auf seine nackte Brust. »Aber hier...«

Mina war stumm vor Entsetzen über das, was sie fühlte – oder eher, was sie nicht fühlte. Dort schlug kein Herz!

Feierlich erklärte er: »In diesem Körper ist kein Leben.«

Unwillkürlich zuckte Mina zurück. »Aber du lebst doch! Was bist du? Ich muß es wissen! Sag es mir!«

»Kannst du dies Wissen denn überhaupt ertragen?«

»Ich muß! Ich kann diese quälende Unwissenheit nicht länger aushalten.«

»Nun gut! Man hält mich für seelenlos, ein Wesen ohne Leben. Man haßt und fürchtet mich. Ich habe Ozeane an Zeit überdauert und Unaussprechliches begangen, um ein bißchen Leben zu erhalten, bis ich dich finden würde.«

»Nein!«

»Doch!« Seine Stimme drang erbarmungslos in sie. »Ich bin das Ungeheuer, dessen Atem allein Menschen töten kann. Ich bin Dracula.«

Mina saß eine Zeitlang stumm da. Sie hatte sich die Bettdecke um die Schultern gezogen, als sei es eiskalt im Zimmer. Schließlich murmelte sie: »Dann hat der Professor recht. Es ist so, wie ich befürchtet habe. Du bist der Graf, der Jonathan gefangen hielt. Und du warst es, der meine beste Freundin Lucy zu dem machte, als was sie starb.«

Dracula nickte langsam. »Ich bekenne mich zu diesen bösen Taten – und zu noch schlimmeren.«

»Nein!«

»Doch! Ich sage dir noch etwas: Ohne dich – ohne das Leben, ohne die Liebe, die du mir gibst – bin ich für alle Menschen tot. Ohne dich bin ich nur ein Ungeheuer, das sich von menschlichem Blut ernährt.«

Als Mina das hörte, schlug sie mit ihren kleinen Fäusten gegen die Brust des Prinzen. Es nützte aber nichts. Dracula wandte nur sein Gesicht ab.

Doch schon im nächsten Augenblick hatte Mina die Arme um ihn geschlungen und klammerte sich wie eine Ertrinkende an ihn. »Gott verzeih mir! Ich liebe dich! Wirklich!«

Liebevoll strich sie dem Geliebten durch das lange, braune Haar. Als Dracula sie anschaute, lag auf seinem Gesicht der Ausdruck zarter, niemals endender Liebe.

Zur selben Zeit führte ein Pfleger Seward und van Helsing in Renfields Zelle, wo der Patient schwer verletzt in einer Blutlache auf dem Boden lag.

Beide Ärzte waren noch voll Staub und Schmutz. Ihre Kleidung roch muffig nach Schimmel, Ratten und Rauch. Beide waren von dem Kampf auf Carfax noch ziemlich erschöpft. Aber sie konnten sich jetzt unmöglich ausruhen.

Seward verlangte gleich nach Betreten der Zelle mehr Licht. Er kniete sich neben Renfield und untersuchte ihn fachkundig.

Renfield stöhnte bei jeder Berührung.

»Böse Brüche, möglicherweise auch des Rückgrats«, erklärte Seward ernst. »Außerdem ein schwerer Schädelbruch. Ich kann mir beim besten Willen nicht erklären, wie beides zugleich entstehen konnte, wenn er sich selbst verletzt hat!«

»Armer Teufel«, murmelte der Professor. »Wir müssen es mit einer Trepanation versuchen. Schnell! Das ist unsere einzige Hoffnung, mit ihm noch sprechen zu können.«

Die Pfleger brachten schnell Laternen. Gleich darauf schickte Seward sie, die chirurgischen Instrumente zu holen.

Sie legten Renfield vorsichtig auf das schmale Bett, auf dem er normalerweise schlief. Als Sewards Instrumententasche eintraf, holte er eine Art Handbohrer heraus, wie Schreiner und Zimmerleute sie verwenden. Es war ein Trepan. Van Helsing hielt den Kopf des Patienten, und ein Assistent leuchtete, als Seward mit dem Skalpell einen Lappen an der Kopfhaut aufschnitt. Dann nahm er den Trepan und bohrte in Renfields Hinterkopf eine kreisförmige Öffnung von etwa einem Zoll Durchmesser.

Es klang scheußlich, als der Bohrer sich durch den Knochen fraß. Aus dem Hautlappen und der Kopfschwarte floß so viel Blut, daß van Helsings Kleidung davon durchtränkt wurde. Trotzdem hielt der Professor den bewußtlosen Patienten eisern fest, denn jede Zuckung hätte seinen sofortigen Tod bedeutet.

Nach erstaunlich kurzer Zeit wurde Sewards Mühe belohnt. Er entfernte die auffällig weiße Knochenscheibe. Nun strömte noch mehr Blut, nachdem das Blutgerinnsel, das aufs Gehirn gedrückt hatte, herausfloß.

Der Patient bäumte sich kurz auf. Einen Moment lang befürchtete Seward, er sei bereits tot; doch dann schlug Renfield die Augen auf. Beide Ärzte beugten sich zu ihm hinab, um es verstehen zu können, falls er noch etwas sagen würde.

Seine ersten Worte waren: »Ich bin ganz ruhig, Doktor. Sagen Sie den Pflegern, sie sollen mir die Zwangsjacke abnehmen. Ich hatte einen grauenvollen Traum, der mich so geschwächt hat, daß ich mich nicht bewegen kann. Was ist mit meinem Gesicht? Es fühlt sich geschwollen an und schmerzt furchtbar.«

Van Helsing bat mit ernster, ruhiger Stimme: »Erzählen Sie uns Ihren Traum, Mr. Renfield.«

»Dr. van Helsing? Wie gut, daß Sie da sind. Wo ist meine Brille? Er versprach mir das ewige Leben.«

»Wer?« fragte Seward.

Renfield schien ihn nicht zu hören. »Aber dann geriet ich in Wut, als ich daran dachte, daß er aus ihr das Leben herausnehmen wollte. Als er heute an mein Fenster kam, wollte ich ihn umbringen ... bis ich seine Augen sah.« Die Stimme des Sterbenden wurde schwächer. Sein Atem ging in ein Röcheln über. »Sie brannten sich in mich ... meine Kraft verrann wie Wasser ...«

Renfield schloß die Augen wieder. Sein Leben hing nur noch an einem dünnen Faden. Van Helsing schickte einen Pfleger, Brandy zu holen.

Seward verlor auf einmal die Nerven. Er hatte den Bohrer beiseite gelegt und schüttelte jetzt den hilflosen Körper.

»Wen meinen Sie mit ›aus ihr‹? Reden Sie, Mann! Von welcher Frau sprechen Sie?«

Renfield schlug zum letzten Mal die Augen auf. Er konnte nur noch einige, wenige Worte stammeln.

»Van Helsing ... Sie und Ihre idiotischen Theorien ... Ich habe Dr. Seward gewarnt ... der Meister ist hier ... und nährt sich ... von der hübschen Frau ... Sie ist seine ... Braut ... seine Vernichtung ... ihre Rettung ... und ich ... *ich bin frei*!«

Noch einmal bäumte sich sein geschundener Körper auf – dann war er tot.

Zur selben Zeit lagen Mina und Dracula in dem Stockwerk im Gästeschlafzimmer und liebten sich, wie sich zwei Menschen nur lieben können.

Mina hatte alle hinderlichen Kleidungsstücke abgelegt. Nichts sollte zwischen ihr und dem Geliebten sein. Leise flüsterte sie ihm zu: »Niemand darf je zwischen uns kommen! Ich will sein, was du bist, sehen, was du siehst, lieben, was du liebst.«

»Mina, wenn du mit mir gehen willst, mußt du in deinem jetzigen Leben sterben und wirst dann in meines wiedergeboren.«

»Ja, das will ich. Ja!« Mina stimmte ihm überschwenglich zu, ohne allerdings zu wissen, was sie damit gesagt hatte. Sie war bereit, alles zu tun, wenn sie nur mit ihm zusammensein konnte.

Dracula streichelte ihr übers Haar, über den Rücken und ihre weichen Schultern. Dabei murmelte er: »Du bist meine Liebe und mein Leben. Immer.«

Behutsam drehte er sie zu sich, so daß er ihren nackten Hals küssen konnte.

Mina stöhnte leicht und verzog etwas das Gesicht, als er in ihre Venen eindrang. Der Schmerz wurde stärker, verwandelte sich aber sogleich in Glück und steigerte sich bis zur Ekstase der Lust.

Als Dracula endlich Minas Hals freigab, blickte sie enttäuscht zu ihm auf. Dann setzte er sich im Bett auf und öffnete mit seinem scharfen Daumennagel eine Vene über seinem Herzen.

Wie aus weiter Ferne hörte Mina die Stimme des Mannes, den sie als einzigen liebte. »Komm, Geliebte, laß uns ein Fleisch werden. Du wirst jetzt Fleisch von meinem Fleisch und Blut von meinem Blut.«

Mit leidenschaftlichem Stöhnen zog er ihren Kopf an seine Brust. »Trink und teile das ewige Leben mit mir!«

Mina trank sein Blut. Sie wurde beinahe ohnmächtig, als das wirkliche Leben ihres Geliebten in sie strömte.

Doch auf dem Höhepunkt von Lust und Leidenschaft schob der Prinz sie plötzlich von sich.

»Was ist?« fragte sie benommen.

»Ich kann es nicht zulassen!« antwortete er.

Mina rief: »Bitte, mir ist alles gleich! Mach mich zu der deinen! Nimm mich hinweg vom Tod!«

Aber der Prinz war jetzt auf einmal abweisend. Verbittert murmelte er: »Ich habe dich belogen und mich auch. Das Geschenk des ewigen Lebens liegt jenseits meiner Möglichkeiten. Die Wahrheit ist, daß du verflucht sein wirst – wie ich es bin, und daß du auf ewig im Schatten des Todes wandeln mußt. Ich liebe dich zu sehr, um dich in die Verdammnis zu stürzen!«

»Und ich liebe dich!« Mina preßte wieder ihre Lippen auf die Brust des Geliebten.

In diesem Augenblick wurde die Tür des Schlafzimmers aufgerissen. Van Helsing und die vier anderen Männer, die mit ihm in Carfax gewesen waren, standen auf der Schwelle. Der Professor stürzte so schnell vorwärts, daß er stolperte und auf die Knie fiel.

Die Lampen in den Händen der Eindringlinge und das Licht aus dem Korridor hinter ihnen beleuchteten das Liebespaar, das dort eng umschlungen im Bett lag. Die vier Männer standen wie erstarrt. Auch van Helsing hatte sich noch nicht wieder erhoben. Sie waren wie hypnotisiert von dem Bild der nackten Mina, der Draculas Blut aus dem Mund floß. Ihr Kopf war noch zum Trinken erhoben, ihre Lippen schimmerten dicht vor der Vene des Vampirs.

Stummes Entsetzen breitete sich aus. Doch dann schrie Harker aus tiefster Verzweiflung und abgrundtiefem Schmerz auf einmal den Namen seiner Frau heraus.

Mina zuckte zurück und zog instinktiv die Bettdecke über sich, um ihre Schande zu verbergen.

Im selben Augenblick fing ihr schuldiger Liebhaber an, sich in krampfartigen Zuckungen zu verwandeln. Dracula wurde zu einem grotesken Wesen – halb Mensch, halb Riesenfledermaus. Vor Wut fauchend flog er an die Decke des Zimmers und stieß wieder herab, um seine Verfolger zu stellen.

Durch die Fenster leuchteten die Flammen des brennenden Carfax herein. Entschlossen stürzten sich die Männer wie Wahnsinnige mit allen möglichen scharfen Waffen auf den Vampir.

Mit übermenschlicher Schnelligkeit hatte Dracula einem der Angreifer einen Säbel entrissen. Jetzt hielt er ihn in der Hand, die eher einer Klaue glich, und kämpfte mit so viel Kraft, Schnelligkeit und Können, daß er leicht wettmachte, daß sie ihm zahlenmäßig überlegen waren.

Zweimal hatte er während dieses blitzschnellen Kampfes die Gelegenheit, einen Gegner zu töten: erst Seward, dann Quincey Morris; aber jedesmal schrie Mina entsetzt auf, und Dracula verschonte das Leben seines Feindes.

Schließlich ging van Helsing mit erhobenem Kruzifix auf Dracula los. Kühn rief der Professor seinem Feind zu: »Dein Krieg gegen Gott ist vorüber! Jetzt mußt du bezahlen!«

Voll Verachtung schleuderte Dracula den Säbel fort. Aus seiner mißgebildeten Kehle drangen zischend, aber verständlich die Worte: »Du junger Narr! Du willst mich mit dem Kreuz vernichten? Ich habe ihm schon Jahrhunderte vor deiner Geburt gedient.«

Der groteske Zeigefinger des Vampirs war jetzt auf Mina gerichtet. Seine Augen glühten rot und funkelten die Männer böse an. »*Sie*, die ihr so liebt, ist jetzt von meinem Fleisch und meinem Blut. Sie ist meine Braut. Ich warne euch, ich werde um sie kämpfen. Meine Armeen werden um sie kämpfen, und alle Geschöpfe, die meinen Befehlen folgen.«

»Überlasse sie Gott!« rief van Helsing. »Deine Armeen sind alle tot. Wir haben deine Tiere gesehen und fürchten uns nicht vor ihnen. Du mußt jetzt für deine Verbrechen bezahlen.«

Wutschnaubend stampfte Dracula auf. Das Kreuz ging in Flammen auf. Van Helsing ließ es fallen. Mit der anderen Hand bespritzte er den Vampir mit Weihwasser aus der Flasche, die er noch umgehängt trug. Als das Wasser den Körper des Ungeheuers berührte, stieg Rauch auf, als sei es ätzende Säure. Dracula schrie, als die Tropfen sich in seinen Körper brannten. Dann wich er zurück und warf nur noch einen sehnsüchtigen Blick auf Mina.

Als die Männer mit der Waffe in der Hand auf ihn losgehen wollten, verwandelte er sich vor ihren Augen in eine mannshohe Säule aus Ratten, die mit Hunderten von unmenschlichen Stimmen losquiekten. Gleich darauf stürzte die Säule in sich zusammen und verwandelte sich in einen wimmelnden, schwarzen Teppich. Sekunden später waren alle Tiere aus dem Zimmer verschwunden.

Niemand sprach ein Wort. Der Feind war den Jägern entkommen. Nutzlos hielten die Männer ihre Waffen in der Hand und starrten sich voll Entsetzen an. Sie hatten das Gefühl, endgültig verloren zu haben.

Mina kauerte immer noch im Bett und bemühte sich, mit dem blutbefleckten Bettzeug ihre Schande zu bedecken.

»Unrein«, schluchzte sie plötzlich auf. Dann brach sie zusammen. »Unrein.«

17

Als die Sonne aufging, legte sich Minas Hysterie allmählich, worüber die Männer sehr erleichtert waren, die immer noch bereit standen, sie zu verteidigen. Alle äußerlichen Spuren des grauenvollen Vorfalls waren sofort beseitigt worden. Da das Personal der Anstalt medizinische Notfälle zu jeder Tages- und Nachtstunde gewohnt war, hatte es nur Minuten gedauert, bis das Bett neu bezogen war. Mina hatte sogar etwas geschlafen. Am frühen Morgen schien sie sich – zumindest fürs erste – von ihrem abscheulichen Abenteuer etwas zu erholen. Das stellten die beiden Ärzte, Seward und van Helsing, befriedigt fest, die sich jetzt fast unablässig berieten.

Weder Mina noch ihre Freunde hatten darüber gesprochen, welche Folgen ihr intimer Kontakt mit dem Vampir haben könnte. Die Männer gingen alle davon aus, daß die Intimitäten, die sie gesehen hatten, der armen Mina von Dracula aufgezwungen worden waren, und die unglückliche Frau sagte nichts, um diese Meinung zu widerlegen.

Der Schock dieses Erlebnisses schien für Harker mindestens ebenso groß gewesen zu sein wie für seine Frau. In seinem Fall fand Seward es schwerer, richtig zu beurteilen, wie er sich davon erholte. Seit Harker seine Frau nachts in den Armen des Vampirs gefunden hatte, wirkte er wie versteinert. Niemand wußte, ob er überhaupt geschlafen hatte. Er sprach kaum, auch nicht mit seiner Frau. Selten streifte sie alle ein distanzierter, zurückgezogener Blick. Seine Nasenflügel zitterten häufig, während seine Lippen stahlhart verschlossen blieben.

Der junge Anwalt war plötzlich gealtert. In wenigen Stunden hatten sich Falten in Harkers Gesicht gegraben, und seine Wangen waren bleich. Seward hätte jeden Eid geschworen, daß die Haare des Mannes sich an den Wurzeln grau färbten. Ohne jemandem eine Erklärung über sein Verhalten abzugeben, hatte er seinen Stock wortlos mit einem großen, geschwungenen Kukri-Messer vertauscht, das er noch von einer Großwildjagd in Ostindien besaß. Diese Waffe trug er jetzt ständig bei sich und wetzte alle Augenblicke die Klinge mit einem Schleifstein.

Die Harkers bewohnten weiterhin die Zimmer im oberen Stockwerk der Irrenanstalt. Es waren dort noch genügend Räume frei, um auch die anderen unterzubringen. Daher zogen aus Gründen der Bequemlichkeit und des Zusammenhalts auch Lord Godalming (den seine Freunde immer noch Arthur Holmwood nannten), van Helsing und Quincey Morris im Laufe des Tages dort ein.

Außer Harker hatten alle Männer ein paar Stunden geschlafen. Mehr Schlaf konnten sie sich nicht leisten, da die Situation zu schwierig war.

Van Helsing war dabei, eine Expedition gegen die anderen Häuser zu organisieren, die Dracula in London besaß.

Der Professor hielt dabei eines taktisch für besonders wichtig.

»Aller Wahrscheinlichkeit nach«, erklärte er den Freunden in Sewards Ordinationszimmer vor einer Karte, die er an die Wand geheftet hatte, »ist dies Haus am Piccadilly der Ort, von dem aus der Graf operiert. Er hat schließlich Kaufverträge, Schlüssel und andere Dinge. Er braucht Papier zum Schreiben, Kleidung und sein Scheckbuch. Er muß seine Sachen irgendwo aufbewahren. Warum sollte er dann nicht in ein so zentral gelegenes, so ruhiges

Haus ziehen, das er zu jeder Stunde durch die Vordertür oder den Hintereingang betreten und verlassen kann und wo er bei dem lebhaften Verkehr von niemandem beachtet wird?«

»Dann laßt uns sofort hingehen!« rief Harker. »Wir vergeuden nur kostbare Zeit.«

Doch der Professor regte sich nicht; er fragte lediglich:

»Wie sollen wir eigentlich in das Haus hineinkommen?«

»Irgendwie! Notfalls werden wir einbrechen!«

»Und die Polizei? Wo wird die sein? Und was wird sie dazu sagen?«

Seward dachte praktisch und schlug vor, bis zu den normalen Geschäftszeiten zu warten und dann einen guten Schlosser zu rufen.

Harker schwang sein großes Messer und rief. »Nein, um Gottes willen, laßt uns sofort aufbrechen! Wir verlieren doch nur Zeit! Der Graf ist vielleicht früher in dem Haus am Piccadilly, als wir denken.«

»Nein!« entgegnete van Helsing und hob die Hand.

»Weshalb nicht?«

»Haben Sie vergessen«, sagte der Professor, »daß er gestern nacht köstlich getafelt hat und lange schlafen wird?«

Mina war gerade hereingekommen und hatte die letzten Worte gehört. Sie bemühte sich, ihre Fassung zu bewahren; aber der Schmerz der Erinnerung überwältigte sie. Sie schlug die Hände vors Gesicht und zitterte.

Es war Seward klar, daß van Helsing sie nicht absichtlich an die furchtbare Nacht hatte erinnern wollen. Er hatte lediglich sie und ihre Rolle in der Angelegenheit aus den Augen verloren.

Als dem Professor die Bedeutung seiner Worte zum Bewußtsein kamen, war er über seine Gedankenlosigkeit entsetzt und versuchte sie zu trösten.

»O Madame Mina! Liebe Madame Mina! Wie schrecklich! Von allen, die Sie verehren, mußte gerade ich so gedankenlos daherreden! Was bin ich doch für ein dummer, alter Mann! Aber Sie werden mir verzeihen und es vergessen, nicht wahr?«

Mina ergriff seine Hand, blickte ihn durch einen Tränenschleier hindurch an und sagte mit erstickter Stimme: »Nein, ich werde es nicht vergessen, denn es ist besser, sich stets daran zu erinnern. Doch jetzt müssen Sie bald gehen.« Mina hatte all ihre Energie aufgeboten und schien die Situation im Griff zu haben – jedenfalls im Augenblick. »Das Frühstück ist fertig. Wir sollten alle gut essen, um unsere Kräfte zu erhalten.«

Am späten Vormittag waren Seward, Quincey Morris, Lord Godalming, Harker und van Helsing schon in London.

Während der Fahrt mit der Eisenbahn hatte Holmwood seinen Freunden erklärt: »Quincey und ich werden einen Schlosser suchen.« Dann blickte er Harker an und fügte hinzu: »Sie sollten lieber nicht mitkommen, falls wir in Schwierigkeiten geraten. Unter den gegenwärtigen Umständen ist es für uns beide weniger schlimm, in ein leerstehendes Haus einzubrechen. Aber Sie sind Anwalt, und die Anwaltskammer könnte Ihnen vorhalten, daß Sie es eigentlich besser wissen müßten.«

Harker hatte einen weiten Umhang angezogen, um die Scheide mit dem großen Messer am Gürtel zu verbergen. Er protestierte und wollte alle Gefahren mit den Freunden durchstehen.

Lord Godalming schüttelte den Kopf. »Außerdem fällt es weniger auf, wenn wir nicht so viele sind. Mein Titel wird sowohl den Schlosser wie einen eventuell vorbeikommenden Polizisten beruhigen. Gehen Sie lieber mit Jack und dem Professor in Sichtweite des Hauses in den Green Park und warten Sie dort.«

»Ein guter Vorschlag«, meinte van Helsing, und so wurde es dann auch gemacht.

An der Ecke von Arlington Street und Piccadilly stiegen van Helsing, Harker und Seward aus der Droschke und schlenderten in den Green Park. Es war ein grauer, aber milder Tag.

Harker zeigte den Gefährten stumm das Haus, auf das sich jetzt all ihre Hoffnungen konzentrierten. Das Haus 347 Piccadilly wirkte düster. Schweigend stand es in seinem verwahrlosten Zustand zwischen all den bewohnten und schmucken Nachbarn. Die drei Männer setzten sich nicht allzuweit entfernt auf eine Bank, von der aus sie das Haus gut beobachten konnten, und rauchten Zigarren.

Die Minuten vergingen mit bleierner Langsamkeit.

Endlich sahen sie eine offene Droschke vor dem Haus halten. Ihr entstiegen Lord Godalming und Morris. Vom Bock kletterte ein untersetzter Mann mit einem Werkzeugkorb. Morris bezahlte den Kutscher, der sich an den Hut tippte und davonfuhr. Lord Godalming erklärte dem Schlosser, was er zu tun habe.

Der Schlosser zog gemächlich seinen Mantel aus, hängte ihn ans Geländer und sprach mit einem Polizisten, der gerade vorbeischlenderte. Der Polizist nickte zustimmend. Dann kniete der Schlosser sich hin und stellte den Werkzeugkorb neben sich. Nachdem er darin herumgewühlt hatte, holte er eine Reihe von Werkzeugen heraus.

Schließlich stand er auf, spähte in das Schlüsselloch, blies hinein, drehte sich zu seinen Auftraggebern um und machte irgendeine Bemerkung.

Lord Godalming lächelte. Der Mann nahm ein großes Schlüsselbund zur Hand. Er wählte einen Schlüssel und probierte ihn vorsichtig an dem Schloß aus. Nachdem er eine Weile herumgefingert hatte, versuchte er einen zweiten und schließlich einen dritten Schlüssel. Plötzlich öffnete sich die Tür, als er leicht dagegendrückte. Daraufhin ging er mit den beiden Männern ins Haus.

Die drei Zuschauer saßen reglos im Park. Harker paffte erregt seine Zigarre, während van Helsing seine hatte ausgehen lassen. Geduldig warteten sie, bis der Schlosser wieder auftauchte. Er klemmte die Tür zwischen die Knie und steckte einen Schlüssel ins Schloß. Den übergab er dann Lord Godalming, der sein Portemonnaie hervorholte und ihm Geld überreichte. Der Schlosser tippte an den Hut, nahm seinen Werkzeugkorb, zog den Mantel an und ging wieder. Keine Menschenseele – bis auf die drei Männer im Park – hatte bemerkt, daß in das Haus soeben illegal und gewaltsam eingebrochen worden war.

Sobald der Schlosser verschwunden war, gingen Harker, Seward und van Helsing über die Straße und klopften an die Tür. Quincey Morris ließ sie ein. Auch er rauchte eine Zigarre, weil es, wie er erklärte, »im Haus so schrecklich stank.«

Für den Fall, daß sie überfallen werden sollten, blieben die Männer alle dicht beisammen, als sie das Gebäude durchsuchten. Im Speisezimmer hinter der Eingangshalle entdeckten sie acht Kisten voller Erde. Mit Hilfe der Werkzeuge, die sie mitgebracht hatten, öffneten sie eine Kiste nach der anderen. Mit Weihwasser und Hostien machten sie hier genauso wie in Carfax die Erde für den Grafen als Ruhestätte unbrauchbar.

Auf dem großen Tisch lagen viele Schlüssel. Die Vermutung lag nahe, daß diese zu Draculas anderen Londoner Häusern gehörten. Lord Godalming und Quincey Morris notierten sich die genauen Adressen der Häuser, die Harker ihnen anhand seiner Aufzeichnungen nannte. Dann nahmen sie die Schlüssel und machten sich auf den Weg, um die dort lagernden Kisten zu vernichten.

Die anderen drei Männer setzten sich und warteten mit so viel Geduld, wie sie aufbringen konnten, auf ihre Rückkehr – oder auf das Erscheinen des Grafen. Lange hielten sie es auf den staubigen Stühlen nicht aus, und bald liefen sie unruhig durch die unbewohnten Räume.

Die Zeit des Wartens erschien ihnen unendlich lang. Dr. Seward musterte Harker unauffällig. Er war bestürzt über die Veränderung, die mit ihm vorgegangen war. Vor kurzem noch war der junge Ehemann ein Mensch mit jugendlichem Gesicht gewesen, der glücklich aussah und vor Energie strotzte. Und heute war er ein verstörter, alter Mann, dessen Haare (in bestimmter Beleuchtung wirkten sie schlohweiß) gut zu den tiefliegenden, stechenden Augen und den Kummerfalten in seinem Gesicht paßten. Die Energie war allerdings noch vorhanden. Seward mußte unwillkürlich an eine lodernde Flamme denken.

Kurz vor zwei Uhr kehrten Lord Godalming und Morris ins Piccadillyhaus zurück und meldeten, daß sie mit ihrer Mission Erfolg gehabt hatten. Alles in allem waren jetzt neunundvierzig der fünfzig Särge von Dracula vernichtet.

Und was nun?

Quincey äußerte seine Meinung: »Wir können nichts anderes tun, als hier zu warten. Wenn er aber bis fünf Uhr nicht aufgetaucht ist, müssen wir aufbrechen, denn wir dürfen Mrs. Harker unter keinen Umständen nach Sonnenuntergang allein lassen.«

Van Helsing wollte gerade seinen Angriffsplan erklären, als er abbrach und warnend die Hand hob.

Die vier Männer hörten, wie ein Schlüssel in die Eingangstür gesteckt wurde. Quincey Morris warf einen schnellen Blick in die Runde und legte sofort einen Angriffsplan zurecht. Nur mit Gesten, ohne ein Wort zu sprechen, wies er jedem seine Position zu. Van Helsing, Harker und Seward wurden dicht hinter der Tür postiert. Godalming und Quincey stellten sich so auf, daß sie jederzeit das Fenster versperren konnten, sollte der Feind auf diesem Weg fliehen wollen.

Dann warteten alle so gespannt, daß die Sekunden sich wie in einem Alptraum dehnten.

Langsame, tastende Schritte wurden in der Halle hörbar. Offensichtlich war der Graf auf eine Überraschung gefaßt – zumindest befürchtete er eine.

Plötzlich sprang er mit einem einzigen Satz ins Zimmer, und ehe ihn einer aufhalten konnte, war er schon in der Mitte des Raumes. In seiner Bewegung lag eine pantherartige Geschmeidigkeit und so wenig Menschliches, daß alle sich schnell von der Bestürzung über sein Eindringen erholt hatten.

Als der Graf die Männer erblickte, verzog sich sein Gesicht zu einer wilden Grimasse. Sein bösartiges Grinsen wandelte sich jedoch gleich wieder in eiskalte Verachtung.

Harker wollte offenbar ausprobieren, ob ihm seine todbringende Waffe etwas nützen würde. Er stach mit seinem langen Kukri-Messer plötzlich auf den Grafen ein, der ihm jedoch mit teuflischer Gewandtheit blitzschnell auswich.

Instinktiv trat Seward vor, um Harker zu helfen. In der linken Hand hielt er Kruzifix und geweihte Hostie. Er spürte, wie eine ungeheure Kraft aus seinem Arm strömte und das Monster zurücktrieb.

Im nächsten Augenblick war Dracula unter Harkers Arm hindurchgetaucht. Er rannte durchs Zimmer und stürzte sich dann durch das Fenster. Zusammen mit den klirrenden Glasscherben landete er auf dem gepflasterten Hof.

Die Männer liefen zum Fenster und mußten zusehen, wie Dracula unverletzt aufstand, den Hof überquerte und die Stalltür aufstieß. Plötzlich drehte er sich um und rief:

»Ihr glaubt wohl, ihr habt mich in die Enge getrieben – ihr Idioten seht für mich aus wie Schafe beim Schlachter. Das werdet ihr noch bereuen! Meine Rache beginnt erst! Ich verteile sie über Jahrhunderte, und die Zeit arbeitet für mich. Bah!« Mit verächtlichem Lachen trat er schnell durch die Tür. Man hörte ein Quietschen, als er die rostigen Riegel vorschob.

Godalming und Morris liefen auf den Hof. Harker hatte sich schon durchs Fenster herabgelassen, um den Grafen zu verfolgen. Van Helsing und Seward rannten zurück in die Eingangshalle. Der Professor sagte: »Wir haben hinzugelernt, viel hinzugelernt! Trotz seiner großen Worte fürchtet er uns. Er hat Angst vor der Zeit und vor dem Mangel an Nahrung.«

Es war inzwischen schon spät am Nachmittag, und die Zeit des Sonnenuntergangs nahte. Schweren Herzens stimmten alle dem Professor zu, als er erklärte: »Laßt uns zu Madame Mina zurückkehren, zu der lieben, armen Madame Mina. Aber wir brauchen nicht zu verzweifeln. Er hat nur noch eine Kiste, und wenn wir die finden, wird alles gut.«

Seward war klar, daß er so zuversichtlich sprach, um Harker zu trösten.

Als die Männer zur Irrenanstalt zurückkehrten, wurden sie von Mina begrüßt. Als sie ihre Gesichter sah, wurde sie totenbleich. Einige Sekunden lang schloß sie die Augen wie zu einem stummen Gebet, doch dann sagte sie heiter: »Ich kann Ihnen allen nie genug danken. Oh, mein armer Liebling!« Sie nahm den ergrauten Kopf ihres Mannes in ihre Hände und küßte ihn.

Der Morgen dämmerte schon herauf, als Mina ihren Mann weckte. Sie sprach ruhig, aber entschlossen. »Jonathan, geh bitte und rufe den Professor. Ich muß ihn sofort sprechen.«

»Weshalb?«

»Ich habe eine Idee. Ich glaube, daß ich jetzt, ehe es hell wird, frei sprechen kann. Über *ihn.*«

Harker beeilte sich, dem Wunsch seiner Frau nachzukommen.

Zwei Minuten später erschien van Helsing im Morgenmantel bei Mina. Morris und Lord Godalming standen neben Dr. Seward an der Tür und überhäuften ihn mit Fragen.

Als der Professor Mina sah, vertrieb ein Lächeln die Sorge von seinem Gesicht. Er rieb sich die Hände und sagte: »Jonathan, mein Freund, jetzt steht wieder die alte, liebe Madame Mina vor uns.« Dann wandte er sich ihr zu und fragte fröhlich: »Was also kann ich für Sie tun? Denn zu einer solchen Stunde haben Sie mich doch nicht ohne wichtigen Grund holen lassen.«

Mina antwortete ruhig: »Es ist so schwer zu beschreiben. Aber *er*... spricht zu mir, ohne es wirklich zu tun.«

Der Professor nickte. Er verstand sie, zumindest teilweise.

Dann sprach er ruhig weiter, als seien sie beide allein im Zimmer. »Prinz Dracula hatte eine starke mentale Verbindung zu Ihnen. Er war im Leben ein faszinierender Mann. Soldat, Staatsmann, Alchemist. Er stand in seiner Zeit auf dem Gipfel der Wissenschaften. Sein Herz war so stark, daß es das Grab überlebte.«

Mina suchte in den Augen des Professors nach einem Fünkchen Hoffnung. »Dann bewundern Sie ihn?«

Van Helsing nickte. »Sehr sogar. Sein Verstand ist überragend.« Er beugte sich zu Mina vor und fuhr eindringlich fort: »Aber trotzdem ist es absolut notwendig, ihn zu vernichten. Deshalb bitte ich Sie um Hilfe. Wir müssen ihn finden, ehe es zu spät ist.«

In Mina tobte ein heftiger Widerstreit der Gefühle. »Ich weiß, daß Sie ihn bekämpfen, ja vernichten müssen, so wie Sie es mit Lucy gemacht haben«, sagte sie leise.

Van Helsing atmete erleichtert auf und nickte.

Mina sprach mit tonloser Stimme weiter. »Ich weiß auch, daß ich bald so werde wie er. Wenn ich feststelle, daß ich Menschen, die ich liebe, ein Leid angetan habe, werde ich sterben.«

Der Professor zog die Brauen hoch. »Aber Sie würden doch nicht selbst Hand an sich legen?«

Mina nickte entschlossen. »Doch, wenn es keinen Freund gibt, der mich so liebt, daß er mir diesen Schmerz und eine solche Verzweiflungstat erspart!«

Van Helsing schlug mit der Hand auf den Tisch. »Nein! Das darf nie geschehen! Sie brauchen nicht zu sterben. Sie brauchen von niemandes Hand zu sterben, am wenigsten durch Ihre eigene. Solange jener andere, der Ihr Leben auf dem Gewissen hat, nicht wirklich tot ist, dürfen auch Sie nicht sterben. Solange er zu den Untoten gehört, müssen Sie nach Ihrem Tod so werden wie er. Nein, Sie müssen leben!«

Mina blickte die Männer der Reihe nach an, die sich hier versammelt hatten, um entschlossen um sie zu kämpfen. Ihr Blick schien aus weiter Ferne zu kommen, in die sie als Opfer das Vampirs geraten war. Als erstem sah sie van Helsing in die Augen, dann ihrem Mann – das kostete sie am meisten Kraft –, dann Dr. Seward, Lord Godalming und Quincey Morris.

Schließlich sagte sie: »Meine treuen Freunde, ich weiß, daß ihr kämpfen müßt. *Aber nicht aus Haß!* Jene arme Seele, die all dieses Leid verursacht hat, ist selbst am schlimmsten betroffen. Ihr müßt ihn ebenso bemitleiden wie mich. Warum müssen wir ihn weiter verfolgen, wenn er uns doch verlassen hat?«

»Weil wir ihn jetzt dringlicher als je zuvor stellen müssen, meine liebe Madame Mina«, erklärte der Professor fest. »Selbst wenn wir ihm dafür in den Schlund der Hölle folgen müssen.«

»Weshalb?«

»Weil er noch Jahrhunderte weiterleben kann, wohingegen Sie eine sterbliche Frau sind. Die Zeit ist jetzt überaus kostbar, seit er sein Zeichen an Ihrem Hals hinterließ.«

Harker sprang auf und lief zu seiner Frau. Mina war plötzlich so blaß geworden, daß er befürchtete, sie könnte in Ohnmacht fallen.

Doch schon hatte Mina sich wieder gefangen und erklärte tapfer: »Ich will, daß Sie mich hypnotisieren, Professor van Helsing! Tun Sie es noch vor Sonnenaufgang, denn ich spüre, daß ich jetzt noch frei sprechen kann. Beeilen Sie sich, die Zeit ist knapp!«

Wortlos bedeutete der Professor ihr, sie solle sich aufs Bett setzen. Er stellte eine Kerze auf den Nachttisch, sah ihr fest in die Augen und begann sie zu streicheln: erst über die Stirn, dann abwechselnd mit beiden Händen vom Kopf abwärts.

Mina sah ihn mehrere Minuten starr an. Sewards Herz schlug wie ein Hammer, denn er fühlte, daß alles auf eine Entscheidung drängte.

Langsam schlossen sich Minas Augen. Sie saß regungslos da. Nur an dem sanften Heben und Senken ihrer Brust konnte man erkennen, daß sie noch lebte.

Der Professor strich ihr noch ein paarmal über den Kopf und hielt dann inne. Seine Stirn war schweißbedeckt.

Mina schlug die Augen wieder auf. Sie blickte scheinbar in weite Fernen und schien jetzt eine andere Frau zu sein.

Inzwischen waren die Männer näher gekommen und umstanden das Fußende ihres Bettes. Der Professor hob ruhegebietend die Hand und sagte mit leiser, tiefer Stimme zu Mina: »Seine Vernichtung ist Ihre Rettung, Madame Mina. Helfen Sie uns, ihn zu finden!«

»Er ist fortgegangen«, antwortete Mina. »Ich glaube, daß er das Land verlassen hat.«

»Ja«, stimmte ihr der Professor bei. »Unsere erfahrenen Großwildjäger waren gestern ungemein erfolgreich. Wir sind ziemlich sicher, daß wir alle seine Kisten bis auf eine zerstört haben.«

»Ja, er ist fort«, flüsterte Mina. »Ich muß zu ihm! Ich habe keine Wahl. Er ruft mich.«

Der Professor sah schnell die anderen Männer an und machte ihnen ein Zeichen, sie sollten schweigen. Dann wartete er eine Zeitlang, bis Minas Trance noch tiefer war.

Dann fragte er Mina leise: »Wo befinden Sie sich jetzt?«

Mehrere Minuten blieb alles still. Dann antwortete Mina ganz leise: »Der Schlaf hat kein Zuhause. Ich schwebe und treibe dahin.«

»Wo?«

»Auf dem Weg nach Hause.«

Der Professor runzelte die Stirn und kaute nachdenklich auf der Lippe. »Was hören Sie?«

Wieder eine Pause. »Mutter Ozean«, antwortete die junge Frau. »Ich höre das Plätschern von Wellen gegen einen hölzernen Schiffsrumpf. Wellen. Und das Knarzen des Mastes.«

Van Helsing drehte sich befriedigt zu seinen Freunden um. »Dann haben wir ihn tatsächlich aus England vertrieben!«

Auch die anderen hatten Mühe, ihre Freude zu zügeln. Spontan traten sie näher an van Helsing und seine Patientin heran.

Der Professor sah, daß Mina jetzt bald aufwachen würde. Er ballte eine Faust und sagte mit normaler Stimme:

»Gott sei Dank! Jetzt haben wir einen klaren Hinweis! Der Graf hat erkannt, daß er in London mit nur einer Kiste Erde und einer Gruppe von Männern auf den Fersen, die ihn hetzten wie eine Meute Hunde den Fuchs, nicht mehr bleiben kann. Daher nahm er seine letzte Kiste mit an Bord eines Schiffes und verließ das Land. Auf, auf zum fröhlichen Jagen, wie unser Freund Arthur sagen würde.

Der alte Fuchs ist verschlagen; aber ich bin auch recht listig und kann mich manchmal sehr gut in ihn hineinversetzen.«

Mina hatte inzwischen die Augen aufgeschlagen und die letzten Worte noch gehört. Sie nickte langsam.

Seward sah mit Bestürzung, daß das letzte Opfer des Vampirs mit grauenvoller Geschwindigkeit blasser und hagerer wurde; auch das Zahnfleisch wich schon von den Zähnen zurück. Seiner Meinung nach war der Prozeß der Verwandlung schon ziemlich weit fortgeschritten.

18

Nicht nur die Harkers, sondern alle Männer hätten dringend Ruhe gebraucht. Aber sie waren fest entschlossen, das junge Paar zu schützen und am Grafen Rache zu nehmen. Ehe sie sich ausruhen durften, mußten sie erst alles unternommen haben, um Minas Worte aus der Hypnose zu überprüfen. Sobald es heller Tag war, statteten alle Männer bis auf Jonathan den Londoner Docks einen Besuch ab.

Van Helsing berichtete am Abend den Harkers über das Ergebnis dieser Expedition.

»Sobald ich wußte, daß Prinz Dracula in seine Heimat nach Transsylvanien zurückkehren wollte, war ich sicher, daß er den Weg über die Donaumündung nehmen würde. Das hieß, er würde ein Schiff ins Schwarze Meer suchen. Auf dieser Route war er ja auch gekommen.

Wir machten uns auf den Weg, um festzustellen, welche Schiffe gestern abend den Hafen mit Ziel Schwarzes Meer verlassen hatten. Da Madame Mina vom Knarzen des Mastes gesprochen hatte, mußte es sich um ein Segelschiff handeln. Auf den Vorschlag von Lord Godalming hin begaben wir uns zu Lloyd's, bei denen alle Schiffe versichert sind und die daher über genaue Informationen über die Fahrtrouten verfügen.

Wir fanden heraus, daß nur ein Schiff – die *Zarin Katharina* – einen Bestimmungshafen am Schwarzen Meer angegeben hatte. Sie war vom Doolittle Wharf mit der Flut nach Varna ausgelaufen. Von Varna aus segelt sie an der Küste entlang und dann die Donau flußaufwärts. Wir sprachen mit zwei Schauerleuten. Sie konnten sich erinnern, daß eine große, sargähnliche Kiste verladen worden ist und daß ein großer, blasser Mann mit brennenden Augen zugeschaut hat, als man die Kiste an Bord brachte.

Und nun, meine liebe Madame Mina und mein lieber Jonathan, können wir uns alle eine Zeitlang ausruhen, da unser Feind auf See schwimmt.«

Die Harkers blickten sich an und nickten. Sie waren über diese Nachrichten nicht besonders erstaunt.

Van Helsing fuhr fort: »Eine Fahrt mit dem Segelschiff dauert lange, und wenn wir uns zu Lande auf die Reise machen, sind wir schneller und werden ihn schließlich einholen. Unsere größte Hoffnung ist, ihn zwischen Sonnenaufgang und Sonnenuntergang in seiner Kiste zu überraschen, denn dann ist er fast wehrlos, und wir können mit ihm tun, was wir zu tun haben.«

Zum ersten Mal seit Tagen konnten die Harkers und ihre Freunde wieder mit einem Gefühl der Sicherheit schlafen. Sie verbrachten den Tag nach Draculas Abreise damit, sich auszuruhen und neue Kräfte zu schöpfen.

Dann ging es an die Vorbereitungen für die nächste Phase ihres Kampfes gegen den Vampir.

Trotzdem gab es noch schwere Sorgen. Am fünften Oktober sprach van Helsing mit Seward. »Lieber Jack, ich muß mit Ihnen etwas unter vier Augen besprechen. Später können wir die anderen ins Vertrauen ziehen.«

»Worum geht es, Professor?« Aber Seward befürchtete, daß er die Antwort schon kannte.

»Es geht um Madame Mina. Die Arme hat sich schon sehr verändert.«

Seward lief es kalt den Rücken hinunter, als seine schlimmsten Befürchtungen bestätigt wurden.

Van Helsing fuhr fort: »Aus den traurigen Erfahrungen mit Miss Lucy mußten wir lernen, daß wir keinesfalls zu lange zögern dürfen. Ich erkenne in Madame Minas Gesicht bereits die Merkmale des Vampirs. Sie sind noch sehr schwach; aber ihre Zähne sind spitzer geworden, und ihr Blick ist bisweilen härter.«

Seward dachte, daß »sehr schwach« noch sehr mild ausgedrückt war, wollte aber momentan nicht darüber diskutieren.

Der Professor sprach weiter: »Ich befürchte folgendes: Da sie uns, wenn ich sie hypnotisiere, alles berichten kann, was der Graf sieht und hört, dann ist es doch auch mehr als wahrscheinlich, daß er sie zwingen kann, ihm zu verraten, was sie weiß. Schließlich hat er sie zuerst hypnotisiert, hat von ihrem Blut getrunken und sie seines trinken lassen. Richtig?«

Seward nickte langsam. »Ja, durchaus. Sie könnte ihm unsere Pläne verraten, wie wir ihn erwischen wollen.«

»Deshalb müssen wir sie über unsere Absichten im unklaren lassen. Was sie nicht weiß, kann sie ihm auch nicht mitteilen. Das ist ein schmerzlicher Entschluß, aber es muß sein. Wenn wir heute zusammenkommen, werde ich ihr sagen, daß wir sie nicht mehr zu unseren Beratungen hinzuziehen, aber ständig bewachen.« Der Professor wischte sich die Stirn, die sich bei dem Gedanken, welchen Schmerz er der armen Seele zufügen mußte, mit Schweißperlen bedeckt hatte.

Als schließlich die Stunde der täglichen Strategiebesprechung in Dr. Sewards Ordinationszimmer anstand, ließ Mrs. Harker durch ihren Mann den Feinden Draculas etwas ausrichten.

Jonathan kam ins Zimmer, wo alle auf ihn warteten, und erklärte: »Mina läßt sich entschuldigen. Sie hält es für besser, nicht zu kommen. Sie meint, daß wir ohne sie die nächsten Schritte ungezwungener besprechen können.«

Van Helsing und Seward schauten sich an. Beide waren erleichtert.

Nachdem dieser Punkt erledigt war, beriet man sofort den neuen Schlachtplan. Van Helsing zählte noch einmal die Tatsachen auf:

»Gestern abend lief die *Zarin Katharina* aus. Wenn sie mit Höchstgeschwindigkeit segelt, braucht sie bis Varna am Schwarzen Meer wenigstens drei Wochen. Sie muß über den Atlantik und durchs Mittelmeer. Wir jedoch können zu Lande in drei Tagen dorthin reisen.

Wenn wir annehmen, daß das Schiff zwei Tage weniger unterwegs ist, weil der Graf das Wetter beeinflussen kann, und wenn wir für unsere Reise einen Tag und eine Nacht wegen unerwarteter Verzögerungen hinzuzählen, bleibt uns immer noch eine Zeitspanne von beinahe zwei Wochen. Um absolut sicherzugehen, müssen wir hier spätestens am siebzehnten Oktober abreisen. Dann sind wir auf jeden Fall einen Tag vor dem Schiff in Varna. Natürlich müssen wir gegen alle irdischen wie auch überirdischen Gefahren gerüstet sein.«

Am Morgen des sechsten Oktobers weckte Mina ihren Mann sehr früh und bat ihn, Professor van Helsing zu holen. Harker glaubte, sie wolle sich wieder hypnotisieren lassen, und suchte sofort den Professor auf.

Van Helsing schien ihn erwartet zu haben, denn er war bereits angekleidet. Seine Tür war angelehnt. Er folgte ihm sofort zu Mina und fragte sie, ob er auch die anderen rufen lassen solle.

»Nein«, antwortete sie. »Das ist nicht nötig. Sie können es ihnen auch berichten. Ich muß mit auf die Reise gehen.«

Van Helsing war völlig überrascht, ebenso ihr Mann. Nach einer kurzen Pause fragte der Professor: »Und weshalb?«

»Sie müssen mich mitnehmen. Bei Ihnen bin ich sicherer, und auch für Sie ist es sicherer.«

»Aber wieso, liebe Madame Mina?«

»Ich kann es Ihnen nur jetzt erklären, während die Sonne aufgeht. Später ist es mir vielleicht nicht mehr möglich. Ich weiß, daß ich zum Grafen reisen muß, wenn er mich ruft. Wenn Sie mich in England zurücklassen und er mir heimlich befiehlt, zu ihm zu kommen, würde ich es mit viel List schaffen. Ich würde sogar Jonathan täuschen.«

Sie warf ihrem Mann einen Blick voll so großer Liebe und Tapferkeit zu, daß Harkers Augen sich mit Tränen füllten und er stumm ihre Hand drückte.

»Madame Mina, Sie sind wie gewöhnlich sehr klug. Sie werden uns begleiten, und gemeinsam werden wir schaffen, was wir uns vorgenommen haben.«

Van Helsing blickte ihr durchdringend in die Augen. Mina

hielt diesem Blick ruhig stand. Was sie ihm gerade gesagt hatte, war schlimmer als eine Halbwahrheit. Wahrheit war, daß sie sich verzweifelt danach sehnte, mit ihrem Vampirliebhaber wieder vereint zu sein. Es gab Stunden, in denen sie ihren Mann schamlos verlassen, ja sogar das Leben aufgeben wollte, um bei Dracula zu sein.

Am Morgen des zwölften Oktobers verließen Draculas sechs Verfolger London mit der Eisenbahn, die sie auf die Fähre nach Paris brachte. Am selben Abend belegten sie ihre reservierten Plätze im Orient-Expreß.

Drei Tage später saßen sie in einem Privatwaggon und ratterten durch Bulgarien nach Osten zum Schwarzen Meer. Zum Hafen von Varna. Mina lag jetzt tagsüber meist lethargisch da. Van Helsing hypnotisierte sie noch immer vor Sonnenaufgang oder am Abend. Ihre leise gemurmelten Bemerkungen bestätigten ihm, daß der Graf auf See seiner Heimat zueilte.

Heute machte der Zug vormittags plötzlich halt. Mina wachte auf. Alles schien fahrplanmäßig zu sein. Sie waren in der Nähe von Varna und warteten auf die neuesten Nachrichten über den Aufenthaltsort von Dracula.

Mina und Jonathan waren allein in dem kleinen Abteil. Er schaute zum Fenster hinaus. Man hörte nur das leise Schleifen seines Wetzsteins, während er immer wieder die Klinge seiner Mordwaffe schärfte.

Mina blieb liegen und betrachtete ihren Mann eine Zeitlang. Wie hatte er sich verändert! Das war nicht mehr der junge Rechtsanwalt, mit dem sie sich verlobt hatte. Jener Tag schien eine Ewigkeit zurückzuliegen. Jetzt wurden seine Haare an den Wurzeln und Schläfen mit jedem Tag grauer. Begonnen hatte das, als er sie in den Armen ihres Liebhabers gefunden hatte.

Plötzlich wurde Mina von ihren Gefühlen überwältigt und

murmelte mit schmerzerfüllter Stimme: »Mein armer, lieber Jonathan, was habe ich dir nur angetan?«

Harker zuckte zusammen. Er legte Messer und Wetzstein beiseite und wollte seine Frau überaus zärtlich und besorgt trösten.

»Nein, nein! *Ich* habe uns beiden das angetan.« Während der junge Mann noch sprach, peinigten ihn die Phantasiebilder der drei teuflischen Frauen, die ihn gleichzeitig unwiderstehlich angezogen und abgestoßen hatten.

Er befahl sich entschlossen, an etwas anderes zu denken als *daran*.

Er fragte: »Wo ist er jetzt?«

Mina schloß die Augen. Ihre Stimme klang hilflos und ohne Hoffnung. »Er ist irgendwo auf See. Ich kann immer noch Wellen gegen das Schiff klatschen hören, wenn der Professor mich hypnotisiert. Der Wind ist stürmisch.« Sie machte eine Pause, dann fügte sie ausdruckslos hinzu: »Er ruft mich zu sich.«

Ihr Mann schluckte hart und überlegte. »Mina, wenn du stirbst, werde ich dich nicht allein ins Ungewisse gehen lassen«, beteuerte er feierlich.

In dem Privatwaggon diente ein größeres Abteil als Salon. Seward saß dort und starrte lustlos durchs Fenster in den grauen Herbsttag hinaus, der über Bulgarien und den Außenbezirken von Varna lag. Quincey Morris hatte sich in seine dicke Westernkleidung gehüllt. Er trug eine Schaffelljacke und war mit den Vorbereitungen für die letzte Phase der Jagd beschäftigt.

Er spitzte mit dem Bowie-Messer mehrere Holzpflöcke zu, die so dick waren wie sein Handgelenk. Der Salon wurde wie die anderen Abteile durch einen Holzofen in der Ecke gewärmt, von dem aus ein metallenes Ofenrohr ins Freie ragte. Quincey hatte in diesem Ofen ein Feuer angezündet, um die scharfen Spitzen der Pflöcke zu härten.

In Reichweite lehnten an der Wand vier Winchester-Gewehre, die der Texaner gereinigt und geölt hatte. Er hatte auch für ausreichende Munition gesorgt.

Mitten in dem geräumigen Abteil stand unter einer Deckenlampe ein Tisch, auf dem eine ausgebreitete Landkarte, Fahrpläne, Notizen und Kopien von Telegrammen lagen. Eine Taschenuhr verkündete mit ihrem erbarmungslosen Ticken, wie die Stunden verrannen.

Die Tür ging auf, und Lord Godalming trat ein. Er schwenkte das letzte Telegramm, das ein Bote gerade vom Britischen Konsulat in Varna zum Zug gebracht hatte. Er rief: »Wir haben Varna vor der *Zarin Katharina* und ihrer teuflischen Ladung erreicht!«

Seward sprang auf und las das Telegramm, das von »Rufus Smith, Lloyd's London, an Lord Godalming, über den Vizekonsul Ihrer Majestät in Varna« gerichtet war.

Jetzt kam auch Harker herein, wie immer mit dem Kukri-Messer in der Hand. Die anderen blickten ihn an, welche Nachrichten er wohl brachte. »Mina geht es mit jedem Tag schlechter«, meldete er düster. Die Männer wechselten besorgte Blicke und drückten ihm ihr Mitleid aus.

Harker schien sie nicht zu hören. Er starrte aus dem Fenster und erklärte: »Wenn ich das Monster auch nicht mehr fürchte, so werde ich es doch eigenhändig mit dem ersten Schlag töten.«

Dann setzte er sich neben Quincey, holte den Wetzstein aus der Tasche und schärfte wieder die Messerklinge.

Ein paar Minuten später preschte ein berittener Bote zum Zug. Er hielt an und übergab Godalming wieder ein Telegramm von Lloyd's aus London.

Lord Godalming riß es auf, überflog den Inhalt und las ihn dann mit gepreßter Stimme seinen Freunden vor. Die traurige

Wahrheit war, daß Dracula seine Verfolger, zumindest für den Augenblick, überlistet hatte, indem er sein Schiff nachts an Varna vorbeisegeln ließ. Es sollte jetzt in Galatz, einem anderen Hafen am Schwarzen Meer, aber weiter nordöstlich, anlegen.

Die Männer drängten sich um den Tisch mit Karten und Fahrplänen. Mina hatte sich heute nicht zu ihnen gesellt.

Harker zeigte mit dem Finger zuerst auf Draculas vermutliche Position in der Nähe von Galatz und dann auf ihre eigene vor Varna. Zwischen beiden Punkten lagen mindestens zweihundert englische Meilen mit der Eisenbahn.

Lord Godalming hatte den Boten gebeten, er solle warten. Jetzt schrieb er schnell die notwendigen Anweisungen, damit der Privatwaggon so schnell wie möglich nach Galatz weiterbefördert wurde. Die Reise würde durch Bukarest führen.

Schließlich meldete sich Harker zu Wort. Seward bemerkte, daß er entsetzlich hager geworden war und sein Haar tatsächlich langsam weiß wurde. Wild entschlossen sagte er: »Sobald wir in Galatz sind, folgen wir dem Schurken flußaufwärts zu Pferd und schneiden ihm den Weg ab. Er darf unter keinen Umständen sein Schloß erreichen!«

Eine Lokomotive wurde vor ihren Waggon vorgespannt, und die nächste Etappe ihrer Reise konnte beginnen. Schon machte die Gruppe wieder Pläne und besprach alle Einzelheiten. Wenn es notwendig sein würde, die Eisenbahn zu verlassen, sollten Dr. Seward und Quincey Morris zu Pferd die Verfolgung aufnehmen, während Jonathan und Lord Godalming ein Dampfboot mieten und so flußaufwärts weiterfahren würden. Godalming hatte mit solchen Schiffen Erfahrung. Natürlich hing alles von der richtigen Route ab.

Die Männer überlegten noch, woran sie unbedingt denken mußten, bis sie ihre Kräfte später wieder vereinigen konnten.

Die endgültige Entscheidung hing wieder einmal davon ab, welche Route Dracula oder das Schiff, das ihn beförderte, nehmen würde.

Während sie ihre Pläne schmiedeten, kam auch Mina dazu. Sie wurde wie immer überaus höflich, wenn auch zurückhaltend, willkommen geheißen.

Van Helsing hatte den Männern versichert: »Haben Sie wegen Madame Mina keine Angst! Sie steht unter meinem Schutz, wenn ich so sagen darf. Ich bin ein alter Mann. Meine Beine können nicht mehr so schnell laufen wie früher. Ich bin auch nicht gewohnt, so lange im Sattel zu sitzen, wie es bei der Verfolgung nötig ist. Ich kann auch nicht gut mit Waffen umgehen. Aber ich kann auf andere Weise kämpfen und – wenn nötig – ebenso sterben wie jüngere Männer.

Ich werde Madame Mina direkt ins Herz des Feindeslandes führen. Solange der alte Fuchs in seiner Kiste eingesperrt ist und auf dem Fluß dahinschwimmt, kann er nicht an Land gehen. Schließlich kann er nicht wagen, den Deckel seines Sarges zu öffnen. Die Männer an Bord des Schiffes würden ihn aus Angst sofort über Bord werfen und seinem Schicksal überlassen. Wir beide werden denselben Weg nehmen wie Jonathan damals: von Bistritz über den Borgo-Paß zu Draculas Schloß. Dort gibt es viel Arbeit, bis wir diese üble Schlangengrube vernichtet haben.«

Harker war entsetzt. Er zeigte seine Gefühle jetzt sehr viel offener als in den letzten Tagen. »Professor, wollen Sie damit sagen, daß Sie Mina in dem traurigen Zustand, in dem sie sich befindet, befallen von der Krankheit dieses Teufels, direkt in seine Todesfalle bringen wollen?«

Van Helsing hob das Kinn, als würde er einer Herausforderung trotzen. »Oh, mein Freund, gerade weil ich Madame Mina vor diesem schrecklichen Ort bewahren will, bin ich mitgekommen.

Erinnern Sie sich, daß sie selbst uns gewarnt hat, der Graf könnte sie zu sich rufen, wenn sie unbewacht bliebe?

Und sollte der Graf uns diesmal entkommen – er ist schließlich stark, listig und geschickt –, könnte er beschließen, ein ganzes Jahrhundert zu schlafen. Und dann würde die von uns allen so verehrte Mina« – van Helsing nahm Minas Hand, als sie ihn fassungslos anschaute – »ihm Gesellschaft leisten, wie die anderen Frauen, die Sie, Jonathan, ja gesehen haben.

Verzeihen Sie mir, daß ich Ihnen so großen Schmerz bereite, aber es ist notwendig. Mein Freund, ist es nicht die reine Notwendigkeit, für die ich notfalls auch mein Leben geben würde? Haben Sie um Madame Mina keine Angst. Sie wird mich beschützen.«

Jonathan verstand nun gar nichts mehr. Verwirrt starrte er den alten Professor an. Dann zuckte er mit den Achseln. »Tun Sie, was Sie wollen. Wir alle sind in Gottes Hand. Und möge Gott *ihn* mir lange genug in die Hände geben, daß ich seine Seele dem ewigen Höllenfeuer überantworten kann!«

19

Die Verfolgung ging erbarmungslos weiter.

Lord Godalming hatte unter Ausnutzung seines ganzen Einflusses beim Konsulat per Telegramm erreicht, daß der Privatwaggon nach wenigen Stunden an einen anderen Zug angehängt wurde. Die Verfolger waren daher früher auf dem Weg nach Galatz, als irgendeiner zu hoffen gewagt hatte. Die Männer beugten sich über die Karte, um die Eisenbahnroute von Varna dorthin genau zu verfolgen. Eigentlich schien die Strecke ganz einfach zu verlaufen. Nur der große Schlenker über Bukarest blieb. Leider stießen sie kurz vor dieser Stadt auf unvorhergesehene Schwierigkeiten, durch die sie am frühen Morgen längere Zeit aufgehalten wurden. Da konnten selbst Reichtum und Einfluß nichts ausrichten.

Als sie am Vormittag des nächsten Tages endlich Galatz erreichten, zeigte es sich als eine moderne Stadt. Die Reisenden hatten das nicht erwartet. Elektrische Straßenbeleuchtung erhellte einen Teil der Hafenanlagen. Viele Straßen waren gepflastert. Die Harkers sorgten gleich nach der Ankunft dafür, daß das Gepäck ausgeladen und in ein Hotel gebracht wurde, in dem sie für sie alle Zimmer mieteten. Die anderen Männer machten sich auch sofort an die Arbeit. Es schien aussichtslos zu sein, zu hoffen, daß Dracula sich noch in Reichweite aufhielt; aber auch diese Möglichkeit durften sie nicht außer acht lassen.

Lord Godalming und Professor van Helsing fuhren zum örtlichen Schiffahrtsagenten der Londoner Firma Hapgood, um von den Messrs. Mackenzie und Steinkoff die Erlaubnis zu erhalten, an Bord der *Zarin Katharina* zu gehen, die draußen im Fluß vor Anker lag. Kapitän Donelson von der *Zarin*, ein Schotte, hatte keinerlei Einwände, die Besucher zu empfangen. Als handle es sich um ein wahres Wunder, erzählte er ihnen begeistert, unter welch fabelhaft günstigen Bedingungen sein Schiff die Reise von London hierher gemacht hatte.

Ja, der Kapitän erinnerte sich gut an die Ladung, an der die Besucher interessiert waren: eine große, sargähnliche Kiste. Ja, diese war an Bord gewesen und war vor einigen Stunden gelöscht worden. Empfänger war ein Immanuel Hildesheim in Galatz.

Als die Männer Hildesheim später in seinem Kontor aufsuchten, erklärte er, daß er von einem Mr. de Ville aus London einen Brief empfangen habe, in dem ihn dieser bat, die Kiste in Empfang zu nehmen und sie einem gewissen Petrof Skinsky zu übergeben, der mit den Slowaken am Fluß Handel trieb.

Hildesheim war für seine Mühe von dem englischen Kunden mit einer britischen Banknote entlohnt worden, die er bei der Internationalen Donaubank gegen Gold eingetauscht hatte.

Die Männer machten sich sofort auf die Suche nach Skinsky; konnten ihn aber nirgends finden. Einer seiner Nachbarn sagte, daß er vor zwei Tagen abgereist sei. Das wurde von seinem Hauswirt bestätigt.

Während die Männer sich noch berieten, kam ein Einheimischer angerannt und schrie, daß man Skinskys Leichnam auf dem Friedhof des Ortes gefunden habe und daß seine Kehle wie von einem wilden Tier zerfleischt sei.

Die Engländer und der Texaner machten sich schnell aus dem Staub, um nicht in die Angelegenheit hineingezogen zu werden.

Schweren Herzens suchten sie die Harkers in ihrem Hotel in Galatz auf.

Alle Fakten, eingeschlossen Minas Mitteilungen in Trance, und die Informationen, die sie in Galatz gesammelt hatten, ließen nur einen Schluß zu: Der Graf setzte seine Reise auf einem Flußschiff fort; die genaue Route Draculas war jedoch nicht bekannt.

Während sich die Männer eine halbe Stunde ausruhten, überprüfte Mina alle möglichen Schiffahrtsstraßen auf der Karte. Sie gewann die Überzeugung, daß der Pruth oder der Sereth für die Zwecke des Grafen am besten geeignet waren.

Sie schrieb daher die möglichen Routen für die anderen auf und erklärte sie ihnen auch später mündlich. Der Sereth mündet bei Fundu in die Bistritza, die oben am Borgo-Paß entspringt. Eine ihrer Flußschleifen kommt Draculas Schloß so nahe wie kein anderer Wasserlauf.

Beim nächsten Strategietreffen wurden die endgültigen Pläne für die Verfolgung festgelegt und einstimmig verabschiedet.

Ungefähr einen Tag später schrieb Harker nach Einbruch der Dunkelheit beim Licht der offenen Tür des Dampfkessels in dem gemieteten Flußboot in sein Tagebuch. Ganz nach Plan waren er und Godalming auf dem Sereth unterwegs und hielten nach der Bistritzamündung Ausschau, wie Mina vorgeschlagen hatte.

Harker schrieb:

> *»Wir haben keine Angst, nachts den Fluß mit ziemlicher Geschwindigkeit hinaufzudampfen, denn er führt genügend Wasser, und die Ufer liegen weit genug auseinander, so daß man selbst im Dunkeln ohne Gefahr mit voller Kraft laufen kann.*

Lord Godalming – Harker, der noch bis vor kurzem ein kleiner Angestellter in einer Anwaltskanzlei gewesen war, hatte noch Probleme, von gesellschaftlich höher Gestellten wie mit seinesgleichen zu sprechen – forderte mich auf, etwas zu schlafen, da es ausreiche, wenn nur einer Wache halte. Aber ich kann nicht schlafen, da diese schreckliche Gefahr über meinem Liebling hängt und sie auf dem Weg zu jenem grauenvollen Ort unterwegs ist. Mein einziger Trost ist, daß wir alle in Gottes Hand ruhen.«

Sein Tagebuch fuhr fort:

31. Oktober. Wir sind noch immer unterwegs. Der Tag ist angebrochen, Godalming schläft jetzt. Es ist bitter kalt. Bis jetzt sind uns nur einige offene Boote begegnet; aber keines hatte eine Kiste oder ein Gepäckstück von der Größe, wie wir es suchen, an Bord. Die Bootsleute erschraken jedesmal, wenn wir unsere elektrische Lampe auf sie richteten. Sie fielen auf die Knie und beteten.

1. November. Noch immer nichts Neues. Wir haben keine Spur von dem entdeckt, was wir suchen. Wir sind jetzt in die Bistritza eingelaufen. Wenn wir uns in den Plänen unseres Feindes geirrt haben, ist unsere Chance, ihn zu überholen, vertan – zumindest auf dem Wasserweg.

Wir haben große und kleine Boote überholt. Heute morgen hielt man uns für ein Regierungsboot und kam uns dementsprechend mit Hochachtung entgegen. Wir erkannten darin eine Möglichkeit, Schwierigkeiten zu meiden, und kauften uns in Fundu, wo die Bistritza in den Sereth mündet, eine rumänische Flagge – rot, blau und gelb, vertikal gestreift –, die wir jetzt gesetzt haben. Seitdem begegnet man uns mit größter Hochachtung und erhebt keinerlei Einwände gegen das, was wir tun. Einige Slowaken erzählten uns, sie seien von einem großen Boot überholt worden, das mit ungewöhnlicher Schnelligkeit fuhr, da es doppelte Mannschaft an Bord hatte.

Auch wenn der Fluß direkt unter dem Schloß dahinfließt – niemals werde ich auch nur eine Einzelheit dieses verfluchten Ortes vergessen –, so ist er bereits einige Meilen davor nicht mehr schiffbar, weil er zu reißend wird. Der Graf muß die letzten Meilen auf dem Landweg zurücklegen. Ich klammere mich an die Hoffnung, daß wir Mr. Morris und Mr. Seward am vereinbarten Treffpunkt finden und daß sie Extrapferde mitgebracht haben.

Die ersten Novembertage brachten Schnee und bittere Kälte in die Karpaten.

Am siebten des Monats ratterte ein Leiterwagen mit einer großen Kiste über einen holprigen Weg. Bis zu Draculas Schloß waren es nur noch wenige Meilen. Gefahren wurde der Wagen von Zigeunern, von denen ihm einige zu Pferd Geleitschutz gaben. In der Kiste ruhte eine menschliche Gestalt auf Erde. Dracula war mit einem besonders kostbaren Gewand bekleidet, als führe er zu einer wichtigen Zeremonie. Das Tageslicht, das lange Liegen und der Mangel an Nahrung hatten dem Grafen schwer zugesetzt. Sein langes Haar war beinahe weiß, und das vom Alter faltige Gesicht und die Hände waren fast ebenso bleich.

Zur selben Stunde fuhr van Helsing mit Mina in einer Kutsche über den Borgo-Paß. Nachdem sie Galatz verlassen hatten, waren die beiden Reisenden anfangs mit zwei Pferden ausgekommen. Doch nach mehreren Aufenthalten in Herbergen und verschiedenen Pferdewechseln steigerten sie ihr Tempo, indem sie auf ein »flottes Vierergespann« umstiegen, wie Mina es nannte.

Der Professor war an diesem Wintertag in einen dicken Pelz gehüllt. Er war so müde, daß er kaum noch die Zügel in der Hand halten konnte. Mina saß neben ihm. Im Schlaf war sie gegen ihn gesunken. Sie verbrachte jetzt die meisten Stunden des Tages schlafend. Auch sie trug einen warmen Pelz. Der Professor hatte ihr noch fürsorglich eine dicke Decke über den Schoß gelegt.

Plötzlich wachte die junge Frau ohne ersichtlichen Grund auf. Sie war jetzt munter und aufgeregt wie ein Kind.

Der Professor verlor kein Wort über die plötzliche Veränderung. Einen Augenblick später sah er den Grund: Auf einer steilen Felsenhöhe stand ein Schloß oder eine Festung. Das mußte Draculas Wohnsitz sein.

Mina rief aufgeregt: »Ich kenne diesen Ort!«

An einer Weggabelung stand ein uraltes Kruzifix. Die Figur des Gekreuzigten war verwittert. Außerdem waren Teile abgesplittert, so daß es jetzt einem geschnitzten Wolfskopf ähnelte.

Aber van Helsing fiel diese Besonderheit nicht auf.

»Das Ende der Welt«, meinte er nur. Und wirklich sah die Landschaft, besonders die frostigen, verlassenen Gipfel in der Ferne, bedrohlich aus.

»Wir müssen weiter!« trieb Mina ihn an. Sie war immer noch ganz aufgeregt.

Dem Professor mißfiel dieser übererregte Zustand. Er musterte seinen Schützling scharf.

Dann schüttelte er den Kopf. »Es ist schon spät, Kind. Da will ich lieber hier ein Feuer machen, damit wir uns ausruhen können.«

»Nein, ich muß weiter! Bitte, lassen Sie mich gehen!« Mina war so erregt, daß er sie nur mit körperlicher Gewalt hätte festhalten können.

Da er das jedoch nicht wollte, fuhr er weiter.

Auf einer kleinen Lichtung, einige hundert Meter unterhalb des Schlosses, hielt van Helsing an. Da sie so nahe waren, hatte Mina nichts gegen eine Rast einzuwenden. Sie wollten auf der Lichtung warten. Die Nacht senkte sich schon herab. Der Professor beeilte sich, eine Art Lager aufzuschlagen. Da es jede Menge trockenes Holz gab, machte er ein großes Feuer. Mit Weihwasser und zerkrümelten Hostien zog er einen weiten Kreis um die hoch auflodernden Flammen.

Der Professor war müde. Trotzdem war er froh, sich in der Kälte bewegen zu können, während er eine kleine Mahlzeit zubereitete. Glücklicherweise hatten sie mehrmals auf der Fahrt frischen Proviant kaufen können.

Mina wurde immer munterer. Die Nacht schien ihr ungeahnte Energien zu verleihen. Sie saß in der Hocke da und beobachtete van Helsing mit funkelnden Augen. Der Professor fand diese Haltung schrecklich und absolut nicht für eine Dame geeignet.

Beunruhigt musterte er Mina. Alle Spuren von Müdigkeit oder den Strapazen der Reise schienen von ihr abgefallen zu sein.

Als die kräftige Suppe im Topf über dem Feuer heiß war, schöpfte van Helsing etwas davon in eine Schüssel und brachte sie Mina.

»Hier, Sie müssen etwas essen, Kind.«

»Warum nennen Sie mich jetzt dauernd ›Kind‹?«

Er antwortete nicht.

Sie nahm die Schüssel, stellte sie aber unberührt neben sich auf den Boden.

»Ich bin nicht hungrig.« Ihre Stimme klang wach, aber irgendwie entrückt.

Der Professor war über diese Reaktion bestürzt, aber nicht sehr überrascht. Ohne ein Wort zu sagen, ging er an seinen Platz auf der anderen Seite des Feuers, wobei er sorgfältig darauf achtete, ja nicht außerhalb des Kreises zu geraten. Er setzte sich auf ein Stück Holz, das wärmer war als der Schnee, aß seine Suppe und musterte immer wieder beunruhigt die junge Frau, die er beschützen wollte.

Plötzlich kam von irgendwo, nicht weit außerhalb des Feuerscheins, ein Geräusch, bei dem er das Gefühl hatte, als stünden ihm alle Haare zu Berg. Es war, als sei jemand mit einem eiskalten Finger an seiner Wirbelsäule hinabgeglitten. Er hörte ein weiches, silbriges Frauenlachen, das unerträglich lieblich war.

Der alte Professor wagte nicht, sich umzudrehen. Beim Anblick von Minas Gesicht stockte ihm fast der Atem. Sie lächelte fröhlich und keineswegs verängstigt. Ihre Augen blickten interessiert, ja beinahe amüsiert über van Helsings Schulter auf etwas – oder jemanden –, den sie offenbar deutlich in der Dunkelheit erkennen konnte.

Irgendwo dicht hinter seiner Schulter hörten die drei weiblichen Stimmen plötzlich auf zu lachen. Jetzt sprachen sie in einer Sprache, die van Helsing verstehen konnte, obwohl er sie jahrelang nicht gesprochen oder gehört hatte:

»Du, Schwester am Feuer, nimm ihn als erste; aber laß uns auch noch etwas Spaß.«

»Er ist alt, aber kräftig. Da bleiben auch für uns noch Küsse übrig.«

»Wir können uns alle an ihm ergötzen, ehe der Meister kommt.«

Der Professor war sicher, daß Mina in ihrem gegenwärtigen Zustand durchaus in der Lage war, diese uralte Sprache auch zu verstehen, obwohl sie sie nie gelernt hatte. Sie verstand diese Frauen, diese Vampire, die sich als ihre Schwestern ausgaben. Aber sie schien ihnen keine besondere Aufmerksamkeit zu widmen. Sonderbar, sie schien sie gar nicht zu hören, oder tat sie nur so? Das konnte nichts Gutes bedeuten.

Mina blickte jetzt seltsam heiter und fast mitleidig van Helsing an.

Er wollte etwas sagen, aber sein Mund war wie ausgetrocknet. Ihm fehlten die Worte.

Urplötzlich sprang Mina in die Höhe – anders konnte man ihre Bewegung nicht beschreiben – und setzte sich dann auf eine andere Stelle auf dem Holzklotz, auf dem sie bisher gesessen hatte. Wie unabsichtlich öffneten sich dabei ihr Pelzmantel und das Kleid darunter, so daß eine ihrer Brüste völlig frei zu sehen war. Mina schien dies überhaupt nicht zu bemerken – oder es war ihr gleichgültig. Ihre roten Lippen öffneten sich und lächelten van Helsing verführerisch zu. Das ließ sehr darauf schließen, daß sie sich ihres freizügigen Dekolletés durchaus bewußt war. Im nächsten Augenblick erhob sie sich und kam zu van Helsing auf die andere Seite des Feuers herüber.

Der Professor wagte nicht, sich zu rühren. Er saß stumm da und vermochte nicht, die Augen von der Brust der jungen Frau zu reißen. Im Hintergrund seines Denkens war dem Professor klar, daß es ihm ebenso erging, wie Jonathan Harker damals in Draculas Schloß. So fühlte sich das Opfer eines Vampirs immer.

Mina setzte sich ganz dicht neben ihn. Sie benahm sich aber nicht dreist oder herausfordernd, sondern freundlich, als sei alles ganz normal.

»Sie sind so gut zu mir, Professor. Ich möchte als Dank auch etwas für Sie tun – etwas, das Ihnen Vergnügen bereitet.« Nachdem sie ihn einen Augenblick lang grübeln ließ, fuhr sie fort: »Soll ich Ihnen ein Geheimnis verraten?«

»Was?« Dies einzige Wort kostete ihn entsetzliche Kraft.

»Es geht um Lucy.« Minas dunkle Augen funkelten vor stummem Spott. »Sie hegte heimlich große Zuneigung für Sie. Das hat sie mir selbst erzählt. Und auch Sie haben doch sicher geheime Gedanken und Wünsche... ich weiß, wonach Männer verlangen.«

Dabei streichelte Mina van Helsings Schulter, seinen Arm und sein Haar. Ihre Berührung war beinahe mütterlich. Zärtlich zog sie seinen Kopf herab, damit er sich bei ihr ausruhen konnte. Ach, er mußte sich dringend ausruhen! Doch dann – warum hatte er ihre Absicht nicht gleich erkannt? – preßte sich ihre nackte Brust, die harte Brustwarze gegen seine Wange, zwischen seine Lippen...

Vielleicht war es das spöttische Lachen der drei dämonischen Frauen, das es ihm ermöglichte, den Zauberbann zu brechen. Mit einem heiseren Schrei entwand sich van Helsing unter Aufbietung aller Kraft Minas Umarmung. Mit zitternden Händen griff er in die Innentasche seines Mantels, holte eine Blechschachtel heraus und entnahm ihr eine geweihte Hostie.

Jetzt hatte er die Kraft, die Worte laut in die Nacht hinauszurufen: »*Domine, Jesus Christus* – Herr Jesus Christus segne dies Kind! Erlöse sie von allem Bösen.«

Damit drückte van Helsing die Hostie auf Minas Stirn. Diese Geste sollte eine Segnung sein, doch die Wirkung war so schrecklich, daß er zurückzuckte. Minas zarte Haut zischte bei der Berührung, als sei die Hostie ein glühend heißes Eisen.

Die junge Frau schrie auf. Ein scharlachrotes Mal zeichnete sich auf ihrer weißen Stirn ab.

»Ich gehöre *ihm*!« schrie sie. Im nächsten Augenblick lag sie auf dem schneebedeckten Boden und schluchzte hemmungslos.

Instinktiv sprang van Helsing auf und verstärkte den Schutzring um das Feuer mit Weihwasser aus seiner Flasche, das schon beinahe gefroren war.

Als die Flasche leer war, brach er zusammen und rief: »Ich habe Lucy verloren. Sie werde ich nicht verlieren!«

Draculas Frauen hatten das alles erstaunt beobachtet. Jetzt zischten sie ihm zu: »Niemand ist sicherer vor uns als sie. Sie ist jetzt unsere Schwester.«

Der Professor nahm alle Kraft zusammen und schrie sie an: »Ihr Teufelsbräute! Ihr Satanshuren! Hinweg mit euch! Dies ist geweihte Erde!«

Wütend und enttäuscht, daß sie den Schutzkreis nicht übertreten konnten, warfen sich die Vampirinnen auf die Pferde. Die armen Tiere wieherten, bäumten sich auf und stöhnten vor Schmerz und Angst wie Menschen; aber sie konnten ihnen nicht entrinnen. Hilflos mußte van Helsing mitansehen, wie sie von den schrecklichen Weibern in blutige Stücke gerissen wurden. Unter grauenvollem Gelächter ließen die Vampirinnen sich unendlich viel Zeit, die Pferde so grausam wie nur möglich zu töten. Schließlich schwanden ihm die Sinne.

20

Der Professor erwachte kurz nach Sonnenaufgang. Trotz mehrere dicker Pelze zitterte er vor Kälte. Einen Augenblick wußte er nicht, wo er sich befand und was geschehen war. Doch dann traf ihn die Erinnerung an seine Situation wie ein Alptraum.

Zu seiner großen Erleichterung sah er, daß Mina innerhalb des Schutzkreises immer noch ruhig schlief. Langsam und steif stand der alte Mann auf und staubte den Schnee von seinem Pelzmantel. Dann ging er vorsichtig zu Mina hinüber und schob behutsam die Pelzkapuze und das dunkle Haar aus der Stirn der Schlafenden.

Ja, es war so, wie er befürchtet hatte.

Wo die geweihte Hostie ihre Haut berührt hatte, leuchtete das Teufelsbrandmal scharlachfarben wie die Sünde.

Der Professor war sich ziemlich sicher, daß Mina, da sie jetzt auch vom Vampirblut verseucht war, den Kreis ohne Hilfe ebensowenig verlassen konnte, wie ihn die Vampirfrauen ohne Hilfe von außen überwinden konnten.

Von den drei Verführerinnen war nichts zu hören oder zu sehen. Sie hatten sich bei Sonnenaufgang zurückgezogen, wie er erwartet hatte. Aufgrund von Harkers Aufzeichnungen über seine Erlebnisse im Schloß wußte van Helsing genau, *wohin* sie gegangen waren. Er wußte auch, daß er jetzt die schrecklichen Dinge ausführen mußte, deretwegen er hergekommen war.

Die Schrecken der vergangenen Nacht, die mit dem sadistischen Abschlachten der Pferde ihren Höhepunkt gefunden hatten, bestärkten ihn in seinem Entschluß, dem Schrecken ein Ende zu setzen, koste es, was es wolle.

Langsam fachte er mit vor Kälte steifen Fingern das Feuer wieder an, das beinahe erloschen war. Der Gedanke an Essen bereitete ihm körperliche Übelkeit; aber er mußte etwas zu sich nehmen, denn er würde seine Kräfte brauchen.

Sorgfältig vermied er es, die zerfetzten Pferde anzusehen, als er zum Wagen ging und Brot, getrocknetes Fleisch und eine Flasche Brandy holte.

Mina schlief immer noch in ihren warmen Hüllen. Soweit der Professor sehen konnte, war es ein natürlicher Schlaf. Und wenn nicht? Nun, er konnte nicht mehr für sie tun, als er schon getan hatte.

Nachdem er widerwillig einige Bissen gegessen hatte, nahm er einen ordentlichen Schluck Brandy zur Stärkung und holte seine Tasche vom Wagen, in der er alle Werkzeuge hatte, die er brauchte. Vor Aufregung und Erwartung innerlich bebend – was er sich allerdings nicht eingestehen wollte –, ging er mit entschlossenen Schritten den steilen Weg zum Schloß empor, das unheilverheißend über ihm aufragte.

Nach kurzer Zeit warf er nochmals einen Blick zurück auf Mina. Ja, ihr würde nichts geschehen, solange er weg war. Es durfte ihr einfach nichts zustoßen! Er hatte keine andere Wahl, als sie während des Tages kurze Zeit ohne Schutz zurückzulassen. Van Helsing dachte nach. Das Schlimmste, was passieren konnte, war ein Angriff von Wölfen – echten Wölfen, richtigen Raubtieren. Doch das mußte er riskieren. Selbst wenn Minas Körper vielleicht gefährdet war – ihre Seele war in Sicherheit! Viel schrecklicher war das, wogegen er jetzt antreten mußte.

Etwa eine Stunde später taumelte der Professor aus dem düsteren Torweg hinaus ins Tageslicht. Er war so erschöpft, daß er kaum einen Fuß vor den anderen setzen konnte. Er preßte die Köpfe der drei Vampirfrauen, die er soeben abgeschnitten hatte, gegen seinen blutbesudelten Pelz. Mit heiseren Schreien schleuderte er die grauenvollen Dinger nacheinander über die steilen Felsen hinab in den reißenden Fluß.

Als sich die Sonne neigte, ging es van Helsing etwas besser. Er hatte gegessen und geschlafen. Auch Mina schien nach dem Aufwachen wieder ganz normal zu sein, wie er mit Erleichterung feststellte. Sie hatte die Blutflecken auf seinem Mantel verwundert betrachtet. Doch als er ihr erklärte, das Blut stamme von den toten Pferden, hatte sie sich damit zufriedengegeben und nicht weiter nachgebohrt.

Der Professor hatte Mina gleich nach ihrem Erwachen etwas heißen Tee aufgedrängt. Dann verlegten sie gemeinsam ihr Lager auf eine Anhöhe, von der aus sie die Straße besser überschauen konnten. Wenn ihre Berechnungen über Route und Zeit stimmten, mußten Dracula und seine Verfolger sich auf diesem Weg dem Schloß nähern.

Natürlich konnten auch alle Berechnungen falsch sein. Dann waren die Männer, auf die van Helsing baute, vielleicht schon tot, und der Vampirprinz hatte am Ende doch gesiegt.

Mina hatte die Straße nicht aus den Augen gelassen. Dem kam es vor, als seien schon Stunden vergangen, als sie plötzlich rief: »Er kommt!«

Der Professor spähte angestrengt hinaus, konnte aber keine Bewegung erkennen. Dann nahm er sein Fernglas. Was er sah, traf ihn wie ein Schlag.

»Sie fahren mit dem Sonnenuntergang um die Wette!« rief er

bestürzt aus. »Vielleicht kommen die Freunde zu spät! Gott steh uns bei!«

Aus den dunklen Wäldern, die die Berge ringsum bedeckten, ertönte das Heulen von Wölfen. Durch das Fernglas sah der Professor jetzt ganz deutlich einen Wagen, der von Zigeunern zu Pferde eskortiert wurde und mit halsbrecherischer Geschwindigkeit dahinraste. Und dahinter – das Herz des Professors schlug vor Freude schneller – verfolgten vier Reiter den Wagen. Gleich darauf drang Quincey Morris' unverwechselbarer Rebellenkriegsschrei bis zu van Helsing und Mina herauf.

Rauchwölkchen stiegen auf, Schüsse knallten und verkündeten, daß die Winchester-Gewehre jetzt im Einsatz waren.

Mina war plötzlich offenbar etwas Wichtiges eingefallen. Oder hatte sie einen Ruf gehört? Der Professor hatte nichts vernommen. Sie drehte jedoch der Verfolgungsjagd auf der Straße abrupt den Rücken zu und stieg mit neugewonnener, unglaublicher Energie zum Schloß empor, das sich vor dem dämmrigen Himmel hoch oben abzeichnete.

Der Professor war wie vom Donner gerührt. Dann rief er: »Madame Mina! Warten Sie!«

Doch Mina ließ nicht erkennen, daß sie ihn gehört hatte. Voll Angst lief van Helsing hinter ihr her, so schnell er konnte.

Der Wagen mußte auf dem Weg bleiben und hatte daher eine längere Strecke zurückzulegen als die beiden, die zu Fuß Abkürzungen nehmen konnten. Trotzdem war er schneller als Mina und der Professor, die sich durch unwegsames Gelände zwischen den Serpentinen emporarbeiten mußten. Donnernd sauste er über ihren Köpfen dahin. Der Fahrer schlug erbarmungslos auf die schaumbedeckten Pferde ein. Eine Handvoll Zigeuner zu Pferd ritten hinterher.

Und hinter ihnen preschten die Verfolger heran.

Der Leiterwagen hatte das Schloß fast erreicht, als es den vier Verfolgern gelang, ihn zu überholen. Mit Gewehren, Säbeln und großen Messern kämpften die drei Engländer und der Amerikaner gegen die Zigeuner, die Dracula fanatisch beschützten.

Harker sprang vom Sattel auf den Wagen. Der Fahrer schlug verzweifelt mit der Peitsche nach ihm, doch da streckte Morris ihn mit einem Schuß nieder.

Vor Schreck liefen die Pferde mit dem Wagen los. Eskorte und Verfolger, in ein Handgemenge verstrickt, folgten ihm durch den dunklen Toreingang auf den Schloßhof.

Mina und van Helsing gaben sich größte Mühe, zu Fuß nachzukommen. Van Helsing hatte Mina zwar eingeholt, konnte aber vor Erschöpfung kein Wort herausbringen.

Ringsum heulten überall die Wölfe.

Als der Professor und Mina endlich auf den Hof kamen, sahen sie nur noch das Ende des Kampfes.

Dr. Seward durchbohrte einen Zigeuner mit dem Säbel, um Mina und van Helsing zu schützen.

Gleichzeitig sank Quincey Morris zu Boden. Ein Zigeuner hatte ihm von hinten einen bösen Hieb versetzt.

Lord Godalming feuerte seine Pistole ab und tötete Quinceys Angreifer. Damit war der letzte von Draculas Verbündeten erledigt.

Jonathan Harker hatte das Handgemenge um ihn herum kaum beachtet. Wie ein Wahnsinniger trachtete er nur danach, sein Ziel zu erreichen. Kaum hatte er die Seile, die Draculas letzte Kiste auf dem Wagen hielten, mit seinem Messer durchschnitten, als der Deckel hochflog und die totenblasse, weißhaarige Gestalt herausfuhr und sich mit einem Wutschrei auf Harker stürzte. Blitzschnell hatte Dracula Harkers Kehle gepackt. Beide Männer stürzten zu Boden.

Mina schrie entsetzt auf, als ihr Mann mit dem großen Kukri-Messer seinem Feind die Kehle fast von einem Ohr bis zum anderen aufschlitzte. Ein Blutstrom schoß heraus.

Im selben Augenblick hatte es Quincey unter Aufgebot seiner letzten Kräfte geschafft, noch einmal aufzustehen. Mit einem Sprung stieß er Dracula sein Bowie-Messer ins Herz.

Das Leben entwich schnell aus dem Vampir, dennoch hatte er noch genügend Kraft übrig, den Texaner in den Schnee zu schleudern. Stolz erhoben, mit glühenden Augen drehte Dracula seinen Feinden den Rücken zu. Blut strömte aus Kehle und Herz. So schritt er taumelnd auf die Tür zur alten Kapelle zu.

Mina bückte sich und packte blitzschnell Quinceys Winchester. Dann stellte sie sich zwischen das sterbende Ungeheuer und ihre siegreichen Freunde. Entsetzt sahen die Männer, wie sie das Gewehr direkt auf ihren Ehemann richtete.

Zum ersten Mal seit Stunden – vielleicht seit Tagen – wich die blanke Mordlust aus Harkers Gesicht.

»Mina!«

Auch Dracula blieb stehen und blickte sie an. Sein Gesicht hatte sich grauenvoll verändert. Es war jetzt ein Abbild des Todes.

»Mina?« sagte er leise voller Liebe.

Die junge Frau hielt den Blicken des Sterbenden stand. Als Dracula sich abwandte und weiter auf die Kapelle zu ging, folgte ihm Mina wie selbstverständlich, hielt aber die Winchester noch immer auf die Männer gerichtet.

Schließlich brach sie das angespannte Schweigen und erklärte laut und deutlich: »Wenn meine Zeit kommt, müßt ihr mit mir das gleiche tun. *Werdet ihr das tun?*«

Lord Godalming wollte zu ihr stürzen und ihr das Gewehr entreißen; aber Harker hielt ihn zurück. Er hatte Mina verstanden.

»Nein, lassen Sie sie gehen. Lassen Sie die beiden gehen.«

Van Helsing nickte wissend.

Mina verschwand rückwärts dicht hinter Dracula in dem dunklen Eingang zur Kapelle. Sie wurde keinen Augenblick in ihrem Entschluß schwankend, die Männer von Dracula fernzuhalten, bis alles vorbei war.

Endlich schlug sie die schwere Tür vor ihren Gesichtern zu.

Van Helsing ließ die Waffe, die er aufgenommen hatte, wieder aus der Hand fallen. Mit dem Gesicht zur Kapelle stand er da. Vor Erschöpfung konnte er sich kaum auf den Beinen halten. Dabei betete er mit ganzer Kraft.

Lord Godalming fragte plötzlich: »Was ist hinter dieser Tür?«

Van Helsing antwortete. »Die Kapelle.«

Niemand fragte ihn, woher er das wußte. Es hatte ihn auch niemand gefragt, woher das Blut an seinem Pelz stammte. Godalming war mit der Antwort zufrieden.

Der alte Professor senkte wieder den Kopf und betete:

»Herr, schenke ihm… laß ihn ruhen in Frieden. Wir sind alle zu Gottes Wahnsinnigen geworden.«

Währenddessen hatte Dr. Seward den sterbenden Quincey in die Arme genommen. Kein Arzt konnte mehr etwas für ihn tun.

In der Kapelle waren Mina und Dracula auf denselben Altarstufen angelangt, auf denen vor über vierhundert Jahren Elisabeths Leichnam gelegen hatte.

Mina sagte: »Du darfst mich nicht verlassen! Ich will mit dir zusammen sein – immer und ewig.« Dabei packte sie entschlossen den Griff des Bowie-Messers, das weit aus seiner Brust herausragte.

Als sie es herausziehen wollte, hob Dracula mit letzter Kraft die Hand. Seine Finger waren wie durch Zauberei nur noch Haut und Knochen. Er hielt ihre Hand fest und sagte mit einer Stimme, die an raschelndes Laub oder das Klappern eines Skelettes erinnerte: »Du mußt mich sterben lassen.«

Mina blickte ihm tief in die Augen. Dann schlang sie ihre Arme um ihn, küßte ihn und streichelte ihm voll Liebe über das weiße Haar. »Nein, bitte, nein! Ich liebe dich!«

Er schüttelte fast unmerklich den Kopf. »Sterbliche Liebe kann uns nichts anhaben. Unsere Liebe wird ewig andauern. Laß mich. Schenke mir Frieden.«

Draußen liefen Harker und Lord Godalming vor dem Eingang zur Kapelle nervös auf und ab. Plötzlich blieb Godalming stehen und schlug wütend mit der Faust gegen das Holz.

Van Helsing hob die Hand und gebot beiden Männern, ruhig zu bleiben.

Drinnen in der Kapelle hatte Mina den Eindruck, als ob sich plötzlich die uralten Kerzen auf dem Altar, die seit Jahrhunderten erloschen waren, von selbst entzündeten. Vielleicht gaukelten ihr dies aber auch die Tränenschleier vor ihren Augen vor, als ein letzter Sonnenstrahl durch das Glasfenster hinter dem schlichten Altar mit dem großen Kreuz hereinströmte.

Der Schatten des Kreuzes fiel auf die Stufen und die beiden noch lebenden Gestalten, die dort kauerten.

Die Frau richtete sich etwas auf und sagte leise zu ihrem Geliebten:

»Ein Pfeil flog durch mein Fenster – daran war eine Botschaft befestigt. Das war zuviel für mich. Ich konnte nicht noch mehr Leid ertragen.«

Langsam öffnete Dracula die Augen, um zu sehen, wer sich über ihn beugte. Dann lächelte er – es war Elisabeth.

Wieder flüsterte sie ihm zu: »Ich konnte den Gedanken an ein

Leben ohne meinen Prinzen nicht ertragen. Aber ich sehe jetzt, daß du nicht unter den Toten weilst. Du lebst, Liebster.«

Dann umschlossen ihre Hände – es waren Minas und gleichzeitig auch Elisabeths Hände – den Griff des Messers, dessen Spitze in seinem immer noch nicht sterbenden Herzen steckte.

Zitternd, mit geschlossenen Augen, Gott um Stärke für ihr Vorhaben anflehend, ließ sie sich auf ihn fallen und trieb damit die lange Klinge des Bowie-Messers bis an den Griff hinein.

Als Mina die Augen wieder aufschlug, war das Gesicht des Mannes unter ihr totenstill. Es war sehr friedlich, das Gesicht eines jungen, wunderschönen Menschen.

Ganz langsam erhob sich Mina und ging auf die geschlossene Tür der Kapelle zu. Im selben Augenblick stieß Jonathan sie auf. Er hatte nicht mehr warten können. Besorgt lief er auf seine Frau zu und schloß sie in die Arme. Mina erkannte an der Freude im Gesicht ihres Mannes, als er sie anblickte, daß ihre Stirn wieder so makellos rein und hell war wie frisch gefallener Schnee. Der scharlachrote Fluch des Vampirs war verschwunden. Der strahlende Ritter und Prinz ruhte in Frieden.

INTERNATIONALE THRILLER

Stephen Becker
Leben und leben lassen
9179

Nelson DeMille
An den Wassern von
Babylon 9647

Clive Cussler
Um Haaresbreite
9555

Dale Brown
Höllenfracht
9636

Martin Cruz-Smith
Sing, Zigeuner sing...
9575

John Trenhaile
Die Mah-Jongg Spione
9596

GOLDMANN